Gloria Murphy

Sommeralptraum

Psychothriller

Aus dem Amerikanischen von
Gabriele Schönberger-Klar

Knaur

Alexandra Leigh
und Camden Frank
in Liebe gewidmet.

Mein besonderer Dank gilt:
Laurie Gitelman,
Rennie Browne und Dave King.

Prolog

Robin breitete ihre purpurrot und schwarz gestreifte Steppdecke über der Matratze aus, schob mit dem Fuß die Kiste mit ihren Habseligkeiten unter das Feldbett, setzte sich und wartete ab. So langsam, wie das Auspacken und Bettenmachen vor sich ging, schätzte sie, daß es bestimmt noch gute zwanzig Minuten dauern würde, bis man sie aufforderte, zusammenzukommen und sich vorzustellen.

Da sie seit ihrem achten Lebensjahr, fünf Sommer in Folge, immer wieder dieselbe lästige Prozedur über sich hatte ergehen lassen müssen, war Robin nicht sonderlich erpicht darauf, sie auch noch ein sechstes Mal mitzumachen. Es war Daddys Entscheidung gewesen, daß sie einen weiteren Sommer in Camp Raintree in Maine verbringen sollte. Sie sah sich in ihrer Hütte um – kein einziges bekanntes Gesicht. Vielleicht war den anderen das Sommercamp ebenso verhaßt gewesen wie ihr. Aber die hatten ja auch nicht wiederkommen müssen.

Das Mädchen, das in dem Feldbett neben ihr schlief, kaute auf ihrer Unterlippe, während sie immer wieder an dem steifen weißen Leinentuch zupfte und zerrte, das über ihre Matratze gebreitet war. Sie war klein und unwahrscheinlich dünn – vielleicht um ein Drittel schmaler als Robin –, und hatte seidiges gelbblondes Haar, das kurzgeschnitten war und ihr gerade bis zu den Ohrläppchen reichte.

»Du mußt hier nicht so pingelig sein«, erklärte Robin ihr. »Die schauen hier nie nach.«

Das Mädchen hob blinzelnd den Kopf.

Robin schlug eine Ecke ihrer Steppdecke auf. »Siehst du, ich habe überhaupt kein Bettuch.«

Das Mädchen schenkte ihr ein schwaches Lächeln, strich eine

nicht existierende Falte glatt und legte dann eine rosafarbene Strickdecke mit winzigen gehäkelten Rosenknospen am Fußende des Bettes zusammen. Robin warf einen Blick in die offenstehende Kiste des Mädchens: Ein gelber Regenmantel, ein Paar Stiefel und ein zusammengelegter Schirm waren in dem einen Fach, eine Plastiktasche mit Toilettenartikeln, eine kleine Flasche mit einem Multi-Vitamin-Präparat, ein rotes Tagebuch mit goldenem Blattornament und ein Buch im weißen Ledereinband in dem anderen verstaut. Alle Kleidungsstücke, die dazwischen untergebracht waren, waren feinsäuberlich gebügelt, zusammengelegt und aufeinandergestapelt.

»Hast du das selbst eingeräumt?«

Das Mädchen nickte.

Robin schwang sich vom Bett, zog ihre Kiste hervor und machte sie auf.

»Ich auch.«

Das Mädchen starrte auf die Hosen, Hemden, Turnschuhe und auf die Unterwäsche, die in einem wüsten Durcheinander dort drinnen lagen, schlug sich die Hand vor den Mund und fing zu kichern an.

»Wirst du nicht *umgebracht* dafür, daß du so schlampig bist?« fragte sie, als sie sich wieder beruhigt hatte.

Robin schüttelte den Kopf. »Nein. Eunice läßt mich fast immer machen, was ich will.«

»Wer ist Eunice?«

»Meine Mutter. Aber ich nenne sie Eunice.«

»Und es ärgert sie kein bißchen, daß du sie so nennst?«

»Es gefällt ihr sogar. Es gibt ihr das Gefühl, als seien wir Freundinnen.«

Nach ein paar Minuten des Schweigens sagte das Mädchen. »Mir gefallen deine Haare, sie sind so lang und wunderschön. Ich hätte auch gern so langes Haar.«

»Das ist einfach«, erwiderte Robin. »Laß sie doch wachsen. Aber dafür hast du einen besseren Körper als ich. Ich bin so dick.«
»Nein, das bist du nicht, ich bin einfach zu mager.«
»Wer sagt das?«
»Mama. Sie versucht ständig, mich zu mästen.«
Robin stellte sich auf ihr Bett, breitete die Arme in einer langsamen, kreisenden Bewegung aus und sagte mit hoher Stimme:
»Mager ist doch in, weißt du das nicht, liebes Mütterchen?«
»Du bist wirklich seltsam«, sagte das Mädchen.
Robin sprang wieder herunter. »Ich weiß, ich stamme ja von Eunice ab. Und die ist so ungefähr die seltsamste Person, die ich kenne.«

»Was passiert jetzt?« flüsterte Amelia, als sie sich neben Robin in den Kreis stellte.
»Es geht im Uhrzeigersinn. Wenn du an der Reihe bist, dann stell dich einfach mit irgendeinem dummen Spruch vor.«
»Wie denn?«
»Ich weiß nicht, sag einfach irgend etwas.«
»O Gott, ich bin so nervös.«
»Warum?«
Sie zuckte die Achseln. »Ich weiß nicht, ich bin es eben. Immer wenn ich in der Schule aufgerufen werde, schnürt es mir die Kehle zu, und ich habe Angst, ohnmächtig zu werden. Und ich melde mich auch nie von selbst, auch nicht, wenn ich die richtige Antwort weiß. Schau dir mal meine Hände an.« Amelia streckte Robin ihre feuchten Hände entgegen. »Die sind schon ganz feucht und verschwitzt.«
»Denk einfach nicht darüber nach«, entgegnete Robin.
Als sie an die Reihe kam, sagte sie: »Ich heiße Robin Garr, und ich hasse dieses kindische Sommerlager, aber mein Vater hat

mich dazu verdonnert, dieses Jahr wieder hierherzukommen.« Dann wandte sie sich an Amelia. »Und das ist meine Freundin Amelia Lucas. Sie ist so ordentlich und systematisch, daß man es im Kopf nicht aushält. Paßt bloß auf, daß sie nicht versucht, eure Unterwäsche alphabetisch zu ordnen.«

Es war in der vierten Nacht im Lager, als Robin Amelia endlich dazu überreden konnte, sich nach dem Löschen der Lichter aus ihrer Hütte zu stehlen. Ihren Seesack über die Schulter geworfen, eine Taschenlampe in der Hand, so führte Robin sie aus der Hütte und in die Nacht hinaus.

»Und was ist, wenn sie in den Betten nachschauen?« flüsterte Amelia. »Mal angenommen, die entdecken, daß wir weg sind?«

»Ich sagte dir doch, die schauen erst wieder gegen Mitternacht nach.«

Als sie zu dem Pfad kamen, der in den Wald führte, blieb Amelia stehen.

»O nein, da geh ich nicht hinein.«

Aber Robin packte sie an der Hand und zog sie weiter.

»Jetzt komm schon, vertrau mir, da gibt es nichts zum Fürchten. Warte, bis du siehst, wo wir herauskommen. Es ist toll dort.«

Also ließ Amelia zu, daß Robin sie in den Wald führte. Als sie schließlich wieder auf offenem Gelände standen, befanden sie sich am gegenüberliegenden Ende des Sees, der ungefähr eine halbe Meile lang war. Hinter der großen sandigen Lichtung erstreckte sich meilenweit der Bergwald.

»Es ist schon ein paar Sommer her, da haben wir hier sogar mal übernachtet«, sagte Robin, als sie sich die Sandalen abstreifte, sich in den Sand setzte und ihre langen Beine so weit von sich streckte, bis sie die Füße ins Wasser stecken konnte. »Hinter uns, tief im Wald vergraben, da liegen Hunderte von Leichen versteckt.«

Amelia, die sich eben neben Robin gesetzt hatte, kniete sich hastig wieder hin.
»Du lügst doch, oder?«
»Nein, das stimmt wirklich. Und man sagt, wenn es nachts ganz dunkel ist, dann kann man hören –«
»Hör auf damit, Robin!« Amelia warf einen Blick hinter sich. »Am liebsten würde ich jetzt wieder zurückgehen. Der Ort hier macht mich ganz nervös.«
»Entspann dich, sei so gut.«
»Wie stellst du dir das vor? Wenn mein Herz noch ein bißchen lauter schlägt, dann kannst sogar du es hören.«
»Okay, ich erzähle dir nichts mehr von den Leichen – ich verspreche es.«
»Vielen Dank.« Amelia ließ sich wieder in den Sand sinken.
»Dich würde ich ganz bestimmt nicht fragen, ob du eine ganze Nacht hier verbringen willst«, sagte Robin. »Ich bin mal auf einer Party gewesen, da hatten wir eine gespenstische Séance, und ein Mädchen...«
Amelia schreckte erneut hoch.
»Entschuldige, ich hab's ganz vergessen.«
Amelia verzog das Gesicht und blinzelte. »Nur zu, du kannst es ruhig sagen. Ich bin eine schreckliche Zimperliese ... und alle anderen im Camp wissen das auch schon.«
»Na ja, vielleicht können wir ja etwas dagegen unternehmen.«
»Was denn, zum Beispiel?«
Robin steckte die Hand in ihren Seesack und zog eine kleine Flasche Wodka heraus.
Amelia hielt die Luft an. »O du meine Güte! Wo hast du denn die her?«
»Von Eunice.«
»Hat sie dir das gegeben?«
»Na ja, nicht so direkt. Aber sie läßt ihre Flaschen immer im ganzen Haus herumliegen.«

»Und du trinkst davon?«
»Ich habe es erst ein paar Mal probiert. Aber wenn man sich an den Geschmack gewöhnt hat, ist es nur noch halb so schlimm.«
Robin führte die Flasche an ihre Lippen und nahm einen Schluck. Dann wischte sie den Flaschenhals mit dem Ärmel ihres Sweatshirts ab und reichte die Flasche an Amelia weiter.
»O nein, Robin, das kann ich nicht.«
»Jetzt komm, versuch wenigstens einen Schluck.«
Amelia schaute erst Robin, dann die Flasche und dann wieder Robin an.
»Okay«, sagte sie. »Aber nur einen kleinen Schluck.«
Eine Stunde später tanzten sie, die Beine ihrer Jeans bis zu den Knien hochgekrempelt, im seichten Wasser, bespritzten sich gegenseitig und warfen mit Kieselsteinen nach einer Felsnase, die aus dem tiefen Wasser ragte.
»Woran liegt es wohl, daß manche Leute total ausflippen, wenn sie betrunken sind, was glaubst du?« fragte Amelia.
»Ich glaube, der Trick besteht darin, sich nicht über einen bestimmten Punkt hinaus zu betrinken«, sagte Robin, während sie den groben Sand von ihren Händen wusch, ein letztes Mal Amelia anspritzte und sich dann auf den Strand zurückzog. »Eunice trinkt natürlich immer zuviel.«
Beide fingen zu kichern an, dann rannte Amelia zu Robin und ließ sich in den Sand fallen. Sie griff nach Robin, packte sie am Arm und zog sie neben sich zu Boden.
»Erzähl mir mehr über Eunice, sie scheint ja recht verrückt zu sein.«
»Das ist sie auch. Du solltest sie mal in ihrer ausgeflippten Aufmachung erleben, wenn sie mit flatternden Seidenhosen, einem um die Stirn geschlungenen, geflochtenen Seidenband und mit riesigen Ohrringen – mit solchen Klunkern, sage ich dir – daherkommt. Sie hat sich sogar mal eine große Rose auf den Hintern tätowieren lassen.«

»Nein, das ist doch nicht möglich! Ist sie hübsch?«
»Umwerfend, mit einem Superkörper. Und sie sagt und tut nur das, was sie will.«
»Gott, wie ich sie beneide, so möchte ich auch sein. Dein Vater muß verrückt nach ihr sein.«
»Wahrscheinlich ist er das. Er verzeiht ihr vieles. Sie kocht zum Beispiel fast nie oder macht sauber oder näht oder sonst was Langweiliges in der Art.«
»Und wer macht das dann?«
»Wenn es so schlimm wird, daß man eine Schaufel braucht, um den Dreck vom Boden zu kratzen, dann holt Daddy eine Putzfrau ins Haus. Und zum Essen holen wir uns oft etwas aus dem Restaurant. Ich bin praktisch mit einem zermantschten Hamburger in der Flasche großgezogen worden.«
Amelia stieß einen spitzen Schrei aus und warf den Kopf nach hinten in den Sand.
»Oh, das finde ich toll, das finde ich irrsinnig toll!« Beide kicherten um die Wette.
»Bist du bei dieser Ernährung nie krank?« fragte Amelia.
»Jetzt mal ernsthaft.« Robin ließ ihre Armmuskeln spielen und drückte ihre Brust heraus. »Sieht dieser Körper kränklich aus?«
Amelia betrachtete sie, und erneut brachen sie in Gelächter aus.
»Ich kann nur davon träumen, daß wir uns jeden Abend etwas zu essen ins Haus kommen lassen«, meinte Amelia schließlich.
»Aber trotzdem, was ist mit deinem Vater? Das muß ihn doch verrückt machen.«
»Na, manchmal beklagt er sich schon.«
»Warum tut er dann nichts dagegen? Was glaubst du?«
»Weil er sie liebt, schätze ich. Eine Menge Kerle sind scharf auf Eunice.«
»Ist dein Vater eifersüchtig?«

»Meistens erfährt er gar nichts von den anderen.«
»Du meinst, sie macht wirklich mit ihnen rum?«
»Wenn ich es dir erzähle, dann mußt du schwören, nie auch nur ein Wort zu sagen.«
Amelia richtete sich auf und bekreuzigte sich. »Ich schwöre es bei Gott, großes Ehrenwort.«
»Also, einmal, als ich früher von der Schule nach Hause kam, da bin ich in ihr Schlafzimmer gegangen und da waren sie und dieser Mann, und beide waren splitternackt.«
Amelias Mund blieb vor Entsetzen offenstehen. »O du meine Güte! Und du hast deinem Vater nichts davon erzählt?«
Robin zuckte mit den Achseln. »Erst wollte ich es ihm sagen, aber dann habe ich beschlossen, daß ich das nicht kann.«
»Warum?«
»Aus vielen Gründen. Eunice fängt immer an, wie wild herumzuheulen, wenn ich damit drohe, etwas von den schlimmen Dingen, die sie angestellt hat, zu verraten. Ich weiß, das ist nicht richtig von mir, aber am Ende tut sie mir immer wieder leid.«
»Und was gibt es noch für einen Grund?«
»Wahrscheinlich, weil ich Daddy nicht weh tun will.« Sie schaute auf die Uhr und sprang auf die Beine.
»Ach du meine Güte, in einer halben Stunde ist Bettenkontrolle. Wir gehen besser zurück.«
Amelia stand ebenfalls auf, taumelte und kicherte, als sie ihr Gleichgewicht wiedererlangt hatte. »Dann kommen wir eben morgen abend wieder hierher, okay?« fragte sie.
»Aber dann will ich etwas über deine Eltern erfahren.«
Amelia zögerte einen Augenblick und meinte dann: »Natürlich, wenn du unbedingt willst. Aber im Vergleich mit den deinen wird das langweilig werden.« Sie beobachtete Robin, wie diese die Wodkaflasche verschloß und sie zurück in ihren Seesack packte. »Ist für das nächste Mal noch etwas übrig?« fragte sie.

»Mach dir keine Sorgen, wenn die hier leer ist, dann haben wir noch zwei Flaschen.«

Kurz bevor sie bei ihrer Hütte waren, wandte Amelia sich an Robin und legte ihr die Hand auf den Arm.

»Es war wirklich toll heute abend«, sagte sie. »Ich weiß, für dich war das nichts Besonderes, was wir getan haben – so etwas hast du wahrscheinlich schon hundertmal gemacht. Aber für mich war es etwas Besonderes. Alles ... daß wir uns heimlich davongeschlichen haben, was wir geredet haben und daß ich dann so albern geworden bin, daß ich gedacht habe, ich platze gleich. Ich habe mich plötzlich so frei gefühlt ... Und ich bin nicht einmal sicher, wem ich das zu verdanken habe – dir oder dem Wodka.«

Noch vor drei Wochen hätte Amelia so etwas nie im Leben getan, aber nach ein paar Schlucken aus der Wodkaflasche zog sie ihre Hosen und Unterhosen aus, schleuderte sie in den Sand und stürzte sich ins Wasser, nur mit ihrem blauen Camp-T-Shirt bekleidet.

»Komm schon, jetzt gehen wir schwimmen!« rief sie Robin zu.

Robin hüpfte weiter tanzend auf dem Sandstrand herum ... Sie hatte nicht soviel wie Amelia getrunken, aber auch sie fühlte sich benommen. Und so dauerte es einen Augenblick, bis sie die Schreie mit der Vorstellung in Verbindung brachte, daß sich jemand in Gefahr befinden könnte ... Amelia war in Gefahr!

Robin tastete den Boden nach der Taschenlampe ab und ließ dann den Lichtstrahl über die Oberfläche des Sees gleiten. Sie entdeckte Amelia ungefähr fünfzehn Meter vom Ufer entfernt, wie sie heftig mit den Armen im Wasser ruderte und Robins Namen schrie. *O mein Gott, wie lange hatte sie bereits nach ihr gerufen?*

Robin ließ die Taschenlampe fallen und rannte los. Sobald sie ins Wasser tauchte, wurde sie wieder klar im Kopf, und sie legte die Entfernung in zwei Minuten zurück. Aber gerade als sie Amelias Kopf – so wie man ihr es im Lebensrettungskurs beigebracht hatte – von hinten mit einem Arm umfassen wollte, wirbelte Amelia herum, schlug mit den Armen um sich und traf Robin im Gesicht und am Kopf, während ihre Hände versuchten, irgendwo an ihr Halt zu finden.

»Hör auf damit!« schrie Robin, aber Amelia hatte zu große Angst, um auf sie zu hören. Sie zog sich auf Robins Rücken, umklammerte mit beiden Armen ihren Hals und drückte sie unter Wasser. Robin kämpfte, um sich aus ihrem Griff zu befreien, aber es war, als würden starke Tentakel sie tiefer und tiefer nach unten ziehen.

Erst als sie zum zweiten Mal eine Ladung Wasser schluckte, hörte Robin zu kämpfen auf. Und dann trieben sie langsam nach oben: ineinander verschlungen wie schlafende siamesische Zwillinge kamen sie an die Oberfläche. Robin atmete tief ein, drehte sich herum, holte aus und schlug Amelia ins Gesicht. Da ließ Amelia los.

1

Auspacken ... Robin haßte es. Es erinnerte sie an das Sommerlager, an den Tod und an Amelia. Außerdem hatte sie gar nicht wegziehen wollen, auch wenn sie im Augenblick Eunices Gegenwart kaum ertrug. Es war Daddy gewesen, der darauf bestanden hatte, Eunice und das gemeinsame große Haus in Andover zu verlassen und in diese Fünfzimmerwohnung nach Boston zu ziehen.

Daddy gab als Hauptgrund für diesen Umzug an, daß er näher bei seiner Rechtsanwaltskanzlei in der Stadt sei. Eunice dagegen meinte, der Grund sei lediglich der, sie davon abzuhalten, ihr Kind zu sehen, und obwohl Robin nur selten mit ihrer Mutter einer Meinung war, dachte sie, daß Eunice wahrscheinlich recht hatte.

Keiner erwähnte den anderen Grund: Die Alpträume und Schreikrämpfe, die in irgendeinem düsteren, kranken Teil von Robins Kopf heranwuchsen und immer wieder völlig überraschend auftauchten. Soweit sie begriffen hatte, was ihr Kinderarzt zu Daddy gesagt hatte, gab es in Boston die besten Psychotherapeuten.

Um ihr Gleichgewicht kämpfend, stellte Robin den schweren Karton mit Toilettenartikeln auf dem Waschbecken im Badezimmer ab und betrachtete das schmale Bad: ausgeblichene, rosafarbene Fliesen, eine hohe, geschwungene Decke, eine Badewanne mit vier Beinen und einem Duschvorhang aus Plastik, und hinter der Toilette ein hohes Fenster, das auf das Haus gegenüber hinausging. Es regnete seit dem frühen Morgen, als der Umzugswagen vor dem Haus vorgefahren war.

Sie ging zum Fenster und schaute auf die dunkle, nasse Straße hinunter. Bis auf ein paar sonntägliche Ausflügler in langsam fahrenden Wagen und eine Frau, deren Gesicht von einem blauen Schirm verdeckt war und die rasch auf den Hintereingang des Hauses zuging, lag die Straße verlassen da. Robin spürte, wie ein Schauer sie durchlief. Boston wirkte im Regen düster, düsterer, als es draußen in den Vorstädten war, vermutete sie. Aber wer konnte das schon mit Sicherheit sagen, vielleicht entsprang die Düsternis in Wirklichkeit ihrem Kopf. Als sie wieder aufblickte, sah sie einen Jungen, der sie durch ein Fernglas aus einem Fenster des Apartmenthauses nebenan betrachtete. Sie zog die schmutzigen braunen Karovorhänge, die die Vormieter ihnen hinterlassen hatten, mit einem Ruck zu, ging zum Waschbecken zurück und öffnete den Medizinschrank. Der Geruch von Eunices Parfüm, das nach Jasmin duftete, hing immer noch an den Fläschchen, Döschen und Tuben, die sie aus dem Pappkarton holte. Es war derselbe Geruch, der Robin beruhigt und in den Schlaf gewiegt und ihr versichert hatte, daß Mommy in der Nähe war. Doch das war zu einer Zeit gewesen, als Robin noch an Eunice geglaubt hatte – jetzt war alles anders.

Als sie den Karton schließlich ganz ausgepackt hatte, schloß Robin die Tür des Schränkchens und starrte sich in dem mit Seifenspritzern verschmierten Spiegel an; sie konnte noch immer nichts mit diesem fremden, mageren zwölf Jahre alten Mädchen anfangen, das ihr entgegenstarrte. Die Ringe unter ihren dunklen Augen fielen stärker denn je auf, was in erster Linie an dem grotesken Haarschnitt lag ... Als sie von heute auf morgen ihr schönes langes Haar radikal abgeschnitten hatte, war Daddy wahrscheinlich zu dem Schluß gekommen, daß sie nun endgültig durchgedreht sei.

Aber das war sie nicht – zumindest zu dem Zeitpunkt nicht, wie sie annahm. Es war nur eine Geste für Amelia gewesen. Und obwohl sich Robin nicht sicher sein konnte, daß Amelia überhaupt von dieser großartigen Geste wußte, so wußte sie

doch, daß Amelia sie verstehen würde, falls es tatsächlich so wäre.
Robin spürte, wie ihr Rücken wieder zu kribbeln anfing – es fühlte sich an, als kröchen Dutzende winziger Käfer über ihre Haut. Sie drehte sich um, schob ihr Hemd hoch, spähte über ihre Schulter und betrachtete prüfend ihren Rücken im Spiegel. Wie oft hatte sie das in den vergangenen paar Monaten getan?
Aber es war noch immer nichts zu sehen.

Trotz der chaotischen Zustände an einem Umzugstag, brachte Marcus Garr es noch fertig, ein paar Tüten mit Lebensmitteln einzukaufen. Jetzt, da er endgültig mit Eunice gebrochen hatte, würde er als erstes ihre Eßgewohnheiten ändern: Keine Sandwiches und keine Pizza mehr, die vor dem Fernseher verschlungen wurden, keine Styroporbehälter und kein Plastikbesteck, auch keine Käsestangen mehr, die nur kurz in der Mikrowelle aufgewärmt wurden.
Er war zwar nicht so naiv, um anzunehmen, daß ein paar gutbürgerliche Mahlzeiten die emotionalen Probleme seiner Tochter lösen würden, aber ein stützendes Korsett aus festen Gewohnheiten, Normalität und ein positives Vorbild würden für den Anfang bestimmt nicht schaden. Natürlich mußte er darauf achten, daß er Robin in diesem Punkt nicht zu sehr überforderte – hoffentlich würde es ihm gelingen, den richtigen Mittelweg zu finden. In den vergangenen Wochen und Monaten hatte er sich fast ständig so gefühlt, als versuchte er, einen großen Buick in eine Parklücke zu bugsieren, die für einen kleinen Volkswagen gedacht war.
Er riß eine Schachtel mit Spaghetti auf, suchte in dem noch nicht ausgepackten Küchenkarton nach einem Topf, schüttete den Inhalt der Schachtel hinein, füllte mit Wasser auf und stellte den Topf auf den Gasherd.

»Daddy, was ist eigentlich mit der Schule?«

Er drehte sich um. Robin lehnte am Kühlschrank und beobachtete ihn. Seit August hatte sie beträchtlich an Gewicht verloren, so daß ihr einmal ziemlich kräftiger Körper schon fast zerbrechlich wirkte. Eigentlich hätte er erwartet, daß sie in der Zwischenzeit wieder die alte Robin sein würde – die Zeit heilte doch alle Wunden, oder etwa nicht? Aber die alte Robin schien so weit weg wie nie zu sein.

»Was ist mit der Schule, Baby?«

»Wann fange ich damit an?«

Er begann, die neuen Teller aus Steingut auszupacken, und stapelte sie neben den Gläsern im unteren Geschirrschrank.

»Wir werden uns am Dienstag darum kümmern. Was ist übrigens mit den Kartons voller Wäsche? Ich habe im Gang einen Wandschrank entdeckt ...«

»Das ist schon erledigt. Daddy, hast du die Badewanne schon gesehen? Sie hat Beine.«

»Diese alten Dinger sind Sammlerstücke, weißt du.«

»Mir ist eine Wanne ohne Beine aber lieber.«

»Das ist doch kein großes Problem ... dann bauen wir sie eben aus.«

»Das klingt ganz nach Eunice.«

»Und sie würde es auch noch fertigbringen.«

Sie schwiegen ein paar Sekunden lang, dann fragte sie: »Fehlt sie dir, Daddy?«

Er antwortete nicht sofort, sondern stellte einen Stapel Schüsseln auf die Küchentheke. »Nun, wenn du damit meinst, ob ich es mir noch einmal anders überlege, dann lautet die Antwort nein.« Er deutete auf die übrigen Kartons auf dem Küchenfußboden. »He, wieso bin ich eigentlich der einzige, der sich hier abmüht?«

»Ich *hasse* Auspacken.«

Das Telefon läutete, und Marcus nahm ab.

»Hallo?«
»Na, na, mein Süßer, erst einen Tag in der neuen Wohnung, und schon ist das Telefon angeschlossen. Ich bin wirklich beeindruckt.«
Marcus seufzte. »Woher hast du die Nummer, Eunice?«
»Ich habe unter deiner alten Nummer angerufen und mir diese hier geben lassen. Warum, wolltest du sie mir nicht geben?«
»Irgendwann einmal. Also, was willst du?«
»Oh, nichts. Ich habe nur gerade eben vorn zum Fenster hinausgesehen und mir dabei gedacht, was für ein trübseliger Tag für einen Umzug. Also sagte ich mir, nur zu, Eunice, ruf Marcus und Birdie, dein kleines Vögelchen, an und muntere sie ein wenig auf.«
»Vielen Dank, aber das ist nicht nötig.«
»Weißt du, daß du deinen Schirm vergessen hast? Den ollen schwarzen, den du so magst und der schon ganz schäbig aussieht.«
»Hör mal, Eunice, ich habe viel zu tun. Ich habe momentan wirklich keine Nerven für so etwas.«
»Für was, mein Süßer?«
»Für dieses muntere Geplauder, diese sinnlosen Nettigkeiten.«
»Okay, dann sprechen wir eben über etwas anderes. Weißt du noch, wie ich immer im Bett neben dir lag und dir dabei zuhörte, wenn du dich auf deine eleganten Plädoyers vorbereitet hast? Gott, deine Stimme hat mich so angeheizt, daß ich die Hand ausstreckte und ...«
»Hör auf, Eunice.«
»Oder kannst du dich noch an unsere Campingausflüge in den Wald erinnern? Wie wir uns liebten, bis wir uns nicht mehr rühren konnten, und uns dann unter ...«
»Verdammt, es reicht!«

»Okay, drück auf den Knopf ... jetzt bist du dran, ich höre auf und werde direkt auf den Punkt kommen. Ich will dich und Birdie wiederhaben.«

»Es war nett, mit dir zu plaudern, Eunice, aber wie ich bereits sagte, ich habe viel zu tun, und ...«

»Warte!« rief sie. »Hör mich an, Marc, eine Zwölfjährige braucht ihre Mutter, denk darüber nach, tu das.«

»Das habe ich bereits. Nur schade, daß du für diese Rolle niemals viel Begeisterung gezeigt hast.«

»Und woher nimmst du plötzlich deinen Preis für den besten Vater des Jahres? Aber denk nur nicht, daß sich die Mutter geschlagen gibt, während du in deiner neuentdeckten Vaterschaft schwelgst.«

»Tu, was du nicht lassen kannst. Aber vergiß nicht, dem Richter zu erzählen, daß es dein Wodka war, den deine Tochter in ihrem Seesack versteckt hatte.«

»Ich pfeife auf dich und deine armseligen Richter. Wenn ich Birdie wiederhaben will, dann werde ich mir einen dramatischeren Weg einfallen lassen!«

Marcus legte auf. Er drehte sich zu Robin um, aber sie war nicht mehr in der Küche. Wieder läutete das Telefon, und er packte den Hörer.

»Oh, mir scheint, ich habe vergessen, den Hörer aufzulegen«, trällerte Eunice. Dann wurde der Hörer lautstark auf die Gabel geknallt.

Er holte tief Luft und ging in Robins Zimmer. Sie lag auf dem Bauch auf der Matratze.

»Alles in Ordnung, Baby?«

Schweigen.

»Ich habe mich wieder von ihr hereinlegen lassen. Tut mir leid.«

Robin zuckte die Achseln und wischte dann mit den Ärmel ihres Hemdes eine Träne fort. Die Tränen flossen ganz leicht

zur Zeit, und das Schlimmste daran war, daß er nie wußte, warum sie weinte.
»Wolltest du mit ihr reden?« fragte Marcus. »Ich bin gar nicht auf die Idee gekommen, dich zu fragen, aber wenn du willst ...«
»Nein. Heute abend nicht.«
»Nun, wenn du es dir noch anders überlegst ...«
»Ganz sicher nicht.« Sie wandte sich ihrem Vater zu und holte tief Luft. »Manchmal hockt sie ganz tief in meinem Kopf, Daddy. Direkt in meinem Kopf, und dann will sie nicht mehr raus.«
»Eunice?«
»Nein, Amelia.«
Eine Pause, dann: »Manchmal ist das alles nur eine Frage der Willenskraft, Baby. Man darf solchen Gedanken einfach nicht nachgeben. Verstehst du, was ich dir damit sagen will?«
»Ich schätze, schon.«
»Hör mal, es gibt hier einen Arzt in Boston, der dir vielleicht helfen kann.«
»Einen Nervenarzt?«
»Eine Psychologin. Sie heißt Mollie Striker. Wir haben morgen einen Termin bei ihr.«
»Warum hast du bis jetzt gewartet, um mir von ihr zu erzählen?«
»Ich dachte mir, je weniger Zeit du hast, dir unnütze Gedanken zu machen, desto besser.«
Schweigen, dann: »Was wird sie mit mir machen?«
»Nichts, sich mit dir unterhalten.«
»Worüber denn?«
»Das kommt auf dich an, worüber du reden möchtest.«
»Einmal angenommen, sie will mich einsperren?«
»Jetzt komm aber, warum sollte sie so etwas wollen?«
»Ich weiß es nicht, aber nur einmal angenommen, sie will es?«

»Das würde ich nicht zulassen. Schau, Baby, so funktioniert das nicht. Sie versucht nur, mit dir gemeinsam herauszufinden, was dir solchen Kummer bereitet und warum diese schlimmen Gedanken nicht verschwinden. Das ist alles, ich verspreche es dir.« Er schwieg kurz und meinte dann: »He, hast du Hunger? Ich habe Spa...« Er stand auf, schnupperte und rannte dann in Richtung Küche davon, während Robin ihm nachblickte, wie er aus dem Zimmer verschwand.
Eine Frage der Willenskraft?
Tja, wie bei einer Diät. Laß das Essen, und du wirst nicht dick. Laß das Denken, und du wirst nicht verrückt ...
Es ist schwer, schwer, schwer ...

Als Robin in die Küche kam, hatte Marcus den Topf bereits zusammen mit dem Haufen angebrannter Nudeln in den Abfalleimer geworfen. Er war gerade dabei, mit einem stumpfen Messer die eingebrannte Kruste abzukratzen, die die Herdplatte bedeckte.
»Interessant«, sagte sie. »Wie nennst du das?«
»Anfängerglück.«
»Du besorgst dir wohl besser ein Kochbuch.«
»Da habe ich eine andere Idee. Wie wär's, wenn du dich als Wahlfach in einen Kochkurs einschreibst?«
»Ich hasse Kochkurse. Da muß man dann alles essen, was man gekocht hat. Ich habe einmal gesehen, wie ein Mädchen aus dem Klassenzimmer gerannt ist und über ihre Schulhefte gekotzt hat.«
Marcus warf das Messer ins Spülbecken. »Nicht gerade eine Auszeichnung für den Lehrer. Na dann, wenn dir die Idee nicht gefällt, vergiß sie, okay?«
Wieder läutete das Telefon, und Robin drehte den Kopf in seine Richtung, aber Marcus streckte die Hand aus, um sie zurückzuhalten.

»Nicht. Laß es läuten.«
Robin starrte das Telefon an.
»Neunmal«, zählte Marcus. »Ich wette, sie läßt es neunmal läuten. Was meinst du?«
»Ich sage elfmal.«
Nachdem es zweiundzwanzigmal geläutet hatte, hörte es endlich auf. »Man sollte eigentlich annehmen, daß wir Eunice inzwischen kennen«, sagte Marcus. »Also, was meinst du, sollen wir an unserem ersten Abend in der neuen Wohnung auswärts essen gehen?«
»Es regnet immer noch.«
»Okay, entscheide du. Entweder wirst du naß, oder es gibt nur Eier.«

Marcus hatte eben seinen Trenchcoat angezogen, als es an der Tür klopfte.
Robin machte auf. Die Frau, die dort stand, hatte eine blasse Haut und dunkelblaue Augen mit schweren Lidern, die ihre übrigen Gesichtszüge dominierten. Hinter den Ponyfransen ihres kurzgeschnittenen, glatten braunen Haares verbarg sich ein kleines, etwas erhöhtes Muttermal. Sie war überdurchschnittlich groß, schlank und trug ein gestärktes Kleid mit rosa Paisley-Muster. In den Händen hielt sie eine Kasserolle, die mit Alufolie zugedeckt war und die sie Robin entgegenstreckte.
»Nur eine Kleinigkeit zum Abendessen«, sagte sie. »Ich weiß doch, wie hektisch es an einem Umzugstag zugehen kann.«
Robin wich einen Schritt zurück und starrte sie an, während sie mit einer Hand über ihre Schulter griff und sich automatisch am Rücken kratzte.
Die Frau schlug die Folie an einer Ecke zurück; dekorativ waren drei Petersilienzweige auf einem Nudelgericht verteilt.
»Nur frische Zutaten, keine Konservierungsstoffe, es schmeckt wirklich ausgezeichnet«, sagte sie.

Wollte Robin wohl noch lange so stehen bleiben? Marcus kam zur Tür, nahm die Kasserolle in Empfang und gab sie Robin.

»Warum bringst du sie nicht in die Küche?« fragte er; dann, an die Frau gewandt: »Das ist sehr freundlich von Ihnen.«

»Das ist eine Lasagne. Ich hoffe, Sie essen gern italienisch.«

»Es gehört zu meinen Lieblingsessen.« Er streckte die Hand aus. »Marcus Garr«, stellte er sich vor und deutete dann mit dem Kopf auf Robin, die auf dem Weg in die Küche war. »Und das ist meine Tochter Robin. Ich nehme an, wir sind Nachbarn, richtig?«

Die Frau lächelte, und die Grübchen, die dabei in ihren Wangen sichtbar wurden, verliehen ihr eher das frische Aussehen einer College-Studentin als das einer Frau, die bestimmt schon die Dreißig überschritten hatte, wie Marcus vermutete.

»Dorothy Cotton. Aus dem ersten Stock, Apartment zwölf. Mir ist Ihr Möbelwagen vor dem Haus aufgefallen. Ich hoffe, Sie halten mich deswegen nicht für neugierig.«

Marcus lächelte. »Im Gegenteil, Sie sind ein Geschenk des Himmels. Ich habe eben eine merkwürdig aussehende Masse in den Abfalleimer geworfen, aus der eigentlich Spaghetti hätten werden sollen. Wir wollten gerade aus dem Haus gehen.« Er deutete mit dem Arm Richtung Küche. »Ich habe den Eindruck, es reicht für uns alle, also, warum kommen Sie nicht herein und leisten uns Gesellschaft?«

»O nein, ich gehöre zu den Hausfrauen, die sich während des Kochens bereits vom Erfolg ihrer Arbeit überzeugen und ständig probieren. Ich versichere Ihnen, ich hatte meinen Anteil schon. Lassen Sie es sich einfach schmecken – und, willkommen in der Nachbarschaft.«

Sie drehte sich um und ging zum Fahrstuhl. Marcus schloß schmunzelnd die Tür und wandte sich dann an Robin, die wie hypnotisiert auf die geschlossene Tür starrte.

»Robin?«
Schweigen.
»Erde an Robin – bist du da?«
Robin schaute ihn mit leeren Augen an.
»Ist mir bei der Unterhaltung etwas Wichtiges entgangen?«
Sie schüttelte den Kopf.
»Was dann?«
»Ich wundere mich nur – nennt man so etwas eine ›Grüß-Gott-Tante‹?«
»Vermutlich.« Dann, mit einem Blick auf die Kasserolle: »Es riecht köstlich.«
»Wir nehmen uns besser in acht, vielleicht hat sie, zusammen mit dem geriebenen Käse, Arsen über das Essen gestreut.«
Marcus überzeugte sich mit einem Blick, ob sie es wohl ernst meinte – das konnte man zur Zeit nicht immer so genau sagen. Er beschloß, daß es ein Witz gewesen war und sagte: »Weißt du, was, dann holst du inzwischen die Teller und das Besteck, und ich betätige mich als Vorkoster.«
Er hatte recht – die Lasagne schmeckte tatsächlich köstlich –, aber Robin aß nur wenig davon, da ihr nicht gut war, wie sie sagte. Vielleicht hätte er bis morgen warten und ihr erst dann von der Psychologin erzählen sollen.

Nach dem Abendessen läutete das Telefon viermal. Schließlich nahm Marcus den Hörer von der Gabel, legte ihn nebenhin und hoffte, daß ihn aus dem Büro niemand zu erreichen versuchen würde. Nachdem Robin gegen neun Uhr in ihr Zimmer gegangen war, machte er mit dem Auspacken weiter. Dabei stiegen allerhand Erinnerungen in ihm hoch.
Sie beide zu zweit in einem Schlafsack, ohne Zelt. »Kein albernes Zelt, das diesen wahnsinnigen Vollmond aussperrt«, hatte Eunice gesagt. Und wenn es regnete – oder schlimmer noch, wenn Tiere kamen? Himmel, es gab schließlich Bären

und Wildkatzen in diesen Wäldern. »Aber, aber, mein Süßer, du bist doch groß und stark. Wenn sich ein Bär nähert, dann besänftige ihn doch einfach mit dem Käse und den Keksen. Aber nicht die Pistazien, Marc, die heb für uns auf.« Richtig, Marcus – die Lebensmittel müssen immer in der Nähe, in Reichweite sein.

In der Nacht war es still, bis auf den Wind, der in den Zweigen raschelte, und das Getrippel kleiner Tiere, die durchs Unterholz rannten ... und bis auf ihren Atem neben ihm und ihre Brust, die sich im gleichmäßigen Rhythmus mit der seinen hob und senkte. Ihre dunklen Augen, die sich in die seinen bohrten, sein Inneres nach außen stülpten und alles mit ihm machen konnten, was sie wollten ...

Richtig – wie Wachs in ihren Händen. Da war es besser, wenn er an die jüngste Vergangenheit dachte, als der Jasminduft den Gestank nach Whiskey nicht mehr überdecken konnte und ihre klugen Sprüche plötzlich nichts anderes mehr als das unzusammenhängende Gestammel einer Betrunkenen waren.

Es läutete an der Tür; er beugte sich vor und drückte auf den Sprechknopf.

»Wer ist da?«

»Eine Sendung für Marcus Garr.«

Er drückte auf den Türöffner, ging zur Wohnungstür und wartete dort.

»Sind Sie Mr. Garr?« fragte der Junge, als er aus dem Aufzug trat.

»Richtig.« Er nahm dem Jungen eine längliche, schmale Schachtel ab. Blumen? Die Schachtel hatte genau das richtige Format für langstielige Rosen, war aber schwerer. Er schloß die Tür und machte die Schachtel auf: Sein schäbiger schwarzer Schirm ... und ein Zettel. »Gib meiner Birdie einen Kuß.« Als er den Schirm und die Nachricht von Eunice auf die Kommode in seinem Schlafzimmer legte, ertönte aus dem

Zimmer nebenan ein Geräusch wie von einer entfernten Sirene, und plötzlich war die Sirene ganz nah und ertönte im ganzen Zimmer. Aus den Schreien wurden gestotterte, unverständliche Worte, bis auf eines, das sich deutlich von den anderen abhob: *Amelia!* Marcus rannte in Robins Schlafzimmer, richtete sie im Bett auf und schüttelte sie.

»Ich bin es, Baby ... Ich bin es, Daddy!«

Und genauso plötzlich, wie sie angefangen hatten, hörten die Schreie wieder auf, und Robins Körper sackte in sich zusammen. Marcus hielt sie an sich gedrückt und fuhr mit den Fingern durch ihr kurzes, unregelmäßig geschnittenes Haar, bis ihr fliegender Atem sich wieder beruhigt hatte. Er blickte auf sie hinunter: Sie war in ihren Jeans eingeschlafen, auf der blanken Matratze, ohne Laken oder Decke.

Er legte seine Tochter zärtlich auf das Kopfkissen zurück, holte ihre gestreifte Steppdecke aus einem Karton und breitete sie über ihr aus. Dann beugte er sich über sie und küßte sie auf die Stirn; sie zuckte zusammen, ihr Arm schoß nach oben und traf ihn seitlich am Kopf.

Lieber Gott, diese Psychologin verstand hoffentlich was von ihrem Geschäft.

2

Robin schluckte schwer und musterte prüfend die fremde Umgebung, in der sie aufgewacht war – außer den Augen, wagte sie es nicht, irgendeinen Körperteil zu bewegen. War Amelia in der Dunkelheit in ihren Kopf gekrochen und hatte alle ihre Gehirnzellen zerstört? Schließlich fiel ihr wieder ein, wo sie war, und sie stieß einen tiefen Seufzer aus.

Sie schwang die Beine aus dem Bett und ging zu dem hohen, vorhanglosen Fenster, das auf die Commonwealth Avenue hinausführte. Obwohl das Pflaster noch naß war, hatte es inzwischen zu regnen aufgehört, und eine dumpf-schwüle, graue Luft hing in der Straße. Sie beobachtete die vielen Leute, die auf den Gehwegen hin und her liefen. Keine Kinder, die waren wahrscheinlich in der Schule. Sie entdeckte eine Frau in einem khakifarbenen Trenchcoat und mit einer braunen Schultertasche, die forsch den Weg hinunterging: Die »Grüß-Gott-Tante«.

»Robin, Frühstück!« rief Marcus.

Heute war der Termin bei der Ärztin.

»Robin?«

Robin blickte der »Grüß-Gott-Tante« so lange nach, bis sie um die Ecke bog, ging dann kurz zum Spiegel, hob ihr Hemd und schaute auf ihren Rücken. Schließlich ließ sie das Hemd wieder fallen und ging in die Küche.

Barfuß, die Hände in die Taschen ihrer Jeans gesteckt, blieb sie unter der Tür stehen. Auf beiden Tellern lagen jeweils zwei Scheiben Toast, die quer durchgeschnitten und mit Butter bestrichen waren. Ihr Vater häufte gerade knusprig aussehende Rühreier in die Mitte jedes Tellers und goß anschließend etwas Orangensaft in zwei Gläser.

»Nicht übel für den ersten Versuch, hmm?« sagte er.
»Ich frühstücke nie, Daddy.«
»Ich weiß, aber es gibt immer ein erstes Mal. Versuch's wenigstens.«
Sie setzte sich, nahm das Glas mit Orangensaft und trank einen Schluck.
»Um wieviel Uhr ist der Termin bei der Ärztin?«
»Um elf. Es ist ja erst neun Uhr, also entspann dich.«
»Wann gehst du wieder zur Arbeit?«
»Morgen, sobald ich dich in der Schule angemeldet habe.«
»Weißt du, die Sache mit dem Frühstück wäre ja gar nicht so übel, wenn sie nicht gleich als erstes in der Früh erledigt werden müßte.« Sie wollte wieder aufstehen. »Ich glaube, ich gehe erst mal unter die Dusche.«
Er legte eine Hand auf ihre Schulter und drückte sie in den Stuhl zurück. »Iß zuerst etwas. Komm, dem Chef zuliebe. Wenigstens einen Bissen.«
Komm, wenigstens einen Schluck.
O nein, Robin, das kann ich nicht.
Komm, Amelia, wenigstens einen kleinen Schluck. Einen kleinen Schluck ... Einen kleinen.
Sie schaufelte ein wenig von dem Rührei auf die Gabel.
»Mir ist aufgefallen, daß du heute nacht in deinen Kleidern geschlafen hast.«
Sie zuckte nur die Achseln.
»Du hast doch einen Schlafanzug, ein Nachthemd – irgend etwas – oder?«
»Ja, irgendwo in meiner Kommode wahrscheinlich. Warum?«
»Warum ziehst du das nicht an? Und wenn wir dann von unserem Termin bei der Ärztin zurückkommen, dann hätte ich gern, daß du dein Bett endlich machst. Mir ist gestern abend auch aufgefallen, daß du auf der bloßen Matratze geschlafen hast.«

»Warum bist du denn plötzlich so mäkelig?«

»Ich will nicht an dir herummäkeln, Baby. Ich versuche nur, ein paar Annehmlichkeiten des Lebens in unserem Haushalt einzuführen. Das ist alles.«

»Was ist los, hältst du mich für unzivilisiert? Ich wasche mich, mußt du wissen. Und ab und zu putze ich mir sogar die Zähne.«

Er streckte die Hand aus und legte sie auf die ihre.

»Sieh doch, ich will dich nicht kritisieren, ehrlich. Es ist nur so, daß Eunice dir solche Dinge nie beigebracht hat.«

»Du aber auch nicht.«

Er trank seinen Saft aus und setzte das Glas ab.

»Na ja, vielleicht vergessen wir besser, daß ich überhaupt etwas gesagt habe. Wenn das Bettenmachen eine so große Affäre ist, dann werde ich es selbst erledigen. Denn ich will auf keinen Fall, daß du dich wegen solcher Kleinigkeiten aufregst.«

»He, Daddy, glaubst du vielleicht, daß kein Mensch mich mehr für verrückt halten wird, wenn ich Pyjamas trage, mein Bett richtig mache und noch mehr Sachen lerne?«

Er holte tief Luft. »Hör mal, wenn das lustig sein sollte, dann muß ich dich enttäuschen.«

»Gut, denn so war es auch nicht gemeint. *Du* glaubst doch, daß ich verrückt bin. Du sagst es vielleicht nicht, aber du denkst es. Das merke ich daran, wie du mich anschaust und wie du mit mir sprichst. Als würdest du jeden Augenblick erwarten, daß mir der Schaum aus dem Mund quillt.«

»Robin, nicht. Da liegst du völlig falsch. Ich denke bloß, daß du im letzten Sommer eine schreckliche Zeit durchgemacht hast. Es ist nicht leicht, mit anzusehen, wie jemand stirbt, noch dazu eine Freundin. Aber, Baby, solche fürchterlichen Unfälle passieren nun mal im Leben, und wir müssen lernen, damit fertig zu werden und die Vergangenheit ruhenzulassen.«

Robin spürte, wie der Film in ihrem Kopf wieder ablief und an der Stelle anhielt, an der er immer stoppte: Die Stelle, wo Robin Amelia ins Gesicht schlug und wo Amelia zum letzten Mal unter Wasser tauchte. *Oh, tut mir leid, Amelia, aber weißt du nicht, daß solche Unfälle nun mal passieren? Es wird Zeit, daß ich dich zusammen mit meinen Pyjamas in eine Schublade sperre und vergesse, daß du je existiert hast.* Robin schaute auf die Gabel, und sie wußte, daß sie sich übergeben würde, wenn sie jetzt etwas aß.

Im Fahren zeigte Marcus Robin die nächste Bushaltestelle und erklärte ihr, daß die Praxis der Ärztin nur elf Haltestellen die Commonwealth Avenue hinunter lag.

»Geh ich denn allein zu ihr?«

»Sicher, wenn du nach der Schule einen Termin bei ihr hast. Ist doch in Ordnung, oder?«

Sie nickte.

»Hör mal, wenn dir die Frau nicht gefällt, dann suchen wir uns jemand anderen. Mir kommt es vor allem darauf an, daß du dich dabei wohl fühlst.«

Robin schaute auf den Rock hinunter, den sie auf seine Bitte hin angezogen hatte. Wahrscheinlich hätte sie sich in Jeans und Sweatshirt erheblich wohler gefühlt.

Die Praxis der Psychologin befand sich im Erdgeschoß eines zweistöckigen Reihenhauses aus rötlichbraunem Sandstein. Der glänzende Parkettfußboden in dem hohen Wartezimmer war teilweise von einem Teppich mit Madraskaro bedeckt, der blaue und grüne Fransen hatte. Drei Sessel, von denen keiner zum anderen paßte und die schon reichlich abgenutzt aussahen, bildeten die Einrichtung, dazu ein alter Schreibtisch aus Mahagoni, dessen Oberfläche übersät war mit Notizzetteln, Millimeterpapier und Tontöpfen voller Kugelschreiber, Kreide, Buntstifte und Scheren. In einer Holzkiste waren ein

Tonbandgerät und Tonbänder untergebracht, und an einer Wand waren Zeitschriften und Taschenbücher aufgestapelt. Es gab keine Empfangsdame, nur eine Notiz in roten Buchstaben bat darum, doch ein klein wenig zu warten.

Dr. Mollie Striker war ebenso ungewöhnlich wie ihr Wartezimmer. Ihr dickes, langes rotblondes Haar war aus dem sommersprossigen Gesicht gekämmt und locker im Nacken zusammengefaßt. Sie trug Jeans, flache Schuhe und ein loses, blaugestreiftes Hemd mit Buttondown-Kragen. Sie führte sie in ihr Arbeitszimmer, das wie eine größere Ausgabe ihres Wartezimmers wirkte.

»Setzen Sie sich doch«, sagte sie und ließ sich ebenfalls in einem der Sessel nieder, statt sich an ihren überfüllten Schreibtisch zu setzen.

»Ich dachte mir, daß wir uns vielleicht erst einmal allein unterhalten sollten«, sagte Marcus und sah sich in dem Zimmer um.

»Entscheide du, Robin«, sagte die Ärztin. »Möchtest du, daß wir es so machen?«

Robin zuckte mit den Achseln. »Das ist mir egal.«

»Okay, dann sehen wir uns später, wenn ich mit deinem Vater gesprochen habe. Aber wenn dir die Ohren klingeln und du hören möchtest, was wir über dich reden, dann komm ruhig wieder herein.«

Als Robin draußen war, sagte Marcus: »Ich sehe hier keine Diplome an der Wand hängen, aber soviel man mir sagte, haben Sie erstklassige Referenzen. Wo waren Sie gleich noch ... in Harvard?«

»Ich habe in Harvard mein Diplom gemacht und mit einer Arbeit über Studenten promoviert. Danach war ich drei Jahre lang am Massachusetts General und anschließend zwei Jahre als Kinderpsychiaterin am Boston-City-Krankenhaus tätig. Seit zwei Jahren habe ich jetzt meine eigene Praxis.«

»Sie scheinen mir kaum alt genug für all die Erfahrung zu sein.«
Sie lächelte, ein nettes Lächeln, das gleichmäßige weiße Zähne enthüllte. »Lassen Sie sich nicht von meinen Sommersprossen täuschen.« Dann, mit einer Handbewegung auf die Akte auf ihrem Schreibtisch. »Mr. Garr, ich habe mir bereits Robins Unterlagen angesehen, die ich von ihrem Kinderarzt bekommen habe, aber ich würde mir die Geschichte gern noch mal aus Ihrer Sicht anhören, unvoreingenommen und ohne medizinisches Fachchinesisch.«
»In Ordnung, Miss Stri... Ich meine, Frau Doktor ...«
»Mollie reicht.«
Marcus redete ungefähr zwanzig Minuten ohne Unterbrechung.
»Rekapitulieren wir doch mal, ob ich auch alles richtig verstanden habe«, meinte Mollie, als er geendet hatte. »Sie haben davon erzählt, daß Robin sich die Haare abgeschnitten hat, haben von ihrer Appetitlosigkeit gesprochen, dem zwanghaften Verlangen, ihren Rücken zu betrachten oder sich dort zu kratzen, ihren Alpträumen, ihrer Melancholie, ihrer Introvertiertheit, ihrem Desinteresse an früheren Freunden, ihren trüben Gedanken und auch davon, daß sie darauf besteht, Amelia würde sich in ihrem Kopf befinden und in ihre Gedanken eindringen. Habe ich irgend etwas vergessen?«
»Ihre Wut. Auf ihre Mutter.«
»Ist sie auf Sie nicht wütend?«
»Wenn ja, dann hat sie das bis jetzt noch nicht gezeigt.« Dann ging Marcus auf Eunices Alkoholprobleme und auf die daraus resultierenden Folgen ein, die – zusammen mit dem Unfall im Sommercamp – in erster Linie für Robins momentane Schwierigkeiten verantwortlich waren, wie er glaubte. »Es ist kein Wunder, daß sie ganz durcheinander ist«, sagte er. »Ich zweifle ja nicht daran, daß Eunice Robin liebt, aber sie hat sich keine

große Mühe gegeben, das zu beweisen. Ich glaube einfach, daß sie gar nicht in der Lage ist, ihr eine richtige Mutter zu sein.«

»Und Sie, Mr. Garr?«

»Wie ich bereits sagte, ich tue mein Bestes, um Robin wieder hinzubekommen. Ich versuche, ihr irgendwie einen Halt zu geben und ihr gute Vorbilder zu liefern.«

»Aber Sie erzählen doch, daß Eunice die ganzen Jahre über haltlos und unzuverlässig gewesen ist. Und daß Robin, laut Ihren Aussagen, sehr viel auf sich allein gestellt war.«

»Das ist richtig.«

»Und wo waren dann Sie die ganze Zeit über?«

Daddy sagte kein Wort über die Ärztin, erst als sie bereits wieder auf dem Heimweg waren.

»Okay, du hast mit ihr gesprochen«, meinte er schließlich. »Was hältst du von ihr?«

»Ich weiß nicht, ich schätze, sie ist in Ordnung.«

»Ist das alles?«

»Nun, sie hat mich nicht zum Reden gezwungen, und das war gut so. Sie sagte, daß sie mich am Anfang gern zweimal die Woche sehen würde, und bat mich, mir die Tage selbst auszusuchen. Ich habe mich für Dienstag und Donnerstag entschieden. Und sie hat auch noch gesagt, daß ich das jederzeit ändern und später mal an anderen Tagen kommen könnte, falls ich nach der Schule etwas vorhaben sollte.«

»Weißt du, Robin, wenn du sie nicht magst, dann können wir jemand anderen suchen. Es gibt eine Menge guter Ärzte in Boston.«

Robin musterte ihn. »Du bist es doch, der sie nicht mag, richtig?«

Er zuckte mit den Schultern. »Hör mal, ich muß mich ja nicht mit ihr unterhalten. Das mußt du entscheiden.«

Als Daddy an ihrem Wohnblock vorbeifuhr, um von hinten in den Hof zu fahren, schaute Robin nach oben und erhaschte von der Straße aus gerade noch einen Blick auf ihr Schlafzimmerfenster. Doch bevor ihre Augen in den zweiten Stock hochklettern konnten, blieben sie einen Stock darunter hängen. An dem Fenster des Zimmers, das direkt unter dem von Robin lag, saß die »Grüß-Gott-Tante« und beobachtete sie.
Nach wem hält sie wohl Ausschau?
Rate mal – nach dem Briefträger, dem Müllmann, dem Eisverkäufer, Daddy, dir?
Sei nicht so albern, sie ist einfach eine olle Schnüfflerin.
Okay, dann sag du's mir – nach wem halten Schnüffler Ausschau?

Als sie in die Wohnung zurückkamen, ging Robin in ihr Zimmer, um ihr Bett zu machen. Ein paar Minuten später stand Dorothy Cotton vor der Tür.
»Ich will mich ja nicht aufdrängen«, sagte sie. »Aber ich dachte mir, vielleicht haben Sie die Lasagne bereits aufgegessen und benötigen die Kasserolle nicht mehr. Sie ist die einzige, die ich habe. Das mag in Ihren Ohren vielleicht nicht gerade nach einer Notlage klingen, aber ...«
»Aber selbstverständlich«, sagte Marcus lächelnd. »Kommen Sie doch herein, während ich sie hole. Übrigens, die Lasagne war großartig. Haben Sie schon mal daran gedacht, das in größeren Mengen herzustellen und zu verkaufen?«
Sie lachte. »Nein, aber ich werde mal darüber nachdenken.«
Sie betrat die Wohnung und schaute sich in der nur spärlich möblierten Diele um; dann folgten ihre Augen Marcus in die Küche. Er holte die Kasserolle und einen Schwamm aus dem Spülbecken, das voll mit schmutzigem Geschirr war, und drehte das heiße Wasser auf.
»Oh, machen Sie sich doch keine Mühe«, sagte sie. »Im Ernst, das kann ich schon selbst tun.«

»Sie waren bereits freundlich genug, uns die Lasagne heraufzubringen. Jetzt kann ich Ihnen wenigstens Ihr Geschirr abspülen.«
Robin rief vom Gang aus nach ihm. »Daddy, du hast das einzige Bettuch mit Gummizug genommen, das wir haben.«
»Dann nimm eines von denen ohne Gummizug.«
»Ich weiß nicht, wie man...«
»Du mußt es einschlagen.«
»Ich habe eben Ihre Unterhaltung mit angehört«, mischte Dorothy sich ein. »Ich würde ihr gern zeigen, wie man das macht.«
Er drehte sich am Spülbecken um, die tropfnasse Kasserolle in der Hand. »Macht Ihnen das wirklich nichts aus?«
»Überhaupt nicht. Was soll mir das schon ausmachen?« Sie ging zu Robin und dem Wäscheschrank, holte zwei saubere Laken und einen Kopfkissenbezug heraus und ging anschließend ins Schlafzimmer; Robin folgte ihr langsam.
»Wie alt bist du denn?« fragte sie Robin.
»Zwölf. Warum?«
»Nun, dann würde ich meinen, daß du alt genug bist, um ein Bett ordentlich beziehen zu können.« Sie räumte die Matratze leer, ging ans Fußende des Bettes und schüttelte das Laken so heftig aus, daß es richtiggehend knatterte. »Das ist wirklich ganz einfach. Erst legst du das Bettuch so auf die Matratze, dann stellst du dich rechts vor das Bett und schlägst die Ecken ein.« Sie zeigte ihr, wie man das Laken faltete und es erst einmal und dann ein zweites Mal unter die Matratze schlug.
»Ich habe immer diese alberne Angst, daß ich eines Nachts bestimmt aus dem Bett fallen werde, wenn ich diese Ecken nicht sauber und glatt und ohne Falten einschlage.«
»Ist Ihnen das schon mal passiert?«
»Zum Glück nicht. So ein Pech würde mich auf der Stelle aus diesem Haus jagen.«

Robin musterte sie lange. »Haben Sie Kinder?« fragte sie schließlich.
Dorothy drehte sich um und sah sie an. »Nein ... ich wünschte, ich hätte welche, aber ich habe keine. Warum fragst du mich?«
Robin zuckte mit den Achseln. »Nur so.«
»Aber als ich noch ein Kind war, da hatte ich eine Schwester, die fünf Jahre jünger war als ich. Ich kümmerte mich oft um sie. Sie hatte dunkles Haar, war sehr hübsch, aber ein ziemlicher Wildfang. Sie half nie gern im Haushalt ... wie zum Beispiel, ihr Zimmer aufräumen oder ihr Bett machen.« Sie schaute sich in Robins unordentlichem Schlafzimmer um und meinte dann lächelnd: »Weshalb habe ich nur den Eindruck, daß du eine Menge mit ihr gemeinsam hast?«

Als Dorothy in die Küche zurückkam, hatte Marcus bereits das ganze schmutzige Geschirr abgewaschen und es zum Abtropfen aufgestellt. Er gab ihr die Kasserolle, die noch etwas feucht war, und deutete mit dem Kopf in Richtung Robins Zimmer.
»Was das betrifft, hat man ihr nicht sehr viel beigebracht. Vielen Dank.«
»Es war mir ein Vergnügen«, erwiderte Dorothy. »Sie ist eine gelehrige Schülerin.«
»Was meinen Sie, hätten Sie vielleicht später Lust auf einen Drink? Hier bei uns?«
»Ich trinke nur selten Alkohol.«
»Ich habe noch eine Flasche Perrier im Haus. Aber verstehen Sie mich bitte nicht falsch, das ist kein Annäherungsversuch. Sie waren nur so freundlich, daß ich mich revanchieren möchte.«
»Das ist doch nicht nötig.« Sie lächelte und sagte dann: »Gut, warum eigentlich nicht? Das wird bestimmt nett. Wann soll ich denn kommen? Und soll ich etwas mitbringen?«

»Kommen Sie so gegen neun Uhr. Und bringen Sie einfach sich selbst mit.«
Und das war wirklich kein Annäherungsversuch von seiner Seite. Obwohl sie nicht schlecht aussah, war sie überhaupt nicht sein Typ. Aber eigentlich wußte er gar nicht, wie sein Typ aussah. Auffallend und extravagant wie Eunice? Hoffentlich hatte er dieses Stadium jetzt hinter sich. Aber Dorothy hatte etwas Erfrischendes, Fröhliches und auch Beruhigendes an sich, und vielleicht – es konnte ja sein – würde etwas von ihren Qualitäten als Hausfrau auf Robin abfärben.

Robin durchwühlte die Schubladen ihrer Kommode nach den Pyjamas: als sie keine finden konnte, ging sie zu einer der Schachteln, die noch nicht ausgepackt worden waren und die immer noch mitten im Zimmer standen. Sie kniete sich daneben hin und zog ein paar Kleidungsstücke heraus – und in dem Moment fiel ihr der blau und purpurrot gestreifte Bikini in die Hände. Sie holte ihn heraus und starrte ihn an.
Kannst du dich noch erinnern?
Der Badeanzug, den Eunice in irgendeiner Boutique entdeckt hat.
Nicht einfach irgendein Badeanzug – nein, einer, um den sich fast jedes Mädchen im Sommerlager gerissen hatte. Weißt du noch, als du Amelia herausgefordert hast, ihn anzuziehen und so wagemutig zu sein, doch etwas Haut zu zeigen?
Nein, nein, ich kann mich nicht erinnern, und ich will auch nichts davon hören.
Aber natürlich ... Amelia wollte ihn nicht einmal anprobieren, sagte, sie sei viel zu mager dafür. Statt dessen nahm sie diesen gräßlichen alten Badeanzug, denjenigen, den sie immer trug – aus geraffter, dunkelgrüner Baumwolle, der hinten und vorn hochgeschlossen und an den Schultern zum Knöpfen war – und ging damit zu den Umkleidekabinen. Sie wollte sich nicht einmal –

Bist du taub? Ich sagte, ich will nichts mehr hören!
Wann dann?
Vielleicht nie!
Robin knüllte den Bikini zusammen, ging zum Schrank und stopfte ihn ganz nach hinten in ein Fach. Dann rannte sie schnell zu ihrem Bett, zerrte das Bettuch von der Matratze und legte es zurück in den Wäscheschrank.
Sie haßte Bettücher zum Zudecken. Sie haßte es auch, wenn man sie mit der kleinen, ungezogenen Schwester dieser »Grüß-Gott-Tante« verglich.

Dorothy erschien pünktlich um neun Uhr, kurz nachdem Robin in ihrem Schlafzimmer verschwunden war.
»Es gibt nur Käse und Crackers«, meinte Marcus, als er einen Teller auf den Tisch stellte und Dorothy aufforderte, auf dem Sofa Platz zu nehmen.
»Das genügt doch«, sagte sie.
Er goß sich ein Glas Burgunder und Dorothy etwas Perrier ein. »Wie lange wohnen Sie schon in dem Haus hier, Dorothy?«
»Ein paar Jahre. In bin kurz nach dem Tod meines Mannes hier eingezogen. Aber ich besitze immer noch ein kleines Haus auf dem Land, das ich aber nur selten benutze. Sosehr ich das Landleben auch liebe – die Arbeit im Garten, die frische Luft, die Stille –, es ist doch nicht mehr dasselbe, wenn man allein ist.«
Marcus nickte. »Manchmal kann es auch zu ruhig sein, vermute ich. Sind Sie berufstätig?«
»Nein, obwohl ich mir manchmal wünschte, einen Beruf zu haben. Ich fürchte, mit meiner Ausbildung wurde ich nur auf die Ehe vorbereitet – Hauswirtschaftslehre nennt man so etwas heutzutage wohl. Aber zwei Vormittage in der Woche arbeite ich als ehrenamtliche Helferin im Beth-Israel-Kran-

kenhaus. Ich schiebe das Wägelchen mit den Leihbüchern oder mit den Mitbringseln für die Kranken durch die Gegend, solche Sachen eben.«

»Haben Sie Kinder?«

»Ihre Tochter hat mir bereits dieselbe Frage gestellt. Es tut mir leid, sie verneinen zu müssen.«

»Mir scheint, Sie hätten eine ideale Mutter abgegeben.«

»So?«

»Sie scheinen mir der Typ dafür zu sein ... Das war übrigens ein Kompliment.«

»Dann werde ich es auch so verstehen. Ich habe es Robin bereits erzählt, daß ich eine kleine Schwester hatte ... Ich vergötterte sie, spielte mit ihr, las ihr vor und brachte ihr schon das Lesen bei, ehe sie überhaupt in den Kindergarten ging. Man könnte vielleicht sogar sagen, daß ich die Mutterstelle bei ihr eingenommen habe. Aber sie ist gestorben, als sie erst acht Jahre alt war.«

»Das tut mir leid.«

»Nun, das ist jetzt viele Jahre her. Aber Robin erinnert mich etwas an sie, obwohl sie natürlich viel älter ist. Doch das ist jetzt genug über mich. Erzählen Sie mir etwas über Robins Mutter – wie ist sie, und werde ich sie einmal kennenlernen?«

»Ich hoffe nicht. Wir haben uns getrennt. Vor kurzem erst.«

»Das tut mir leid«, sagte Dorothy. »Ich bin wohl etwas zu weit gegangen.«

»O nein, überhaupt nicht. Im Gegenteil, es tut ganz gut, sich mal mit einem Menschen darüber zu unterhalten.«

»Nun, wenn Sie sicher sind, daß ich mich nicht zu sehr aufdränge ... Ich wollte es eigentlich nicht erwähnen, aber da mein Schlafzimmer offensichtlich direkt unter dem von Robin liegt ... Letzte Nacht, da hörte ich sie schreien – sie klang schrecklich verängstigt. Hat das irgend etwas mit der

Trennung von Ihrer Frau zu tun? Aber bitte sagen Sie es mir, falls ich zu indiskret werde.«

»Nein, weder das eine noch das andere. Robin hat andere Probleme. Sie ist jedenfalls bei einer Therapeutin in Behandlung.«

»Oh, ich verstehe. Nun, wenn es irgend etwas gibt, was ich tun könnte ...«

»Vielen Dank für Ihr Angebot. Ich muß morgen wieder an meine Arbeit zurück – ich habe eine Kanzlei hier in der Stadt. Robin kann natürlich ganz gut auf sich selbst aufpassen, aber es wäre schon beruhigend zu wissen, daß, falls irgend etwas passiert ...«

»Selbstverständlich, auf jeden Fall. Warum geben Sie in der Schule nicht meinen Namen als Kontaktadresse an, falls es während der Zeit dort irgendwelche Probleme geben sollte? Falls Robin krank wird oder so. Normalerweise wollen die dort immer eine zweite Adresse und eine zweite Telefonnummer für ihre Unterlagen haben.«

»Und das wäre Ihnen recht?«

Dorothy lächelte. »Um die Wahrheit zu sagen, Mr. Garr ...«

»Bitte, nennen Sie mich doch Marcus.«

»In Ordnung, Marcus. Nun, wie ich bereits erwähnt habe, ist mein Leben manchmal etwas zu ruhig. Oh, sicher, ich unternehme täglich einen Spaziergang und habe meine ehrenamtliche Tätigkeit, aber das füllt nicht alle leeren Stunden aus.« Sie schüttelte den Kopf. »Es wäre schön, sich wieder nützlich zu fühlen.«

Das Telefon klingelte, und es wurde beim zweiten Läuten abgehoben. Ein paar Sekunden später steckte Robin den Kopf ins Wohnzimmer.

»Daddy, es ist Eunice.«

»Was will sie denn?«

»Ich weiß nicht. Sie ist betrunken. Du sprichst besser selbst mit ihr.«

Robin ging wieder in ihr Zimmer zurück und warf sich auf das Bett. Morgen war Dienstag ... ihr erster Tag an der neuen Schule. Bis zu diesem Jahr hatte sie sich immer darauf gefreut, aber jetzt jagte ihr die Vorstellung von einer fremden Schule und neuen Gesichtern nichts als Angst ein. Aber im Augenblick bereiteten ihre viele Dinge Kummer, der Umzug und dieses alte Wohnhaus hier – alberne Problemchen, die sie früher niemals aus der Bahn geworfen hätten.

Dann, nach der Schule, würde sie zu Mollie gehen ...

Bin schon gespannt.

Warum, hast du ein Problem mit Mollie?

Daddy mag sie nicht.

Und?

Nichts weiter.

Warum, glaubst du wohl, hat er die »Grüß-Gott-Tante« eingeladen?

Vielleicht, weil sie gut Lasagne zubereiten kann.

Oder weil sie ihm vielleicht bei seiner Aktion »Besseres Leben« beraten soll.

Nicht schlecht ... das gefällt mir.

Das freut mich aber. Reden wir doch mal über den Anruf von Eunice.

Warum?

Weil ich es will, deswegen. Sie sagt, sie wird dich zurückholen, richtig? Sie hat geweint und dich angefleht, richtig?

Stimmt, stimmt, stimmt. Okay, das reicht, jetzt haben wir darüber gesprochen.

Was Eunice will, das bekommt sie auch.

Hör auf damit! Sie war betrunken. Du kennst doch Eunice ... meistens redet sie doch nur eine Menge Unsinn und handelt nicht.

Was war denn damals, als sie dich eine ganze Stunde lang in den Wandschrank gesperrt hat?

Das ist doch schon lange her. Außerdem hat sie so etwas nie wieder getan, oder?
Nein.
Also, entspann dich, okay? Wenn ich es nicht besser wüßte, dann würde ich meinen, du willst mir Angst einjagen …

Marcus wand sich vor Verlegenheit, während er versuchte, Eunice – mit Dorothy im Zimmer nebenan – wieder loszuwerden. Schließlich gelang es ihm, das Gespräch zu beenden, aber er legte vorsichtshalber den Hörer neben die Gabel.
»Tut mir leid, Dorothy.«
»Oh, ich bitte Sie, Sie müssen sich nicht dafür entschuldigen.«
Marcus schenkte sich noch etwas Wein nach.
»Ich habe gehört, daß Robin ihre Mutter Eunice nennt. Ist sie ihre Stiefmutter?«
»Nein. Aber Eunice hat Robin schon früh ermutigt, sie so zu nennen.«
»Verzeihen Sie mir, aber das erscheint mir so …«
»Ist *merkwürdig* der richtige Ausdruck?«
Dorothy schüttelte den Kopf. »Nun, die Anrede ›Mutter‹ gibt man doch wohl nicht so leicht auf, würde ich meinen. Aber ich muß Sie wirklich bewundern, Marcus Garr.«
»Wofür denn?«
»Also, ein Vater, der seine Tochter allein erzieht, hat bestimmt kein leichtes Leben, besonders nicht in dieser Zeit. Und wie es mir scheint, ist Eunice dabei auch keine große Hilfe.«
»Ich habe mich in der Beziehung bisher aber auch nicht besonders mit Ruhm bekleckert.«

Da – endlich hatte er es gesagt.
Noch lange, nachdem Dorothy bereits gegangen war, dachte er über dieses Eingeständnis nach. Das war es, was Dr. Striker

aus ihm hatte herausholen wollen, und das nicht gerade zartfühlend.

Wo bist du denn gewesen, Marcus ... als das alles passierte, wo warst du da? Du warst damit beschäftigt, Geld zu verdienen, eine Karriere aufzubauen ... Und, was noch schlimmer war, du hast dir eine armselige Ausrede nach der anderen für eine Mutter, die ständig betrunken war, einfallen lassen.

Jetzt, wo er sich seine Schuld eingestanden hatte, würde sie nun triumphieren, diese junge Ärztin? Aber was machte das schon? Trotz ihrer nicht sehr repräsentativen Praxis, ihrer lockeren Art, sich zu kleiden und mit Leuten umzugehen, und trotz aller Anschuldigungen, die sie ihm noch an den Kopf werfen würde – wenn Robin mit ihr zurechtkam, und sie schien sie zu mögen, dann sollte ihm das genügen. Es war noch keine drei Monate her, da hatte er eine glückliche, lebensfrohe, selbstsichere Zwölfjährige ins Sommerlager nach Maine gefahren.

War es zuviel verlangt, wenn er sie wieder zurückhaben wollte?

3

Vielleicht paßte Robin ja wirklich nicht zu den anderen Kindern in der neuen Schule, aber vielleicht spürte sie auch bloß keinen so großen Drang mehr, mit neuen Leuten ins Gespräch zu kommen. Als sie während der Mittagspause an der Kennedy Junior High-School in die Cafeteria ging, setzte sie sich gleich allein an einen Tisch, schaute sich um, betrachtete prüfend ihre neue Umgebung und stellte Vergleiche mit Andover an.

»Ganz schön ätzend, häh?« meinte ein Junge und stellte mit diesen Worten sein Tablett ein paar Plätze weiter weg auf einem Tisch ab.

Robin schaute zu ihm auf. Er hatte langes, glattes braunes Haar, einen weichen Mund, und an seinem linken Ohrläppchen baumelten zwei goldene Ohrringe.

»Ich kenne dich doch«, sagte Robin. »Du bist der unverschämte Kerl mit dem Fernglas, stimmt's?«

»Und wenn ich das wäre?«

»Hör auf, mir so neugierig ins Fenster zu starren, das ist alles.«

Der Junge zuckte nur mit seinen knochigen Schultern und nahm dann seine Gabel in die Hand. »Du bist also neu hier, hmm?«

»So was, du bist ja ein richtiger Intelligenzbolzen.«

»Und du bist eine Kratzbürste, das kann man auf den ersten Blick sehen.«

»Nein, nein, ich bin nur verrückt. Ich geh zu einem Irrenarzt.«

»Was machst du denn für verrückte Sachen?«

»Ich bringe Leute um, solche Sachen eben.«

»Und außerdem erzählst du lauter Lügen, möchte ich wetten.«

»Manchmal, aber jetzt nicht.«
Der Junge schüttete einen flachen Teller voll brauner, klumpiger Bratensoße über seinen Kartoffelbrei, bis alles eine gleichmäßige hellbraune Färbung angenommen hatte, und schob dann den Teller beiseite.
»Ißt du nichts?« fragte er und riß eine seiner beiden Milchtüten auf.
»Hast du denn keine Freunde, bei denen du sitzen kannst, damit du mir nicht auf die Nerven gehen mußt?«
»Nein. Mir geht's wie dir, ich bin auch verrückt. Und deswegen sitze ich am Katzentisch – falls du es noch nicht bemerkt haben solltest, aber das hier ist der Katzentisch, an dem die Leute sitzen, die keine Freunde haben. Schätze, du wirst in diesem Semester oft hier sitzen, hmm?«
Robin gab keine Antwort.
Er hob die Milchtüte an seinen Mund, legte den Kopf zurück, trank einen Schluck und sagte dann: »He, ich heiße Calvin.«
»Das freut mich aber für dich.«
»Und wie heißt du?«
»Das geht dich nichts an.«
»Bist du auf Drogen?«
»Warum, bist du ein Junkie oder so was?«
Calvin lächelte und entblößte dabei eine klaffende Lücke zwischen seinen beiden Vorderzähnen. »He, nein. Nur, falls du es wärst, dann könnte ich dir was besorgen. Das ist alles.«
Robin hob wortlos ihr Tablett hoch, trug es in den vorderen Teil der Cafeteria und schob es in das Stahlgestell zurück. Dann ging sie in den Hof hinaus, um etwas frische Luft zu schnappen.

Es war schon fast drei Uhr, als sie zu Mollie in die Praxis kam. Mollie saß Robin gegenüber in einem der Sessel, hatte einen ihrer bestrumpften Füße unter ihren Körper gezogen und den anderen lässig auf die Sessellehne gestützt. Sie kaute an einem Erdnußbuttersandwich.

»Möchtest du was?« Sie streckte Robin einen Teller entgegen, auf dem noch mehr davon lagen.

Robin nahm sich zwei.

»Wie war dein erster Tag in der Schule?«

Robin zuckte die Achseln.

»Es ist nicht so einfach, die Schule zu wechseln, besonders dann nicht, wenn das neue Semester bereits begonnen hat.«

»Das macht mir nicht viel aus.«

»Meine Familie ist von Vermont nach Massachusetts gezogen, als ich zehn Jahre alt war«, erzählte Mollie. »Es war schrecklich, bis ich neue Freunde gefunden hatte. Ich war ziemlich unsicher, und Kinder scheinen ein solches Verhalten sofort zu ›riechen‹ und hacken dann ständig auf einem herum.«

Robin nickte.

»Aber ich schätze, langfristig sind Kinder eher zu durchschauen als Erwachsene. Sie können ja meinetwegen auf einem herumhacken, aber man weiß wenigstens, was sie denken.« Sie wartete auf eine Antwort, bekam aber keine. »Also, was hältst du von meiner Superanalyse?«

»Wenn es mir nicht gefällt, was Sie sagen, dann melde ich mich schon.«

»Einverstanden, damit kann ich leben. Weißt du, Robin, ich weiß ja nicht, wie das bei dir ist, aber mir scheint, daß ich einen großen Teil meiner Kindheit mit dem Versuch verbracht habe, herauszufinden, was die Erwachsenen wirklich denken. Ich dachte mir, wenn mir das gelänge, dann würde ich alle anderen Probleme in meiner Welt lösen können. Man muß die Erwachsenen kennen, um es ihnen recht zu machen. Nicht, daß man dann unbedingt immer das tut, was sie wollen, aber wenigstens weiß man, was man sagen muß, damit sie sich nicht aufregen.«

»Machen Sie das immer noch so? Ich meine, bei den Leuten?«

»Nein. Nein, im Gegenteil, es ist mir ziemlich egal, was die Leute denken. Irgendwann einmal ist mir nämlich klargeworden, daß es wirklich nicht darauf ankommt, andere zu beeindrucken, wichtig ist nur man selbst. Selbstverständlich sind eine Menge Leute bestimmt nicht meiner Meinung, halten sie vielleicht sogar für etwas exzentrisch. Kennst du dieses Wort überhaupt?«

Robin nickte.

»Gut. Tja, Robin, ich möchte wetten, du bist momentan schwer damit beschäftigt, *meine* Gedanken zu lesen, damit du die Sache zwischen uns unter Kontrolle halten kannst. Und deswegen möchte ich dir von vornherein sagen, daß das nicht nötig ist – Hauptsache, wir sind ehrlich zueinander.«

»Einmal angenommen, ich bin ehrlich, und Sie mögen mich nicht.«

Sie zuckte die Schultern. »Dieses Risiko mußt du eingehen, aber so groß ist es auch wieder nicht. Und was wäre so schlimm daran, wenn ich dich nicht mag? Ich bin nur einer von tausend Menschen, die du in deinem Leben noch kennenlernen wirst.«

Robin musterte Mollie ein paar Minuten lang und beugte sich dann in ihrem Sessel vor.

»Mein Vater hält nicht sehr viel von Ihnen«, sagte sie.

Mollie lachte.

»Was ist daran so lustig?«

»Ich glaube, ich habe nicht erwartet, so schnell auf die Probe gestellt zu werden.«

»Es macht Ihnen nichts aus, daß er Sie nicht mag?«

»Nur, wenn es dir etwas ausmacht, Robin.«

Auf der Busfahrt nach Hause dachte Robin über ihre Unterhaltung nach. Das Wichtigste daran war nicht Mollies Antwort gewesen, sondern die Art, wie sie Robin gegenüber zugegeben hatte, daß sie wußte, daß sie von ihr auf die Probe gestellt wurde. Robin selbst hatte die Sache nicht so locker gesehen. Es *machte* ihr etwas aus, daß ihr Daddy Mollie nicht mochte. Aber sie entschloß sich, genau das zu tun, was Mollie auch tun würde; sich nämlich keine Gedanken darüber zu machen.

Der Bus hielt an der Ecke, und sie ging die zwei Blocks bis zu ihrem Apartmenthaus zu Fuß. Gerade als sie am Vordereingang ankam, rannte Calvin auf sie zu.

»He, wo gehst du hin?«

»Woher willst du wissen, daß ich irgendwohin gehe? Spionierst du mir wieder nach?«

Er zuckte mit den Schultern. »Ich habe nach der Schule auf dich gewartet.«

»Warum?«

»Ich dachte mir, vielleicht könnten wir zusammen heimgehen.«

»Such dir einen anderen Dummen, mit dem du heimgehen kannst.«

Sie machte die Tür zur Vorhalle auf und benutzte dann ihren Schlüssel, um die innere Haustür aufzusperren. Sie ging zu Fuß, und als sie auf dem Treppenabsatz zum ersten Stock ankam, stand die »Grüß-Gott-Tante« bereits wartend da.

»Hallo, Robin, wir war's in der Schule?«

»Okay.«

»Könntest du dich für eine Apfeltasche und ein Glas Milch erwärmen? Dienstags gibt es immer Apfeltaschen. Man kann direkt ein Spiel daraus machen ... ich sage dir die Nachspeise, und du weißt, welcher Wochentag ist.«

Robin starrte sie an, ohne eine Miene zu verziehen, obwohl sie wußte, daß Dorothy nur auf eines wartete: auf ein Lächeln.

»Also, wie ist es, möchtest du probieren?«

»Nein, vielen Dank.«

Ein paar Minuten lang herrschte verlegenes Schweigen, dann

meinte Dorothy: »Ich war etwas in Sorge, als du nach der Schule nicht gleich heimgekommen bist.«
»Ich mußte noch wohin.«
»Oh, natürlich, deine Therapiestunden.« Als sie den Ausdruck auf Robins Gesicht bemerkte, fügte sie hinzu: »Tut mir leid, vielleicht hätte ich das lieber nicht sagen sollen.« Sie hielt inne und wartete, daß Robin sie aus ihrer Verlegenheit erlöste, aber Robin blieb stumm. »Ich habe dich draußen mit diesem Jungen gesehen«, meinte Dorothy schließlich.
»Mit welchem Jungen?«
»Der, der gleich nebenan wohnt.«
»Oh, Sie meinen bestimmt Calvin. Was ist mit ihm?«
»Es ist nur ... Nun, dieses ungepflegte lange Haar, dann diese albernen Ohrringe ... Er sieht einfach nicht aus wie jemand, mit dem man sich anfreunden sollte. Aber heute war ja dein erster Tag in der Schule, ich bin überzeugt, du wirst bald eine Menge ...«
»Mir gefällt er.«
Dorothy schob sich ihre Ponyfransen aus der Stirn und meinte dann lächelnd. »Auch wenn du nichts Süßes möchtest, warum kommst du nicht für ein paar Minuten in meine Wohnung – ich würde dir gern etwas ganz Besonderes zeigen. Etwas, was dir bestimmt –«
Robin drehte sich wortlos um und rannte die Treppe nach oben, wobei sie das Gefühl hatte, die ganze Zeit über Dorothys Augen auf ihrem Rücken zu spüren. Als sie in ihrer Wohnung ankam, knallte sie die Tür zu und legte den Riegel vor. Sie mochte Calvin nicht besonders, aber er war viel leichter zu ertragen als die »Grüß-Gott-Tante«. Sie war froh, daß sie Dorothys Name nicht in der Schule angegeben hatte, wie Daddy vorgeschlagen hatte. Und warum hatte er eigentlich Dorothy von ihrer Therapie erzählt? Was ging sie das überhaupt an?

Das Telefon läutete.

»Birdie, mein Vögelchen«, gurrte eine Stimme, als sie den Hörer abnahm. »Birdie, mein Vögelchen.«

Ach Gott, sie ist wieder betrunken.

»Wie geht es denn meiner kleinen Birdie?«

Schweigen.

»Willst du mir keine Antwort geben, hmm? Ist mir auch recht. Ich saß nur gerade da und dachte darüber nach, wie sehr du mir fehlst. Und da dachte ich mir, warum rufst du Birdie nicht einfach an und sagst es ihr.«

Robin spürte, wie ihre Augen feucht wurden, und sie holte tief Luft. Als sie wieder ausatmete, klang ihre Stimme ganz piepsig.

»Was willst du, Eunice?«

»Ich will dich, Birdie. Ich kann doch nicht einfach zulassen, daß dein böser alter Daddy dich mir wegnimmt. Was wäre ich denn für eine Mutter? Du brauchst mich, und du gehörst hierher zu mir. Sogar große Mädchen mit zwölf Jahren brauchen ab und zu ihre Mutter, oder nicht?«

Robin ließ den Hörer auf die Gabel fallen, rannte in ihr Schlafzimmer und knallte die Tür hinter sich zu. Den Rücken an die Tür gepreßt, rutschte sie zu Boden; ihr ganzer Körper zitterte. Sie hatte es immer verabscheut, wenn Eunice ihr mit dieser langsamen, betrunkenen Stimme honigsüße Worte ins Ohr flüsterte. Doch nie hatte es ihr solche Angst eingejagt wie heute.

Wieder läutete das Telefon – fünfzehnmal, zählte sie –, dann wieder, zwanzigmal. Sie saß da, bewegte sich keinen Zentimeter, wartete nur darauf, daß es endlich wieder aufhörte.

Es wird bald aufhören, Robin.

Wann?

Wenn die dicke Frau aufsteht und zu singen anfängt.

Nein, das heißt anders.

Das muß im Augenblick genügen. Warum habe ich bloß solche Angst?
Woher soll ich das wissen?

Marcus ließ es fünf Minuten lang läuten, aber es meldete sich noch immer niemand. Es war halb fünf Uhr, Robin sollte inzwischen längst zu Hause sein. Er nahm den Hörer wieder ab, rief bei der Auskunft an und ließ sich Dorothy Cottons Nummer geben.
»Dorothy, hier ist Marcus Garr. Hören Sie, ich belästige Sie nur ungern, aber ich mache mir Sorgen wegen Robin. Es ist ihr erster Schultag, und sie ist immer noch nicht zu Hause. Haben Sie sie vielleicht gesehen?«
»Nun, ja, vor ungefähr zehn Minuten. Ich machte mir selbst Sorgen, weil sie so spät zurückkam.«
»Sie hatte nach der Schule einen Termin bei ihrer Ärztin.«
»Das ist mir dann auch eingefallen. Aber als ich sie heute sah, da war sie mit einem Jungen aus der Schule zusammen.«
»Was ist das für ein Junge?«
Eine kurze Pause, dann: »Oh, irgend so ein Halbwüchsiger, der im Haus nebenan wohnt. Langes, ungepflegtes Haar, Ohrringe, so ein Typ eben. Kein sehr ordentlicher Junge, aber das ist nur so ein Eindruck, den er auf mich gemacht hat, als ich ihn hier in der Gegend herumlaufen sah.«
»Und Robin war mit ihm zusammen?«
»Sie haben sich vor dem Haus miteinander unterhalten. Ich habe sie darauf angesprochen, aber sie schien über meine Einmischung etwas wütend zu sein. Außerdem machte sie mehr als deutlich klar, daß sie ihn mag. Offensichtlich heißt er Calvin.«
»Ich verstehe. Und, wo ist Robin jetzt?«
»Als ich sie das letzte Mal sah, war sie auf dem Weg nach oben in die Wohnung.«

»Tatsächlich? Ich habe eben dort angerufen, aber es hat sich niemand gemeldet. Hören Sie, Dorothy, könnten Sie mir einen großen Gefallen tun und oben mal nachsehen? Wahrscheinlich benehme ich mich albern, aber in der letzten Zeit habe ich mir Robins wegen eine Menge Sorgen gemacht.«

»Das mache ich doch gern. Aber Sie müssen wissen, daß sie wütend sein wird und mich ...«

»Gehen Sie trotzdem hoch. Und könnten Sie mich dann zurückrufen?«

Er legte auf und fragte sich, ob er Robin vor Kindern mit schlechtem Einfluß und Drogen und all den anderen Dingen, vor denen Eltern normalerweise ihre Kinder warnen, hätte warnen sollen. Aus dem, was Robin ihm erzählt hatte, schloß er, daß Alkohol die einzige Droge war, die sie jemals ausprobiert hatte – und ganz sicher würde sie nach der Katastrophe im Camp niemals mehr Alkohol anrühren.

Oder war er einfach nur naiv?

Dorothy klopfte immer und immer wieder an die Tür, bis sie endlich Robins Schritte hörte, die langsam auf die Tür zukamen.

»Wer ist da?« fragte Robin.

»Ich bin es, Dorothy Cotton.«

»Gehen Sie weg, ich will nicht mit Ihnen reden.«

»Dein Vater hat mich gebeten, nach dir zu sehen. Bitte, laß mich rein, Robin.«

Langsam öffnete sich die Tür.

»Was wollen Sie?« fragte sie.

»Nur nachsehen, ob mit dir alles in Ordnung ist.«

»Das ist es.«

Dorothy schaute auf Robins Hand, die sie eben hochhob, um sich das Haar aus der Stirn zu streichen.

»Robin, du zitterst ja. Was ist los?«

»Nichts. Ich sagte doch, mir geht es gut!«
»Willst du nicht mit mir darüber reden? Ich will dir doch nur helfen ...«
»Lassen Sie mich in Ruhe!« Robin schlug heftig die Tür zu. Dorothy eilte ein Stockwerk tiefer, rief Marcus an, erzählte ihm, was vorgefallen war und ging dann – nachdem sie akzeptiert hatte, daß es für sie nichts mehr zu tun gab – an ihre tragbare Nähmaschine zurück, um an dem Projekt weiterzuarbeiten, das sie kurz zuvor begonnen hatte. Da sie das Schnittmusterpapier bereits auf dem steifen, rosa und weiß getupften Baumwollstoff aufgesteckt hatte, nahm sie nun ihre Stoffschere und schnitt den ersten Ärmel aus. Die Bluse sollte einen runden Peter-Pan-Kragen und dreiviertellange Puffärmel bekommen, die an den Ellbogen mit rechteckigen rosa Knöpfen geschlossen und mit Bändern geschmückt werden sollten – ein Stil, der hervorragend zu Robin passen würde. Und würden nicht rosa Hosen und eine rosa Jacke aus Kordsamt einen tollen Anzug ergeben?

Robin hob den Hörer ab und legte ihn dann wieder auf; sie nahm ihn abermals hoch, legte aber wieder auf. Beim dritten Mal wählte sie schließlich die Nummer, die sie vorher im Telefonbuch nachgesehen hatte und jetzt auswendig kannte. Sie meldete sich mit einem einfachen Hallo.
Robin atmete schwer. Das Sprechen fiel ihr nicht leicht.
»Hier ist Robin«, sagte sie schließlich.
»Was ist los mit dir, Robin?«
»Ich weiß nicht recht.«
»Du klingst ganz außer Atem. Hast du dich verletzt?«
»Nein.«
»Hast du Angst, ist es das?«
»Ja!«
»Wovor?«

»Vor gar nichts. Ich weiß nicht.«
»Robin, ich habe den Eindruck, daß du hyperventilierst. Das kriegen wir aber ganz leicht wieder hin. Hast du irgendwo im Haus eine Papiertüte, vielleicht eine von diesen großen braunen Lebensmitteltüten?«
»Ja.«
»Gut, dann hol sie.«
Robin ging zum Kühlschrank, griff nach oben, holte eine Tüte herunter und ging ans Telefon zurück. »Ich habe jetzt eine«, sagte sie.
»Setz dich auf den Boden und lege den Hörer so neben dich, daß du mich noch hören kannst.«
Robin folgte ihren Anweisungen. »Okay.«
»Gut. Jetzt atme in die Tüte, Robin. Halte die Tüte einfach so vor deinen Mund, als würdest du versuchen hineinzublasen, und atme dann so normal wie möglich. Mach das so lange, bis du dich wieder besser fühlst. Ich warte hier am anderen Ende.«
Robin fing an, in die Tüte zu atmen, und Mollie fuhr mit ihren Erklärungen fort.
»Siehst du, statt weiterhin so viel Sauerstoff wie bisher aufzunehmen, atmest du jetzt Kohlendioxyd ein, und das wird den Sauerstoffgehalt in deinem Blut wieder normalisieren.«
Ungefähr zwei Minuten später legte Robin die Tüte zur Seite und nahm den Hörer wieder auf, wobei ihre Hände immer noch stark zitterten.
»Jetzt ist es besser«, sagte sie. »Aber ich zittere immer noch sehr.«
»Robin, versuch dich daran zu erinnern, was diese Gefühle in dir ausgelöst hat.«
»Ich kann nicht, ich weiß nicht.«
»Liegt es daran, daß du allein in der neuen Wohnung bist?«
»Nein, ich glaube nicht.«

»Was hast du getan, bevor du solche Angst bekommen hast?«
»Ich habe telefoniert ... mit Eunice.«
»Hat sie etwas gesagt, das dich aufgeregt hat?«
»Wahrscheinlich ...«
»Aber du weißt es nicht genau?«
»Nein, nicht genau. Sie redete davon, daß sie mich zurückhaben will. Daß sie mich braucht, und daß ich sie brauche.«
»Und wie hast du dich dabei gefühlt?«
»Ich hatte Angst, glaube ich.«
»Warum sollte dir das angst machen?«
»Vielleicht weil ich nicht zurückgehen will.«
»Robin, dein Vater hat mir erzählt, daß du eigentlich nicht nach Boston ziehen wolltest.«
Schweigen, dann: »Das wollte ich auch nicht. Aber ich will bei Daddy sein.«
»Ich verstehe. Glaubst du, daß Eunice versuchen wird, dich mit Gewalt zurückzuholen?«
»Ich weiß nicht.«
»Hat sie irgend etwas gesagt, was darauf hindeuten würde?«
»Eigentlich nicht.«
»Robin, das, was du gerade erlebt hast, nennt man eine Angstattacke. Sie wird langsam abebben und dann ganz vergehen. Hattest du vorher schon mal so einen Anfall?«
»Nein, nie.«
»Soll ich deinen Vater im Büro anrufen und ihm sagen, daß er zu dir nach Hause kommen soll?«
Robin schaute auf die Küchenuhr: fast fünf Uhr. »Nein, stören Sie ihn nicht. Er wird sowieso in einer Stunde heimkommen.«
»Okay. Hör mal, Robin, ich weiß, daß wir uns erst wieder am Donnerstag sehen werden, aber ich würde dich morgen gern treffen. Dann können wir vielleicht etwas ausführlicher über deine Gefühle reden.«
Schweigen.

»Wäre dir das recht, Robin?«
»Sicher.«
»Aber für den Augenblick hätte ich gern, daß du etwas für mich tust. Sobald wir aufgelegt haben, holst du dir einen Stift und Papier und beschreibst mir deine Gefühle. Schreib alles auf, was dir in den Kopf kommt, gleichgültig, wie dumm es dir auch erscheinen mag. Und bring mir das morgen mit.«
Schweigen.
»Wirst du das tun?«
»Ich weiß nicht, ob ich das kann.«
»Versuchst du es wenigstens?«
Ein tiefer Seufzer, dann: »Einverstanden.«
»Robin, ich weiß, daß es nicht leicht ist, solche Angst zu haben, aber was du jetzt durchmachst, könnte uns vielleicht später sehr nützlich sein.«
»Wie denn?«
»Deine Gefühle beginnen bereits, an die Oberfläche zu steigen. Und sobald sie das tun, werden wir herausfinden können, worum es sich dabei handelt und wie wir mit ihnen umgehen sollen. Manche Leute bringen ihr ganzes Leben hinter sich und erfahren nie soviel über sich selbst.«
»So wie Eunice?«
»Nun, ich kenne Eunice nicht, aber nach allem, was ich gehört habe, ist es wahrscheinlich. Vielleicht sogar dein Vater.«
»Glauben Sie, daß ich verrückt bin.«
»Mit Sicherheit nicht. Wo hast du denn diese Idee her?«
»Ich weiß nicht.«
»Robin, ich verspreche dir, daß du nicht verrückt bist. Und ich sage nie Dinge, die ich nicht auch so meine.«
Robin nickte; sie konnte spüren, wie das Zittern allmählich nachließ.
»Vielleicht bin ich wirklich nicht verrückt, sondern einfach nur dumm«, sagte sie.

Mollie lachte. »Vielleicht, aber das bezweifle ich. Und jetzt machst du dich besser an die Arbeit, bevor es dir zu gut geht, um deine Gefühle noch lebhaft genug vor Augen zu haben. Und wenn du mich brauchst, dann ruf wieder an.«
Keine Antwort.
»Versprochen?« fragte Mollie.
»Versprochen.«

Eine dreiviertel Stunde später saß Robin am Küchentisch und schaute sich an, was sie geschrieben hatte. Wenn Mollie, nachdem sie das gelesen hatte, nicht glaubte, daß sie tatsächlich verrückt war, dann würde sie es nie mehr glauben.
Plötzlich ging die Tür auf.
»Robin!«
»Ja, Daddy?« Sie schaute auf die Uhr. »Du bist früh dran.«
Er stellte sich neben sie und beugte sich über sie. »Geht es dir gut, Baby?«
Sie nickte.
»Was habe ich gehört? Du hast dich geärgert?«
»Oh, das war nichts.«
»Laut Dorothy aber doch.«
»Achte nicht auf das, was sie sagt. Sie muß sich überall einmischen.«
»Robin, *ich* habe sie gebeten, hochzukommen und nach dir zu sehen. Ich habe mir Sorgen gemacht. Ich habe hier angerufen – ich habe es bestimmt zwei dutzendmal läuten lassen, aber keiner hat sich gemeldet. Warum hast du nicht abgehoben?«
»Ich dachte, es sei Eunice.«
»Warum? Was hat dich dazu veranlaßt?«
Robin zuckte mit den Achseln.
»Komm schon, was ist hier los? Hat sie dich belästigt?«
»Na ja, sie hatte vorher angerufen.«
»Was wollte sie?«

»Mir nur sagen, daß ich ihr fehle und daß sie mich wieder zurückhaben will. Solche Sachen eben.«
Marcus kniete sich neben Robin hin und legte seinen Arm um ihre Schultern. »Was ist los, hast du Angst, daß sie dich zwingen wird, bei ihr zu leben?«
»Wahrscheinlich.«
»Jetzt hör mir mal zu, du weißt doch, was eine gerichtliche Verfügung ist, oder?«
Robin nickte.
»Nun, ich habe eine, und die spricht mir das einstweilige Sorgerecht für dich zu. Und nicht einmal Eunice wird es riskieren, gegen eine gerichtliche Verfügung etwas zu unternehmen – unser Staat hier bestraft solche Verstöße ziemlich streng. Natürlich, sagen kann sie es, aber du kennst doch Eunice – sie würde alles sagen. Und außerdem werde ich so etwas nie zulassen. Versuch es wenigstens und hab etwas mehr Vertrauen zu mir, okay?«
Robin nickte und schlang dann plötzlich beide Arme um Marcus' Hals. Er erwiderte ihre Umarmung und deutete auf das Blatt Papier, das vor ihr lag.
»Was ist das, Baby?«
Robin löste sich von ihm und nahm das Papier.
»Das ist nichts.«
»Sieht mir aber nach etwas aus. Möchtest du es mir zeigen?«
Aber sie faltete das Papier zusammen und ging in Richtung Schlafzimmer.
»Es ist nichts, was dich interessieren könnte. Nur langweiliges altes Zeug aus der Schule.«
Da läutete das Telefon: Marcus meldete sich, und Robin zog sich in ihr Zimmer zurück.

Obwohl Marcus sich eigentlich vorgenommen hatte, mit Robin über den Jungen aus der Nachbarschaft zu reden, entschied er sich anders. Als er noch ein Kind gewesen war, hatte er es wie die Pest gehaßt, wenn seine Familie ihm vorzuschreiben versucht hatte, mit wem er befreundet sein durfte und mit wem nicht. Nicht, daß er im Notfall nicht dagegen eingeschritten wäre, aber eine Unterhaltung machte schließlich noch lange keine Freundschaft. Warum sollte er es riskieren, Robin aufzuregen, wenn er damit nur künstlich ein Problem aufbauschen würde?

Er folgte ihr in ihr Zimmer und war froh, als er sah, daß sie Hausarbeiten machte. In der Beziehung hatte er sich noch nie Sorgen machen müssen.

»Was hältst du davon, wenn wir heute abend auswärts essen?« fragte er.

Sie blickte hoch. »Was ist denn aus deinem ganzen Gerede über gesunde Hausmannskost geworden?«

»Tja, es gibt ja auch gute Hausmannskost, und wie ich vermute, etwas ganz Köstliches.«

Robin legte ihren Kopf schräg.

»Das war eben Dorothy am Telefon. Sie hat uns zum Abendessen in ihre Wohnung eingeladen.«

Robin wandte sich wieder ihrem Buch zu. »Ich will nicht gehen.«

»Jetzt komm, Baby, ich habe bereits zugesagt.«

»Habe ich denn hier gar nichts mehr zu melden?«

»Natürlich hast du das. Aber würdest du es für mich tun, wenigstens dieses eine Mal?«

Robin seufzte, ließ entsetzt die Augen rollen, nickte aber schließlich.

»Und es würde dir auch nicht weh tun, wenn du dich für dein unhöfliches Benehmen heute nachmittag entschuldigst. Vergiß nicht, sie hat sich deinetwegen Sorgen gemacht.«

»Sie kennt mich doch gar nicht. Welches Recht hat sie denn überhaupt, sich um mich Sorgen zu machen?«

»Robin, sie ist eine einsame Frau, ihr Mann ist tot, sie hat keine eigenen Kinder. Ich finde es nicht so seltsam, daß sie sich für ihre Nachbarn interessiert.« Er ging aus dem Zimmer. »In einer halben Stunde? Und könntest du uns die Ehre geben und dich dem Anlaß entsprechend anziehen?«

»Oh, ist es eine formelle Einladung?« fragte sie. »Vielleicht sollte ich mein schwarzes, trägerloses Kleid mit den Seitenschlitzen anziehen.«

»Okay, von mir aus. Aber falls du es nicht findest, ein einfacher Rock tut es auch.«

Robin holte das Blatt Papier aus dem Reißverschlußfach ihrer Tasche, las es noch einmal durch und fragte sich, ob sie nicht etwas Gehässiges über die »Grüß-Gott-Tante« hineinschreiben sollte. Dorothy Cotton hätte sich doch genausogut einer streunenden Katze annehmen können, aber nein, es war ihr Pech – es mußten unbedingt sie und ihr Daddy sein. Das mit Daddy konnte sie ja vielleicht noch verstehen: Er war dunkelhaarig, hatte ein festes Kinn und eine jener großen Hakennasen, die an einer Frau schrecklich, an einem Mann mit einem gewissen Sex-Appeal aber unwiderstehlich aussehen. Mit Sicherheit ein guter Fang für eine alleinstehende Frau.

Aber wieso ausgerechnet sie, was hatte Dorothy mit ihr vor?

4

In dem Augenblick, in dem Robin Dorothys Wohnung betrat, fing ihr Rücken zu kribbeln an, und ihr Magen – auf den eine geballte Ladung aus Desinfektionsmittel, Raumerfrischer mit Kieferaroma und Essensdüften einströmte – zog sich zusammen. Dorothy war selbstverständlich ganz die perfekte Gastgeberin; sie empfing sie an der Tür mit einem fröhlichen Lächeln und geleitete sie dann zu dem Sofa im Wohnzimmer. Der Couchtisch war eingedeckt mit bunten Papierservietten, einem Glaskrug voll Tomatensaft, einer Flasche Wein, Untersetzern für die Gläser, einem Rohkostteller aus Karotten- und Selleriestreifen und einer Platte, auf der runde Brandteigtörtchen mit einer geheimnisvollen Füllung lagen.

Daddy probierte eines der Törtchen, während Dorothy daneben stand und auf sein Urteil wartete. In der Zwischenzeit sah Robin sich in dem Zimmer um: Es war voller Bücher und Bilder und Tafeln mit aufgestickten Sinnsprüchen. Die Regale des Eßzimmerschranks waren mit kleinen Porzellanfiguren und Schalen mit Blumenmuster vollgestellt. Hellblaue Vorhänge waren in der Mitte gerafft und gaben den Blick frei auf weiße Spitzengardinen. Die Sessel waren mit einem kleinkarierten Stoff in Blau, Weiß und Gelb bezogen. Und in einer Vase auf einem kleinen Tisch unter einer Kuckucksuhr standen Seidenblumen – handgearbeitet wahrscheinlich.

»Man kann fast nicht glauben, daß das hier dieselbe Wohnung wie die im Stock darüber sein soll«, sagte Daddy. »Sie wirkt so ... so heimelig.«

Dorothy nahm in dem Sessel gegenüber Platz und verschränkte ihre weißen Hände mit den kurzen, ordentlich manikürten Nägeln auf ihrem Schoß.

»Die meisten der Möbel habe ich übrigens in Trödelläden entdeckt. Aber damit alles gut zusammenpaßt, kommt es auf das richtige Arrangement und die richtige Innendekoration an. Sie wären überrascht, welchen Unterschied ein paar Handgriffe ausmachen.«

Oje, wird sie dir jetzt gleich einen Vortrag über Innenarchitektur halten?

»Es freut mich, daß es dir wieder bessergeht, Robin«, sagte sie statt dessen.

Obwohl Robin keineswegs die Absicht hatte, sich zu entschuldigen, gelang es ihr doch, ein gekünsteltes Lächeln zustande zu bringen.

»Ich bin noch gar nicht dazu gekommen, mich nach der Schule zu erkundigen«, sagte Daddy. »Wie war es denn, Baby?«

»Okay.«

»Was ist mit den Hausaufgaben? Wie steht es damit im Vergleich zu Andover?«

»Größtenteils leichter, glaube ich.«

Daddy legte einen Arm um ihre Schultern. »Robin spielt es gern herunter, aber in Wahrheit ist sie eine richtige Einser-Schülerin.«

»Im Ernst?« fragte Dorothy. »Das ist ja sehr schön. Sie müssen stolz auf sie sein.«

»Sehr stolz sogar.«

»Als ich noch zur Schule ging, war ich in Mathematik sehr gut – ich mag Dinge, auf die es saubere, ordentliche Antworten gibt. In den Sozialwissenschaften gab es immer so viele verwirrende Möglichkeiten, da hat sich mir richtig der Kopf gedreht. Ich will ja nicht angeben, aber als ich an der High-School meinen Abschluß machte, hatte ich die zweitbeste Mathematiknote meiner Klasse.«

Sollen wir jetzt applaudieren, oder dürfen wir uns das bis nach dem Essen aufsparen? Und, oja, wo kann ich denn hier zum Kotzen hin?

»Haben Sie jemals daran gedacht, diese Richtung weiter zu verfolgen?« fragte Daddy.
»Nun, für ein Studium war nicht genügend Geld da. Und außerdem wollte ich – wie die meisten Mädchen in dieser Zeit – ganz schnell heiraten und eine Familie gründen. Mein Mann sagte immer, der einzige wirkliche Vorteil, den ich von meiner mathematischen Begabung habe, sei der, daß ich im Laden immer einen hübschen Preisnachlaß aushandeln konnte. Das kommt mir besonders beim Kauf von Antiquitäten zugute.«
»Sie gehören also zu den Leuten, die am Wochenende in der ganzen Stadt herumfahren und Ausschau halten nach Flohmärkten und privaten Ausverkäufen«, meinte Marcus lächelnd.
»Jetzt fangen Sie bitte nicht auch noch an, sich über mich lustig zu machen.«
Aber Daddy, warum solltest du so etwas nur tun?
»Meinen Sie damit, daß andere das tun?«
»Ich muß zugeben, ein paar davon gab es. Wenn man nie von dieser Leidenschaft ergriffen wurde, dann neigt man leicht dazu, Sammler für hemmungslose Hamsterer zu halten. Das sind wir nicht, das sind wir ganz und gar nicht.«
Aber Dorothy, der ganze Plunder hier nimmt doch keine sechs Möbelwagen in Anspruch, oder?
»Also, wenn ich mir so etwas auch nur gedacht haben sollte, dann nehme ich es selbstverständlich zurück.«
»Um die Wahrheit zu sagen, ich war seit Ewigkeiten nicht mehr auf einem Flohmarkt oder bei einer Haushaltsauflösung – aber Sie wären überrascht, wenn Sie wüßten, was die Leute alles loswerden wollen, ohne überhaupt zu wissen, was es wert ist. In einem Haus habe ich mal unter einem Haufen alter Kinderspielsachen eine Spieldose gefunden, die aus der Mitte des achtzehnten Jahrhunderts stammt. Ich mußte ihren Mechanismus reparieren lassen, aber sonst war sie in einem ausgezeichneten Zustand.«

»Was spielt sie denn für eine Melodie?«
»Ring Around the Rosy – Tanze um den Rosenbusch.«
»Tatsächlich? Die Entstehungszeit dieses Kinderliedes geht so weit zurück?«
»Ja, man glaubt es kaum. Das Lied wurde sogar bereits von Kindern im Europa des vierzehnten Jahrhunderts gesungen – der Text beschreibt eigentlich das, was die Bevölkerung zur Zeit der Pest, zur Zeit des Schwarzen Todes, durchmachen mußte.«
Daddy beugte sich auf dem Sofa vor. »Asche, wie ein Leichentuch«, zitierte er. »Sind damit die Leute gemeint, die tot in den Straßen zusammenbrechen?«
»Genau. Und da man annahm, daß Wohlgerüche die Pest bannen würden, gewöhnten die Leute es sich an, duftende Blumen in ihren Taschen mit sich herumzutragen. A pocket full of posies – die Taschen voller Blumen.«
»Woher wissen Sie das denn alles?«
»Als ich die erste Spieldose entdeckt hatte, war mein Interesse geweckt worden, so daß ich mich weiter informierte. Seit der Zeit habe ich noch eine ganze Reihe anderer Spieldosen gesammelt, die auch alle Kinderlieder spielen, über deren Ursprünge ich mich ebenfalls eingehend erkundigt habe. Das ist alles ziemlich interessant.« Sie schaute Robin an. »Wenn du heute nachmittag nicht davongelaufen wärst, dann hätte ich sie dir eigentlich gezeigt. Aber wenn du sie jetzt sehen möchtest, würde ich sie dir gerne ...«
»Nein. Ich meine, vielen Dank, aber lieber nicht.«
»Weshalb nicht?« wollte Daddy wissen.
»Das ist schon in Ordnung«, sagte Dorothy. »Es wird noch mehr Gelegenheit dazu geben. Bis zum Abendessen dauert es mindestens noch zwanzig Minuten, Robin. Warum probierst du in der Zwischenzeit nicht eines von den Broccoli-Käse-Törtchen?«

Broccoli und Käse ... das war des Rätsels Lösung.
»Nein, ich warte lieber.«
»Ich glaube, wir müssen dich ein bißchen mästen – was meint denn dein Daddy dazu?«
»Der hält das für gar keine schlechte Idee«, erwiderte Marcus.
Robins Magen krampfte sich zusammen. Sie sprang vom Sofa auf und preßte sich die Hand vor den Mund.
»Wo ist das Bad?«

»Ist mit ihr alles in Ordnung?« wollte Dorothy von Marcus wissen, als er wieder ins Wohnzimmer zurückkam.
»Ihr war schlecht, aber sie sagt, daß es ihr jetzt allmählich wieder bessergeht. Sie möchte nur für eine Weile ihre Ruhe haben.«
»Glauben Sie, daß sie krank ist? Wir könnten einen Arzt kommen lassen.«
»Nein, ich denke nicht, daß es körperliche Ursachen hat. Manche Leute bekommen Kopfschmerzen, wenn sie sich aufregen, Robin dagegen bekommt es mit dem Magen zu tun.«
Dorothy legte ihre Hand aufs Herz. »Ich hoffe, unser Gespräch über dieses Kinderlied hat sie nicht allzusehr deprimiert.«
»Das bezweifle ich. Die Sache ist nur so, daß man zur Zeit nie genau weiß, was sie im nächsten Moment wieder aufregen wird«, meinte Marcus seufzend. »Das alles scheint seinen Ursprung in den Ereignissen dieses Sommers zu haben.«
»Sie meinen, die Trennung von Eunice?«
Marcus schüttelte den Kopf und beugte sich dann, mit hochgezogenen Schultern, die Ellbogen auf den Knien abgestützt, auf dem Sofa vor.
»Nun, Sie wissen doch, daß Robin in Therapie ist ... aber vielleicht sollte ich Sie über das Problem informieren.«
»Ich bitte Sie darum.«

»Sie müssen wissen, ich habe Robin heuer im Sommer ins Camp geschickt. Es war ein gutes Camp, sie war früher schon mal dort ...«

Dorothy nickte aufmunternd.

»Aber dieses Mal wollte sie nicht gehen. Vielleicht hätte ich auf sie hören sollen, aber ich war fest entschlossen, sie von Eunice zu trennen – wenn auch nur einen Sommer lang.«

»Aus dem, was ich bisher gehört habe«, sagte Dorothy, »scheint mir das eine weise Entscheidung gewesen zu sein.«

»Nicht, wie die Dinge sich schließlich entwickelten. Als Robin ins Sommerlager fuhr, hatte sie mehrere Flaschen Wodka in ihrem Seesack versteckt.«

»Wo, um alles in der Welt, hatte sie – o nein!«

»Aber ja, Eunice. Wie Ihnen nach dem Telefonanruf gestern abend bestimmt klar sein dürfte, hat sie Probleme mit dem Alkohol. Das Problem hat sie schon ziemlich lange, aber im letzten Jahr ist es noch schlimmer geworden ...«

Dorothy wartete wortlos ab.

»Es ist nicht so, daß sie die ganze Zeit über volltrunken wäre, nichts in der Art. Sie hat nur ab und zu getrunken. Zumindest am Anfang war es so.« Er schaute zu Dorothy hoch. »Glauben Sie mir, ich versuche nicht, für sie oder für mich irgendwelche Ausreden zu erfinden. Mir ist nur niemals auch nur der leiseste Verdacht gekommen, Robin könnte den Alkohol an sich nehmen, geschweige denn, ihn auch noch selbst auszuprobieren.«

»Mit zwölf Jahren. Das ist sehr bedenklich, Marcus.«

Marcus machte eine Pause. Er hatte damit angefangen, also konnte er es genausogut zu Ende bringen.

»So wie es aussieht, haben Robin und diese Amelia sich am Abend öfter heimlich aus ihrer Blockhütte davongestohlen und von dem Wodka getrunken. Und einmal ist dieses andere Mädchen auf die Idee gekommen, zum Schwimmen in den See zu gehen. Wahrscheinlich war sie betrunkener, als sie dachte. Na ja, auf jeden Fall hat sie es nicht mehr zum Ufer zurückgeschafft. Und obwohl Robin – verzweifelt – alles versucht hat, hat sie sie nicht retten können. Sie ist in dieser Nacht ertrunken.«

»O gütiger Himmel«, flüsterte Dorothy.

»Es war natürlich ein Unfall. Sicher war es Robin, die den Wodka mitgebracht hatte, aber die meisten Kinder machen früher oder später ihre Erfahrungen mit Alkohol. Was sie aber jetzt nicht zu begreifen scheint, ist, daß sie ebenso ein Opfer ist wie ihre Freundin.«

»Mit dem Unterschied, daß das andere Kind tot ist.«

»Richtig. Und Robin bringt sich vor Schuldgefühlen fast um.«

Dorothy sagte ein paar Minuten lang gar nichts.

»Es ist eine tragische Sache«, meinte sie schließlich. »So jung bereits eine solche Last mit sich herumtragen zu müssen. Was sagt denn die Therapeutin zu all dem?«

»Bis jetzt noch nicht sehr viel. Robin hat ja erst in dieser Woche mit der Behandlung angefangen. Zum jetzigen Zeitpunkt hoffe ich nur, mich überhaupt für die richtige Ärztin entschieden zu haben.«

»Aber sagen Sie mir doch mal, Marcus – was war es, was sie heute nachmittag so sehr aufgeregt hat?«

»Oh, das. Das war Eunice, die sie am Telefon belästigt hat. Nach dem, was ich aus Robin herausholen konnte, hat ihr Eunices resolute Entschlossenheit, sie zu sich zurückzuholen, eine Heidenangst eingejagt.«

»Eunice kann sie doch nicht zu sich zurückholen, nicht wahr? Ich meine, mit legalen Mitteln.«

»Da besteht gar keine Aussicht. Bei der Aktenlage wird man ihr niemals das Sorgerecht zusprechen. Aber sie ist nicht auf den Kopf gefallen, sie weiß, wie man jemanden einschüchtert, auf welche Knöpfe sie dabei drücken muß. Und genau das ist das Letzte, was Robin jetzt brauchen kann.«

»Können Sie das nicht unterbinden?«

»Das habe ich auch vor, aber Eunice ist eine Kämpfernatur – zumindest, wenn sie nüchtern ist.«

Dorothy streckte die Hand aus, zögernd zuerst, legte sie dann aber auf Marcus' Arm. »Was kann ich dabei tun? Ich meine, um Robin zu helfen, über all das hinwegzukommen.«

Er schüttelte den Kopf. »Wissen Sie, Dorothy, Sie sind wirklich eine ganz besondere Frau.«

»Wieso sagen Sie so etwas?«

»Sie kennen weder mich noch meine Tochter besonders gut, Sie hören meine Geschichte, die offensichtlich Eindruck auf Sie macht, und Ihre ganze Antwort lautet einfach: ›Was kann ich tun, um zu helfen?‹«

»Trete ich Ihnen damit zu nahe? Falls ich ...«

»Keineswegs. Es ist heutzutage nur nicht oft der Fall, daß man auf Menschen trifft, die sich persönlich engagieren. Und, um Ihre Frage zu beantworten, ich weiß wirklich nicht, was Sie tun könnten. Ich weiß nicht einmal, was *ich* tun kann – in den vergangenen Monaten habe ich Robin die ganze Zeit über nur mit Glacehandschuhen angefaßt. Sicher würde es mir gefallen, wenn Sie sich mit ihr anfreunden; ich glaube, daß meine Tochter von einer Frau wie Ihnen eine Menge lernen könnte. Aber sie ist im Augenblick nicht sehr offen für neue Freundschaften ...«

»Machen Sie sich deswegen keine Gedanken. Wenn es sein muß, dann werde ich mich darum bemühen. Ich bin einer von diesen ewigen Optimisten – eine Sache mag zwar schwierig, aber niemals aussichtslos sein. Wissen Sie, Marcus, ich bin froh, daß Sie mir das alles erzählt haben. Jetzt verstehe ich wenigstens, warum Robin so mürrisch und abweisend ist. Und ich dachte schon, es sei etwas Persönliches.«

»Gut – es *ist* nämlich etwas Persönliches!«
Marcus und Dorothy drehten sich um und sahen Robin auf dem Gang stehen. Marcus stand auf.
»Robin, das war aber nicht nötig. Ich möchte, daß du dich bei Dorothy entschuldigst. Jetzt sofort.«
»Warum sollte ich, wenn es doch die Wahrheit ist?« Mit diesen Worten rannte sie an ihnen vorbei, aus der Wohnung hinaus und die Treppen hinauf.
Marcus schaute Dorothy an.
»Bitte, Marcus, das ist schon in Ordnung. Gehen Sie ihr nur nach.«

Mit brennendem Gesicht und klopfendem Herzen saß Robin auf ihrem Bett und wartete darauf, was gleich kommen würde, wie sie genau wußte. Die Tür zu ihrem Zimmer war geschlossen, aber als Daddy in die Wohnung kam, stieß er sie sofort auf. Robin kauerte sich am Kopfteil des Bettes zusammen und drückte ihr Kissen vor die Brust.
»Robin, wie konntest du das nur tun?«
»Was ist mit dem, was *du* getan hast? Du hattest kein Recht, ihr alles über mich zu erzählen! Als ob ich eine Art Mißgeburt sei!«
»Robin, niemand denkt so etwas von dir. Ich nicht und Dorothy sicherlich auch nicht ...«
»Dann ist sie entweder dumm oder eine Lügnerin!«
»Oder nur eine warmherzige Nachbarin, die deine Freundin sein möchte.«
»Aber ich möchte nicht die *ihre* sein.«
»Warum nicht?«
»Weil ich sie nicht leiden kann. Wenn du sie schon so magst, dann sei doch *du* ihr Freund.«
»Ich bin auch ihr Freund. Aus dem Grund habe ich auch mit ihr gesprochen.«

»Ja, über mich!«

»Na, dann sag mir doch bitte einmal, mit wem ich bisher über dich und das, was im Camp passiert ist, gesprochen habe. Mit Eunice? Mit meinen Klienten? Mit meinem Parkwächter, meinem Friseur vielleicht? Du mußt wissen, daß du nicht der einzige Mensch bist, der unter der Situation leidet!«

Tränen rollten langsam über Robins Wangen.

»Was ist mit mir, Daddy?« fragte sie mit rauher Stimme. »Ist dir schon jemals in den Sinn gekommen, mit mir darüber zu reden?«

In dem Augenblick läutete das Telefon, und Daddy ging hin, um abzuheben. Obwohl Robin sich ganz fest das Kissen über beide Ohren preßte, konnte sie immer noch verstehen, wie er Eunice anschrie, bevor er den Hörer auf die Gabel knallte und sich in sein eigenes Schlafzimmer zurückzog. Wieso kam er eigentlich nicht wieder zu ihr ins Zimmer zurück? Aber er wußte ohnehin nicht, wovon sie sprach.

Du solltest es ihm sagen, um der ollen Dorothy eins auszuwischen.

Kann nicht, will nicht ...

Warum nicht?

Du hast ihn doch gehört, er braucht einen Freund.

Dann soll er doch eine Annonce aufgeben.

Das ist gar nicht zum Lachen.

Okay, also was willst du dann machen – dich dem Gesülze dieser Grüß-Gott-Tante anhängen?

Nein. Aber vielleicht könnte ich etwas netter zu ihr sein.

Oh, bitte, verschon mich damit.

Ich muß sie ja nicht gleich mögen, nur nett sein. Das wird mich schon nicht umbringen.

So, wer sagt das?

Es passierte am nächsten Tag am Katzentisch, als Robin sich erneut weigerte, Calvin ihren Namen zu sagen.

»Ich habe dir meinen auch gesagt«, meinte er.
»Und, habe ich dich etwa darum gebeten?«
»Was soll denn das Getue?«
»Gar nichts. Ich nenne nur nicht jedem, der es wissen will, meinen Namen. Das ist alles.«
Plötzlich schnappte er sich ihre Tasche, die auf dem Tisch lag.
»He, gib sie mir zurück!« Sie stand auf und griff danach.
»Wer soll mich dazu zwingen?« Er riß die Tasche an sich und steckte die Hand hinein.
»Calvin, ich meine es ernst, gib sie zurück!«
Er zog das Blatt Papier mit der Beschreibung von Robins Gefühlen heraus. »Sicher, aber zuerst werde ich deinen Namen herausfinden.«
»In Ordnung, ich werde ihn dir sagen, okay? Ich heiße Robin. Robin Garr. Gib sie mir jetzt zurück!«
Er ließ die Tasche auf den Tisch fallen, behielt aber das zusammengefaltete Blatt Papier.
»Ich weiß nicht so recht, Robin Garr. Vielleicht habe ich ja was wirklich Tolles erwischt. Einen Haufen geheimes Zeug vielleicht.«
»Sei nicht so albern, das ist doch nur eine Hausarbeit.«
»Dann hast du doch sicher nichts dagegen, wenn ich sie mir mal näher anschaue, nicht wahr?«
Als er das Papier auseinanderfaltete, ging Robin auf ihn los. Lachend drehte Calvin sich von ihr weg und rannte davon. Sie jagte hinter ihm her, aber er hatte die längeren Beine. Er rannte durch die Cafeteria, um die Tische herum, in den Schulhof hinaus. Am Zaun erwischte ihn eine keuchende Robin, die ihn zu Boden riß und ihm ins Gesicht schlug.
»Okay, okay, da hast du es wieder.«
Sie zerkratzte mit ihren kurzen Nägeln seine Wangen, packte eine Strähne von seinem langen Haar und riß sie ihm aus.

»Autsch – Scheiße! He, du spinnst wohl. Ich sagte doch, du kannst es wiederhaben!«

»Was geht hier vor sich?« übertönte eine andere Stimme die von Calvin. Robin konnte spüren, wie starke Hände sie zurückzogen, aber sie wehrte sie ab.

»Aber, aber, junge Dame!«

Ein weiteres Paar Hände griff ein und trennte Robin von Calvin. Calvin, der heftig nach Luft rang und eine Hand gegen seine blutende Wange gepreßt hatte, stand vom Boden auf.

»Und jetzt werdet ihr mir mal erzählen, was hier los ist.«

Robin starrte an der wütenden Frau vorbei auf ihre kichernden Mitschüler, die einen Kreis um sie herum gebildet hatten.

»Werdet ihr mir jetzt wohl antworten?« Die Lehrerin schaute auf Calvin. »Du bist verletzt, geh in die Krankenabteilung.«

»Nein, ich bin ganz okay.« Er wischte sich mit dem Hemdsärmel das Blut aus dem Gesicht und schob sein Haar zurück.

»Ab in die Krankenabteilung, sagte ich. Sofort!«

»He, es war meine ...«

»Wenn ich es noch mal sagen muß, dann bedeutet das zwei Wochen Nachsitzen. Du kannst es dir aussuchen.«

Calvin schaute Robin an, wandte sich dann ab und bahnte sich einen Weg durch die Zuschauer.

»Und jetzt zu dir«, sagte die Lehrerin und nahm Robin am Arm, »du kommst mit mir.«

Robin riß sich los, um das zerknüllte Papier aufzuheben und es in ihre Tasche zu stopfen.

»Gib das her!« befahl die Lehrerin.

Keine Reaktion.

»Bist du taub oder einfach nur verstockt? Ich sagte, gib das her!«

Robin weigerte sich, das Papier herauszugeben, selbst als man sie zum Büro des Direktors führte – zu diesem kahlköpfigen Direktor mit den Schweinsäuglein, der nun vor ihr stand und ihr seinen knoblauchgeschwängerten Atem ins Gesicht blies.

»Wenn du mir dieses Blatt Papier nicht gibst, dann habe ich keine andere Wahl, als dich vom Unterricht auszuschließen.«

»Ich sagte es doch schon, das ist privat.«

»Ich habe mir deine Akte angesehen, Robin. Ich muß schon sagen, Schüler mit deinen Noten machen normalerweise keinen solchen Ärger. Ich versuche ja durchaus, dir zuzugestehen, daß du neu an der Schule bist, aber du machst es mir schwer. Offensichtlich war der Junge, den du angegriffen hast, nicht nur bereit, dir dein Papier zurückzugeben, sondern hat auch kein einziges Mal zurückgeschlagen.«

Keine Reaktion.

Der Direktor wandte sich von ihr ab, ging zu seinem Schreibtisch und drückte auf den Knopf der Gegensprechanlage.

»Haben Sie ihren Vater schon erreicht?«

»Laut Auskunft seines Büros ist er vor Gericht. In einer Verhandlung. Sie können nicht genau sagen, wann er zurückkommen wird.«

»Ich verstehe. Haben wir eine andere Kontaktadresse?«

»Ja, haben wir. Die einer Nachbarin, Dorothy Cotton.«

»Nein!« rief Robin. »Ich kenne niemanden mit diesem Namen. Das muß ein Irrtum sein.«

Der Direktor schaute Robin fragend an und drückte dann erneut auf den Knopf. »Was ist hier eigentlich los, Muriel?«

»Ich weiß es nicht. Aber als ich gestern früh die Akte für dieses Mädchen anlegte, fiel mir auf, daß wir keine zweite Kontaktadresse hatten, und so rief ich Mr. Garr im Büro an. Er hat mir diesen Namen und diese Telefonnummer gegeben.«

»Rufen Sie Mrs. Cotton an«, entschied der Direktor. Er musterte Robin mißtrauisch mit seinen Knopfaugen. »Mit Lügen, Raufen, Unverschämtheiten und verstocktem Verhalten kommt man in dieser Schule nicht sehr weit, Miss Garr. Ich würde vorschlagen, du nimmst diese zwei Wochen Ausschluß vom Unterricht dazu her, dir ernsthafte Gedanken über deine Zukunft hier zu machen.«

Die »Grüß-Gott-Tante« war eine Viertelstunde später in der Schule. Während Robin auf dem Gang draußen wartete, ging Dorothy ins Büro des Direktors. Als sie wieder herauskam, führte sie Robin über den Parkplatz zu ihrem dunkelblauen Kombi und blieb so lange neben der Beifahrertür stehen, bis Robin sich hineingesetzt und ihren Sicherheitsgurt angelegt hatte. Erst als sie auf dem Fahrersitz Platz genommen hatte, machte Dorothy den Mund auf.

»Ich bin ganz sicher, du weißt, daß es falsch ist, sich so zu prügeln, Robin.«

Robin schaute betreten auf ihre Tennisschuhe.

»Ich weiß, daß du Probleme hast, ernsthafte Probleme. Aber Gewalt ist kein Weg, sie zu lösen. Wenn du auf deiner Meinung bestehst, klar und deutlich sagst, was du willst, ohne dabei laut zu werden, dann wird man dir jeden Respekt entgegenbringen, der dir zusteht.«

Während Dorothy nach Hause fuhr, klammerte Robin sich an das Versprechen, das sie sich am Abend zuvor selbst gegeben hatte. Sie würde Dorothy gegenüber nicht unhöflich werden, ihr nicht einmal widersprechen. Außerdem war es nicht Dorothys Schuld, daß die Schule sie angerufen hatte, nicht wahr? Und was sie im Augenblick sagte, war auch nicht so übel. Wenn Daddy hiergewesen wäre, dann hätte er wahrscheinlich eine Menge schlimmerer Dinge gesagt.

Doch je mehr Dorothy redete, desto stärker mußte Robin den Impuls unterdrücken, auf der Stelle loszuschreien und nie mehr damit aufzuhören. Vielleicht war Daddys erster Eindruck von Mollie der richtige gewesen, und sie wußte gar nicht so viel.

Vielleicht war Robin wirklich verrückt.

Als ihr auf der Fahrt nach Hause Robins Blässe und ihr Schweigen auffiel, hörte Dorothy bald mit ihrem leichten Tadel auf, lange bevor sie den Wagen auf seinen Platz im Hof lenkte. Obwohl es ihre ursprüngliche Absicht gewesen war, Robin nur bis zur Wohnung zu begleiten und sie dann allein zu lassen, damit sie ihre weisen Worte verdauen konnte, fiel ihr an der Tür aber ein leichtes Zögern im Schritt des Kindes und ein Blick in seinen Augen auf, woraus Dorothy schloß, daß die Kleine nicht allein gelassen werden wollte.
Also kam Dorothy mit herein und setzte sich ins Wohnzimmer, und Robin schien insgeheim erleichtert zu sein, sie bei sich zu haben. Sie murmelte etwas über Müdigkeit, ging dann ins Badezimmer und anschließend in ihr Zimmer, um sich etwas auszuruhen, was sie bitter nötig hatte.
Bestenfalls war das zwar nur ein kleiner Schritt – sie bezweifelte sogar, daß dies dem Kind überhaupt klar war –, aber Dorothy konnte spüren, daß zwischen ihr und Robin endlich eine Verbindung hergestellt war.

Als Robin in ihrem Schlafzimmer war, kroch sie unter die Bettdecke und machte die Augen zu.
Was ist?
Ich weiß nicht. Nur schlimme Gefühle, schätze ich.
Wegen der Prügelei?
Eher nicht.
Dann was? Wegen ihr?
Ich sagte dir doch, ich weiß es nicht!
Hast du Angst? Bist du sauer? Oder beides?
Alles, nichts, alles, null. Ich bin müde, ich glaube, ich bin nur müde. Jetzt laß mich schlafen, bist du so gut?

Dorothy hatte es so nicht geplant, es passierte einfach. Sie ging ins Badezimmer, auf die Toilette, und entdeckte dabei

Robins offene Schultasche, die neben dem Waschbecken auf dem Boden lag. Robin hatte den Jungen verprügelt, um dieses zerknüllte Blatt Papier zurückzubekommen, und hatte sich dann strikt geweigert, es dem Direktor zu übergeben – was immer darauf stehen mochte, es bedeutete offensichtlich eine Menge für Robin. Bestimmt etwas, worüber Marcus Bescheid wissen sollte, vielleicht sogar Robins Therapeutin.
Sie bückte sich, zog das Papier heraus und strich es auf dem Schoß glatt. Sie las:

> Meine Gefühle
> von Robin Garr *Es wäre viel leichter, wenn meine Gefühle aus Ton wären, denn dann könnte ich sie sehen und anfassen und vielleicht sogar ihre Formen verändern, damit sie so werden, wie ich sie gern hätte. Statt dessen sind sie aus Luft, wiegen aber unendlich viel. Das paßt doch, oder?*
> *Das, was mir zur Zeit am meisten zu schaffen macht, ist die Angst. Ich habe Angst vor allem und jedem. Ich wage nicht mehr zuzulassen, daß die geschmeidige schwarze Katze sich an meinen Beinen reibt, weil ihr Fell ganz starr und stachelig geworden ist und mich zum Bluten bringen kann. Und dann der Zauberer aus Plastik mit seinen stählernen Kiefern, die meine Knochen zu Staub zermalmen können. Wollen Sie noch mehr, Mollie? Okay. Das alte, häßliche Haus, in dem ich jetzt wohne, verschließt in der Dunkelheit seine Pforten und hält mich in seinem Innern gefangen … Und neue Leute sind in Wirklichkeit gar keine neuen Leute, sondern nur alte Bekannte, die neue Kleider anhaben. Amelia wußte alles über die Angst – ich vielleicht auch, aber ich gab es niemals zu. Nicht einmal mir selbst gegenüber.*
> *Manchmal frage ich mich, ob es nicht Amelia ist, die nachts in meinen Kopf kriecht und dabei ihren Schwarzen Mann*

mitbringt, um zu sehen, ob es mir gelingt, ihn zu vertreiben. Oder noch verrückter, ob es nicht Amelia war, die den Unterwasserkampf gewonnen hat, und Robin diejenige, die in Wirklichkeit ertrunken ist. Eine wirklich verrückte Idee, hmm?

Nicht lange, nachdem Dorothy ihre Tränen getrocknet und ihr Gesicht mit kaltem Wasser bespritzt hatte, läutete das Telefon. Sie eilte aus dem Bad in der Hoffnung, es sei Marcus.
»Ist Robin Garr da?«
»Wer ist denn bitte am Apparat?«
»Mollie Striker. Mit wem spreche ich denn?«
»Ich bin Mrs. Dorothy Cotton.«
»Aha. Habe ich überhaupt die richtige Nummer?«
»Doch, die haben Sie, aber Robin ruht sich im Moment gerade aus. Kann ich ihr etwas ausrichten?«
»Gehören Sie zur Familie?«
»Nein, nein, ich bin eine Nachbarin. Eine Freundin.«
»Robin hatte heute nachmittag einen Termin bei mir. Vor einer halben Stunde.«
»Sind Sie ihre Therapeutin?«
Eine Pause, dann: »Ja, die bin ich. Hören Sie, stimmt etwas nicht mit ihr?«
»Tja, sie hatte einigen Ärger in der Schule. Sie hat sich geprügelt. Robin ist mit einem zweiwöchigen Ausschluß vom Unterricht bestraft worden.«
»Ich verstehe. Würden Sie sie bitte ans Telefon holen? Ich würde gern mit ihr selbst sprechen.«
»Nun, sie schien mir sehr erschöpft zu sein. Vielleicht ist jetzt nicht der richtige Zeitpunkt, sie damit zu belästigen.«
»Warum gehen Sie nicht einfach in ihr Zimmer und fragen sie selbst?«
»Ich glaube wirklich nicht ...«

»Bitte, Mrs. Cotton. Ich bitte Sie ja nur, mal nachzusehen, ob sie überhaupt wach ist. Wenn, dann will sie vielleicht mit mir reden.«
»Nun, wenn Sie darauf bestehen.« Sie legte den Hörer neben das Telefon, schlich sich auf Zehenspitzen zu Robins Zimmer und machte die Tür einen Spalt auf.
Robin schoß auf der Stelle in eine sitzende Position hoch und erschreckte damit sogar Dorothy.
»Oh, tut mir leid, daß ich dich aufgeweckt habe, mein Schatz. Ich habe versucht, ihr zu erklären, daß du dich ausruhst, aber ...«
»Wer ... was?«
»Deine Ärztin ist am Telefon. Sie hat darauf bestanden, daß ich nachsehe.«
Robin fuhr sich mit den Fingern durchs Haar. »Mein Termin, ich hatte ja einen Termin bei ihr.«
»Das ist nicht so wichtig, du kannst immer noch einen für morgen ausmachen. Ich werde ihr das ausrichten, wenn du willst.«
Robin schüttelte den Kopf, stand auf und ging zum Apparat in der Küche; Dorothy war dicht hinter ihr. Sie nahm den Hörer und drehte ihr Gesicht zur Wand.
»Hallo, Mollie. Ich glaube, ich bin eingeschlafen.«
»Nach Aussage deiner Nachbarin war es in der Schule heute nicht so toll.«
»Nein, ich schätze nicht.«
»Möchtest du mit mir darüber reden?«
Robin warf einen Blick auf Dorothy und drehte sich dann wieder zur Wand.
»Ich bin jetzt wirklich zu müde, um zu reden.«
»Okay, kein Problem. Aber ich erwarte dich morgen, in Ordnung?«
»Ja, natürlich.«

»Auch wenn du müde bist, Robin.«
»Okay.«
Als Robin in ihr Schlafzimmer zurückging, versuchte Dorothy erneut, Marcus im Büro zu erreichen, aber er war immer noch nicht zurück. Sie schaute sich in der Küche um – sie konnte sich nicht vorstellen, Robin jetzt allein zu lassen, nicht bei ihrem eindeutigen Wunsch nach Gesellschaft. Also, was gab es für ein besseres Mittel, ihre Nerven zu beruhigen, solange sie hier war, als die Küche aufzuräumen und mit den Vorbereitungen für das Abendessen zu beginnen?
Es fing alles damit an, daß sie die Schüsseln aufräumen wollte. Aber jeder Mensch wußte doch, daß das Porzellan und die Glassachen in den oberen rechten Küchenschrank gehörten, oder etwa nicht? Offensichtlich nicht. Als Dorothy den Geschirrschrank öffnete, entdeckte sie ein Durcheinander aus Konserven, Tonkrügen, Töpfen, Pfannen ... Ihr blieb gar nichts anderes übrig, als die Regale ganz auszuräumen und wieder einzuräumen.
Neunzig Minuten später trat Dorothy einen Schritt zurück und stieß einen Seufzer aus, während sie die Früchte ihrer Arbeit betrachtete. Sie hatte die Fächer geputzt, sie mit einer leicht sauber zu haltenden Folie ausgeschlagen, alles, was dort hineingehörte, nach Größe, Verwendungszweck und/oder Nahrungsmittelart gestapelt und eingeräumt und anschließend alle anderen Haushaltsgeräte gesäubert und auf Hochglanz poliert.
Natürlich war sie müde, das mußte nicht extra betont werden. Aber Arbeit hatte Dorothy noch nie angst gemacht – im Gegenteil, einmal abgesehen von ihren Spieldosen, war Arbeit regelrecht eine Therapie für sie. Die eiskalte Anspannung, die sie vorher wegen Robins Elend verspürt hatte, war verschwunden.
Natürlich würde die frohe Stimmung wieder verebben – das

tat sie immer. Aber zum Glück gab es immer neue Aufgaben, immer mehr Dinge, die erledigt werden mußten. Sie schaute auf ihre Uhr – Himmel, wie die Zeit verflog. Noch ehe sie sich versah, würde Marcus nach Hause kommen, Robin würde aufwachen …

Und sie hatte noch nicht einmal mit den Vorbereitungen für das Abendessen angefangen.

5

Das erste, was Marcus auffiel, als er die Wohnung betrat, war der unbeschreibliche Geruch ... Schmorbraten, Eintopf? Er blieb einen Moment auf dem Gang vor der Küche stehen und beobachtete Dorothy dabei, wie sie in dem großen Topf auf dem Herd rührte. Dann schlich er sich näher heran, um einen Blick hineinzuwerfen: Fleischklößchen – wahrscheinlich aus den abgepackten Hamburgern im Kühlschrank gemacht – mit Karotten, Kartoffeln und Zwiebeln in einer dicken Tomatensoße. Er schaute sich in der übrigen Küche um: Von dem sonst üblichen Chaos war nichts zu sehen, nicht einmal schmutziges Geschirr stand herum.

»Was ist denn hier los? Die Küche sieht aus ...«

Sie schreckte hoch und wirbelte herum. »Pscht, nicht so laut.«

»Ich wollte Sie nicht erschrecken ...«

»Das ist schon in Ordnung«, sagte sie leise. »Aber Robin schläft. Ich bin bei ihr geblieben, weil ... nun, sie machte auf mich den Eindruck, daß sie nicht allein sein wollte.«

»Warum? Was ist passiert?«

»Machen Sie sich keine unnötigen Sorgen, Robin geht es gut.« Sie führte ihn ins Wohnzimmer und reichte ihm ein Glas Weißwein, während er seinen Trenchcoat auszog. »Das Sekretariat ihrer Schule hat mich heute mittag angerufen. Selbstverständlich hat man versucht, Sie zuerst zu erreichen, aber Sie waren unabkömmlich.«

»Weswegen wollte man mich denn erreichen?«

»Nun, wie es aussieht, war Robin in eine Prügelei mit einem Jungen verwickelt. Offensichtlich hat er ihr ein Blatt Papier weggenommen, und sie hat versucht, es zurückzubekommen. Aber als eine Lehrkraft Robin dabei entdeckte, wie sie den

Jungen verprügelte, da wollte der das Papier bereits wieder zurückgeben – er flehte regelrecht um Gnade.«
Marcus verkniff sich ein Grinsen.
»Ich fürchte, die Sache ist nicht ganz so amüsant, wie sie klingt. Sie hat dem Jungen das Gesicht zerkratzt, bis er blutete, und hat ihm sogar ein Büschel Haare ausgerissen. Deswegen wurde sie auch ins Büro des Direktors zitiert, und dort hat man ihr unmißverständlich klargemacht, daß sie das Blatt Papier auszuhändigen habe.«
»Und das wollte sie nicht?«
»Sie hat sich strikt geweigert. Also hat der Direktor keine andere Möglichkeit mehr gesehen, als sie vom Unterricht zu suspendieren.«
»Er hat sie *suspendiert*? Für wie lange?«
»Für zwei Wochen.«
»Aber das ist doch lächerlich – sie hatte ja keine Drogen oder Diebesgut versteckt. Und wenn auf diesem Papier etwas Privates stand, dann hatte er wirklich kein Recht, es von ihr zu verlangen. So ein langer Ausschluß vom Unterricht ist reichlich übertrieben.«
»Nun, etwas übertrieben war Robins Reaktion auch.«
»Okay, für die Prügelei muß sie ihre Strafe bekommen, aber eine zweiwöchige Suspendierung dafür, daß sie sich etwas wiedererkämpft hat, was ihr gehörte, erscheint mir reichlich streng.« Er machte eine Pause. »Was stand denn nur auf diesem Blatt Papier, daß sie es ihm nicht zeigen konnte?«
Dorothy überlegte einen Augenblick und sagte dann: »Ich glaube, das müssen Sie sie selbst fragen.«
Marcus fiel das Blatt Papier wieder ein, das Robin ihm am Tag zuvor nicht hatte zeigen wollen.
»Ich will Sie ja nicht zu etwas drängen, was Sie gar nicht tun wollen, Marcus, aber angesichts der Probleme, die Robin nun mal hat, bin ich der Meinung, daß Sie es lesen sollten.«

Er nickte. »Wahrscheinlich haben Sie recht. Wenn sie aufwacht, werde ich sie darum bitten. Dann werde ich morgen den Direktor anrufen und mich mal mit ihm unterhalten. Wie wütend ist er denn?«

»Sehr wütend. Außerdem hat sie ihren heutigen Termin bei ihrer Ärztin versäumt. Sie hat angerufen, während Robin schlief.«

»Welchen Termin? Sie hat doch erst morgen wieder einen Termin.«

Dorothy preßte ihre Lippen aufeinander und schüttelte den Kopf.

»Ihre Therapeutin hat aber etwas anderes gesagt, und Robin auch. Sie ist nämlich doch noch ans Telefon, um sich bei ihr dafür zu entschuldigen. Marcus, ich halte es für sehr wichtig, daß Sie über alles, was Robin außerhalb des Hauses tut, informiert sind. Sie macht eine schlimme Zeit durch, und sie sollte sich dabei niemals allein fühlen.«

Er hob sein Glas und trank einen Schluck. Dorothy hatte recht. Er hatte Robin in der Vergangenheit zu oft allein gelassen, und das würde sich ändern müssen. Auf jeden Fall war er Dorothy sehr dankbar. Sie verfügte nicht nur über das rechte Maß an Mitgefühl, sondern zeigte auch noch Verständnis, eine weitere seltene Qualität. Und auch wenn er Robin heute nicht hatte zur Verfügung stehen können, so war wenigstens *sie* dagewesen.

Nachdem Dorothy gegangen war, nahm Marcus das Tablett, das sie vorbereitet hatte, und trug es in Robins Zimmer. Er hielt ihr den Teller mit dem Eintopfgericht unter die Nase.

Sie schlug die Augen auf. »Daddy?«

»Woher weißt du denn das?«

Sie rieb sich die Augen und richtete sich im Bett auf.

Er schüttelte ihr Kissen auf, faltete es in der Mitte und

klemmte es gegen das Kopfteil des Bettes. Sie lehnte sich zurück, und er stellte das Tablett auf ihrem Schoß ab.

»Hast du das selbst gemacht?«

»Warum fragst du?«

Robin betrachtete den Teller. »Schau dir doch nur diese Fleischbällchen an.«

»Was stimmt mit ihnen nicht?«

»Sie haben alle exakt dieselbe Größe. Sie sehen aus, als kämen sie vom Fließband.«

»So sollen sie ja auch aussehen. Jetzt komm, iß etwas.«

Robin steckte ihre Gabel in ein Fleischbällchen und blickte finster drein. »Hat sie dir auch erzählt, was heute in der Schule passiert ist?«

»Ich bin ungefähr im Bild. Wer war denn das Opfer?«

Sie zuckte mit den Achseln. »Irgend so ein Junge.«

»Offensichtlich ein Junge, dem es jetzt gewaltig leid tut.«

»Wahrscheinlich. Bist du nicht sauer wegen der Suspendierung?«

»Froh bin ich darüber gerade nicht. Aber angesichts deines ›Verbrechens‹ erscheint mir die Strafe ein wenig übertrieben. Ich werde morgen in der Schule anrufen, mit dem Direktor reden und schauen, ob sie nicht etwas verringert werden kann. Aber sag mir lieber, was hat es mit diesem Blatt Papier bloß auf sich?«

»Was soll damit sein?«

»Was stand denn darauf?«

»Nur ein paar Sachen, die ich mir aufgeschrieben habe.«

»Worüber denn?«

»Über meine Gefühle.«

»Aha. Und, kann ich es sehen?«

Sie schüttelte den Kopf.

»Das geht nicht, Daddy, bitte frag mich nicht. Außerdem, manches davon ist so merkwürdig, daß nicht einmal ich verstehe, was es bedeuten soll.«

»Okay. Aber wenn du es niemandem zeigen willst, wer soll dir dann dabei helfen, es zu enträtseln?«
»Mollie.«
Robin wollte es also ihrer Therapeutin zeigen. Aber das war doch gut, oder? Und trotzdem tat das Wissen weh, daß seine Tochter einer Frau, die sie erst vor ein paar Tagen kennengelernt hatte, mehr vertraute als ihm.

Da sie am nächsten Tag nicht für die Schule aufstehen mußte, schlief Robin bis weit nach neun Uhr und legte sich dann auf das Sofa im Wohnzimmer, wo sie alte Filme im Kabelprogramm anschaute. Gegen halb elf Uhr war ein lautes Klopfen an der Tür zu hören.
»Wer ist da?«
»Ich bin's, Birdie.«
Sie schluckte schwer. »Eunice? Was machst du denn hier?«
»Komm, heb dir die Floskeln für später auf. Jetzt mach die Tür auf und laß mich rein!«
Robin öffnete die Tür einen Spalt, und eine Wolke Jasminduft schlug ihr entgegen. Eunices lockiges, schwarzblaues Haar war aus dem Gesicht gekämmt und gab den Blick frei auf ihre wohlgeformten hohen Backenknochen, ihre babyweiche Haut und ihre großen braunen Augen. Sie trug enge schwarze Hosen, ein rotes Satinhemd mit Fledermausärmeln, darüber eine schwarze Wildlederweste mit Quasten und schwere goldene Ohrringe. Aber die Füße steckten in flauschigen roten Hauspantoffeln.
»Was ist, soll ich auf diesem düsteren Loch von Korridor zusammenbrechen oder bittest du mich hinein?«
Robins Augen wanderten von den roten Hauspantoffeln zu den Tüten, die ihre Mutter auf dem Arm trug. Sie machte die Tür ganz auf und trat einen Schritt zurück.
»Achte nicht auf die Pantoffeln. Ich habe mir meinen großen

Zeh am Kühlschrank angeschlagen – du weißt doch, diese blöde Schraube, die da heraussteht und über die monatlich mindestens einer von uns immer gestolpert ist. Es hieß, entweder barfuß oder so.«

»Woher wußtest du, daß ich nicht in der Schule bin, Eunice?«

»Ich habe in der Schule angerufen, um zu erfahren, wann dein Unterricht zu Ende sein würde, da ich für heute nachmittag einen großen Auftritt geplant hatte. Kannst du dir mein Entzücken vorstellen, als ich erfuhr, daß meine Birdie dort bereits eine Berühmtheit ist? Schon etwas Besonderes, und das bereits am zweiten Schultag – wie im Kindergarten, als du damals die Kröte in den Krug mit Apfelsaft gesteckt hast. Du solltest dir mal die Mühe machen und nachsehen, ob zwei Tage nicht bereits ein Rekord sind.«

»Ich bin in eine Rauferei verwickelt worden.«

»Ich nehme an, du hattest deine Gründe, also erspar mir die grausigen Details. Komm lieber her und schau dir das an.« Eunice griff in eine der Tüten und holte eine große Schachtel heraus. Sie nahm den Deckel ab, holte eine kleinere Schachtel hervor, öffnete auch diese und entnahm ihr eine gelb marmorierte Kugel in der Größe einer Pflaume.

»Was ist das?« fragte Robin, blieb aber auf Abstand.

»Du mußt es in die Hand nehmen.« Sie streckte den Arm aus und ließ die schwere Kugel in Robins Hand fallen. »Jetzt mach ganz fest deine Augen zu, nimm die Kugel ganz fest in die Hand und fühle sie. Du mußt sie richtig fühlen, ganz tief in dir drin.«

Robin machte die Augen nicht zu. »Wozu soll das gut sein?«

»Die Kugel soll dich in einen Zustand tiefer Entspannung versetzen. Sie entzieht dir die Spannung, die bisher in dir drin war.«

»Woher hast du das, von einem Guru?«

»Aber, aber, wer wird denn so zynisch sein.« Sie nahm die

Kugel wieder zurück und warf sie in Robins Tasche, die offen auf dem Boden stand. »Sie ist jedenfalls da drin, falls du sie mal brauchen solltest.« Dann machte sie eine zweite Tüte auf und holte einen Behälter aus Pappendeckel und einen Plastiklöffel heraus.

»Und was ist das?«

»Wonach sieht es denn aus?«

»Pistazieneis mit Karamel?« Robin ließ sich auf den Teppich gleiten, nahm den Deckel ab und stocherte mit dem langstieligen Löffel im Eis herum. »Und mit Rosinen.«

»Na endlich, wenigstens hast du deinen Verstand nicht ganz verloren. Und du mußt erst gar nicht lange suchen, ich habe die Eisverkäuferin höchstpersönlich dabei beobachtet – keine verirrten Walnüsse.«

Robin hatte gerade ein paar Mal von dem Eis gelöffelt, da sprang Eunice auf und lief ins Badezimmer. Robin hörte einen lauten Knall, ließ den Eisbecher stehen, wo er war, und lief hinter ihrer Mutter her. Als sie in ihr Schlafzimmer kam, war Eunice gerade dabei, ihre Kleider aus der Kommode zu zerren und sie in einen offenstehenden Koffer am Boden zu werfen. Dann kam der Wandschrank dran.

»Was treibst du da eigentlich?« rief Robin und jagte hinter ihrer Mutter her.

»Ich nehme dich mit nach Hause!« Mit einer Armbewegung umfaßte Eunice das ganze Zimmer. »Himmel, schau dir doch mal an, wie winzig dieses Loch hier ist – man hat nicht einmal genug Platz zum Tanzen.«

»Ich tanze nicht mehr.«

»Na, das ist ja auch kein Wunder – das ist hier ja eine richtige Bruchbude!«

»Es ist meine Bruchbude, Eunice. Ich werde nicht mit dir kommen.«

»Du wirst tun, was ich sage, ich bin schließlich deine Mutter!«

»Daddy hat das Sorgerecht ...«

»Zum Teufel mit Daddy, ich hätte dich von Anfang an nicht mit ihm gehen lassen sollen. Du hast ja Schiß vor deinem eigenen Schatten. Du bist abgemagert, bleich wie ein Leichentuch, du siehst wirklich beschissen aus!«

Robin rannte zu dem Telefon in der Küche und wählte die ersten Ziffern der Kanzleinummer. Aber Eunice folgte ihr, riß ihr den Hörer aus der Hand, hob den Apparat hoch und schmetterte ihn auf den Fußboden.

»Du bist ja verrückt!« rief Robin, in den Korridor zurückweichend.

»Du aber auch!« kreischte Eunice, und Tränen verschmierten die Wimperntusche über ihre Wangen. Sie lief auf Robin zu, aber diese wich noch weiter zurück und kauerte sich in einer Ecke am Fußboden zusammen.

»Oh, Birdie, ich habe es doch nicht so gemeint, ich schwöre dir, ich habe es nicht so gemeint. Gott, weißt du denn nicht, wie sehr ich dich liebe?«

»Bleib mir vom Leib!« rief Robin.

»Was ist nur los, was zum Teufel stimmt bloß nicht mit dir?«

»Mit mir ist alles in Ordnung. Bleib mir nur vom Leib.«

»Was geht denn hier vor sich?« fragte eine Stimme hinter ihnen.

Robin und Eunice drehten beide den Kopf.

»Wer sind *Sie* denn überhaupt?«

»Ich bin Dorothy Cotton, eine Nachbarin und Freundin. Ich habe den Lärm von meiner Wohnung aus gehört. Was stellen Sie hier mit Robin an?«

»Das geht Sie gar nichts an.«

»Kindesmißhandlung geht jeden etwas an. Ich weiß, wer Sie sind, und meiner Meinung nach gehen Sie jetzt besser.«

Eunice kam auf Dorothy zu. »So, meinen Sie?«

Dorothy holte tief Luft. »Wenn nicht, dann gehe ich in meine Wohnung hinunter und verständige Marcus.«

Eunice warf erst einen Blick auf Robin, die immer noch auf dem Gang zusammengekauert in der Ecke hockte, und wandte dann ihre ganze Aufmerksamkeit Dorothy zu. Robins Muskeln verkrampften sich, als Eunice die Hand hob und Dorothy einen Schlag ins Gesicht versetzte.

»Ich komme wieder, Birdie.« Eunice schnappte sich ihre Tasche vom Sofa und erspähte plötzlich den Eisbecher, der immer noch auf dem Boden stand. Sie holte mit dem Fuß samt Hauspantoffel aus und versetzte dem Becher einen Tritt, so daß das geschmolzene grüne Eis, die Rosinen und die Karamelcreme über den Teppich spritzten.

»Siehst du, Birdie, keine Walnüsse!«

Die Tür fiel krachend ins Schloß. Robin schaute zu Boden; Dorothy beobachtete Robin, ohne ein Wort zu sagen. Doch Robin konnte spüren, wie Dorothys Augen an ihr auf und ab wanderten. Schließlich hob sie den Kopf, schaute Dorothy an und versuchte, den Ausdruck auf ihrem Gesicht zu enträtseln.

Hat sie Angst? Ist sie wütend? Verblüfft? Was wohl?

Nein, nein, nichts davon.

Was dann?

Schwer zu sagen. Vielleicht sollte ich mich bei ihr bedanken. Vielleicht will sie eine Entschuldigung für Eunices Verhalten hören.

Was immer sie auch will, gib es ihr nicht.

Ich habe mir aber gewünscht, daß jemand kommt und Eunice von hier fortschafft.

Ja, aber wolltest du wirklich, daß dir dein Wunsch von der ollen Grüß-Gott-Tante erfüllt wird?

Obwohl Robin lieber den ganzen Tag im Bett geblieben wäre, stand sie um zwei Uhr auf, zog sich an und verließ die Wohnung, um zu Mollie zu fahren. Als sie dort ankam, holte sie das Blatt Papier aus der Tasche und gab es ihr.

»Aber lesen Sie es erst, wenn ich weg bin«, fügte sie hinzu.
Mollie warf einen Blick auf das zerknitterte Papier, nahm es und legte es auf ihren Schreibtisch.
»Täusche ich mich, oder hat dieses Blatt Papier einiges hinter sich?«
Ein winziges Lächeln bahnte sich seinen Weg, und ein leises Kichern wurde laut und lauter. Aber plötzlich schlug es in Weinen um, und Robins Körper zitterte und bebte. Mollie kniete sich neben ihr auf den Boden und streckte die Arme nach dem Mädchen aus. Robin flüchtete sich in diese Umarmung und vergrub ihren Kopf an Mollies Schulter.
»So ist es recht, meine Kleine, heul dich nur ruhig aus. Wenn du dich danach fühlst, dann schrei nur richtig rum.«
Es dauerte etwa zehn Minuten, bis Robin sich beruhigt hatte und sich aus der Umarmung löste.
»Okay.« Mollie holte eine Packung Papiertaschentücher aus der Tasche und reichte sie dem Mädchen. »Jetzt bist du dran. Wo sollen wir anfangen?«
Robin trocknete sich das Gesicht, säuberte ihre Nase und holte tief Luft.
»Bei Amelia. Ich möchte über Amelia reden.«

Es war das erste Mal, daß Robin so richtig mit jemandem darüber geredet hatte. Schon die bloße Erwähnung des Sommerlagers oder des Namens ihrer Freundin machte Daddy nervös; und das einzige Mal, als ihre Mutter gewagt hatte, die Rede darauf zu bringen, war sie so betrunken gewesen, daß es keinen Sinn gehabt hatte. Der Direktor des Camps hatte sogar zweimal an Eunice geschrieben und sie gebeten, die Kiste mit Robins Sachen abzuholen, aber das hatte sie nie getan.
Sicher, es gab noch ein paar andere Probleme in Robins Leben – das wußte sie genau –, aber im Augenblick stellte Amelia das größte für sie dar.

Was sich vielleicht auch dann so entwickelt hätte, wenn sie am Leben geblieben wäre. Obwohl Amelia ihr nichts über ihre intimsten und dunkelsten Geheimnisse erzählt hatte, war sich Robin sicher, daß sie eine Menge davon zu erzählen gehabt hätte. Nachts knirschte sie mit den Zähnen, ihre Lider zuckten unruhig, und zweimal war sie sogar schreiend nach einem Alptraum aufgewacht. Jetzt war Amelias Schwarzer Mann hinter Robin her und versuchte, ihr angst zu machen. Und er hatte großen Erfolg damit.

»Das klingt ganz so, als hätte Amelia Probleme gehabt«, sagte Mollie. »Aber wieso kommst du auf die Idee, sie hätte Angst gehabt?«

»Ich weiß es eben, manche Dinge weiß man einfach.«

»Nun, du bist ihr in diesen wenigen gemeinsamen Wochen wirklich sehr nahe gekommen – warum hast du sie nicht direkt danach gefragt?«

»Das konnte ich nicht.«

»Warum nicht?«

Robin überlegte kurz, schüttelte aber den Kopf. »Ich glaube, ich dachte mir, daß sie es mir schon sagen würde, wenn sie dazu bereit wäre.«

»Aber du bist dir ganz sicher, daß sie Angst hatte?«

»Ganz sicher.«

Mollie nickte. »Okay, dann setzen wir das als gegeben voraus. Welchen Einfluß hat das jetzt auf dich?«

»Das, was ihr angst gemacht hat, macht jetzt mir angst.«

»Wie ist so etwas möglich?«

Robin zuckte die Schultern. »Vielleicht bin ich jetzt ein Teil von Amelia. Oder vielleicht möchte Amelia, daß ich ihr helfe, ihren Schwarzen Mann loszuwerden.«

»Weshalb würde sie dich um so etwas Schreckliches bitten? Sie war doch deine Freundin?«

»Ja, aber sie vertraute mir. Sie hielt mich für mutig.«

»Und bist du das?«
»Früher dachte ich das mal.«
Mollie blieb ein paar Minuten wortlos sitzen und wartete ab, ob Robin von selbst mit der Geschichte fortfahren würde. Doch als sie das nicht tat, sagte sie: »Robin, glaubst du, daß Amelia dir ihren Tod zum Vorwurf macht?«
»Manchmal glaube ich das.«
»Machst *du* dir deswegen einen Vorwurf?«
Sie nickte.
»Was ist mit der Polizei?«
»Die hielten das für einen Unfall.«
»Und Eunice und dein Vater, was haben die denn geglaubt?«
»Dasselbe, glaube ich. Aber ich war schließlich dabei, nicht sie.«
»Und du bist absolut überzeugt davon, daß es deine Schuld war?«
Sie nickte. »Ich hätte sie retten können und habe es nicht getan.«
»Okay. Das nächste Mal, wenn du zu mir kommst, bereitest du dich mit den besten Gegenargumenten vor, die dir einfallen. Ich möchte, daß du mich im Verlauf unserer Sitzungen von deiner Unschuld überzeugst.«
»Wieso?«
»Denn falls du wirklich an Amelias Tod schuld sein solltest, dann sollten wir uns dessen ganz sicher sein. Und dann können wir immer noch entscheiden, was wir unternehmen werden.«
»Sie meinen, ob ich bestraft werden soll oder nicht?«
»Vermutlich, wenn es das ist, was du zu verdienen glaubst.«

Calvin wartete neben der Bushaltestelle, als Robin aus dem Bus kam. Sie versuchte so zu tun, als würde sie ihn nicht sehen, aber ihr entging nicht, daß er einen neuen Haarschnitt hatte.

»Robin, warte!«
»Hau ab. Ich habe dir gestern alles gesagt, was ich zu sagen hatte.«
»Jetzt hör mal, ich wollte dir doch nur sagen, daß es mir leid tut.«
»Aber sicher.«
»Das meine ich ehrlich. Ich habe nicht geglaubt, daß du dich so ärgern würdest. Ich meine, es war doch nur ein Blatt Papier.«
Sie starrte ihn finster an. »Wieviel hast du davon gelesen?«
»Nur die ersten beiden Zeilen: ›Meine Gefühle von Robin Garr‹.«
»Und das ist alles?«
»Ja, das ist alles. Ehrlich.«
Sie setzte sich wieder in Bewegung, und er trottete neben ihr her.
»Mir gefällt dein neuer Haarschnitt«, meinte sie schließlich.
»Ja, meiner Mom auch. Mir blieb nichts anderes übrig, ich sah ja aus wie ein Freak mit diesem Riesenloch im Haar, wo du mir das ganze Büschel ausgerissen hast. Wo hast du überhaupt gelernt, mit solchen hinterlistigen Tricks zu kämpfen?«
Sie zuckte die Schultern.
»Vermutlich hatte ich noch Glück, daß du keine langen Fingernägel hast, sonst hättest du mir die Haut in Streifen vom Gesicht gezogen.«
Beim Anblick der roten Kratzer, die über seine Wange liefen, zuckte sie unwillkürlich zusammen.
»Wann kommst du denn wieder an die Schule zurück?«
»Ich darf eigentlich zwei Wochen nicht in den Unterricht, aber mein Vater meinte, er würde heute mal mit dem Direktor reden. Vielleicht kann er meine Strafe verringern.«
Jetzt waren sie vor dem Apartmenthaus angekommen, in dem Robin wohnte.

»Also«, sagte sie, »dann gehe ich jetzt hinauf.«
Calvin nickte. »Ja, natürlich. He, machst du das öfter?«
»Was?«
Er schaute zu Boden und zeichnete mit der Spitze seines Tennisschuhes einen Riß im Gehweg nach.
»Du weißt schon, die Sache mit den Gefühlen. Daß du sie aufschreibst.«
»Das war so eine Art Hausaufsatz.«
»Aha, für wen?«
»Für meine Therapeutin.«
»Oh. Und ich dachte, das waren Gedichte.«
»Keine Ahnung. Wieso, schreibst du Gedichte?«
»Ein paarmal ging es mir ziemlich mies, und da habe ich mich hingesetzt und einige Brocken zusammengereimt. Nichts Großartiges, fast nur Geheule und Gefluche – nur was für den Papierkorb. Aber wenn das jemals ein Mensch erfahren sollte, dann hält der mich bestimmt für komplett bescheuert.«
»Na, mach dir mal nicht gleich ins Hemd. Von mir wird das bestimmt keiner erfahren. Vielleicht gehe ich sogar schon ziemlich bald wieder an eine andere Schule.«
»So, wo gehst du denn hin?«
»Wer weiß, vielleicht in den Knast.«
Obwohl Robin nicht entgangen war, daß Dorothy sie von dem Moment an, als sie an der Haltestelle losgegangen war, vom Fenster aus beobachtet hatte, tat sie so, als hätte sie sie nicht gesehen. Sobald sie im Haus war, ging sie zur Treppe ...
Halt!
Was denn?
Nimm den Aufzug, dann kannst du ihr aus dem Weg gehen.
Gute Idee. Wieso bin ich nicht selbst darauf gekommen?
Das bist du doch, du Spatzengehirn. Was glaubst du wohl, wie lange sie auf dich warten wird?
Eine Minute, eine Stunde, bis der Hausmeister die Treppen fegt,

bis sie jemanden in ihre Wohnung locken kann, der ihr Donnerstags-Dessert verspeist …

Robin saß am Küchentisch und sah zu, wie Daddy den Eintopf vom Abend zuvor aufwärmte. Er machte den unteren Küchenschrank auf, um zwei saubere Teller zu holen – und stieß auf Konservendosen.

»Was ist denn da passiert? Wo sind die Teller?«

Robin zuckte mit den Achseln. »Frag mich nicht.«

Er machte alle oberen Türen auf, bis er die Teller in einem Schrank rechts von der Spüle fand.

»Das ist ja lustig, ich hätte schwören können, daß ich sie dort unten und die Lebensmittel dort oben …«

»Vielleicht sind sie aufgestanden und mitten in der Nacht auf Zehenspitzen in einen anderen Schrank gewandert.«

Er warf ihr einen Blick zu, schaute aber schnell wieder weg.

»Keine Panik, Daddy … das war nur Spaß.«

»Ja, nun, vielleicht werde ich vorzeitig senil. Auf jeden Fall, es scheint mir ganz in Ordnung zu sein, so wie es ist, also …« Er zuckte mit den Achseln, verteilte den Eintopf auf die Teller und stellte diese auf den Tisch. »Wie verlief denn deine Sitzung heute nachmittag?«

Robin nahm sich eine Gabel voll Eintopf, schob eine Karotte zur Seite und aß den Rest.

»Ganz gut, glaube ich.«

»Du kannst übrigens morgen wieder zur Schule gehen. Aber du mußt dafür ein paarmal nachsitzen.«

»Wie oft?«

»Zweimal. Morgen, und dann wieder am Montag. Ich habe das so geregelt, daß du deswegen keine deiner Therapiestunden versäumen mußt.«

Robin schaute hoch. »Hast du dem Direktor erzählt, daß ich zu einer Therapeutin gehe?«

»Ich sagte ihm, daß du Termine beim Arzt hättest, das ist alles ... Wie ich gehört habe, war Eunice heute morgen da.«
Der Eisbecher! Robin machte sich ganz lang, um einen Blick ins Wohnzimmer zu erhaschen. Aber der Teppich war sauber – sauberer als jemals zuvor.
»Da schau an, Daddy, ich frage mich nur, woher du das wieder weißt!«
»Sei nicht undankbar. Soweit ich begriffen habe, ist dir Eunice ganz schön auf die Nerven gegangen. Hätte Dorothy sich nicht eingemischt, dann hätte die Sache noch schlimmer ausgehen können.«
»Möglich.«
»Laß sie das nächste Mal nicht ins Haus.«
»Das habe ich auch nicht. Ich will damit sagen, daß sie bereits vor der Wohnungstür stand.«
»Aha. Ich werde sie heute abend anrufen und ihr sagen, daß ich es nicht haben will, wenn sie ohne vorherige Ankündigung hier auftaucht.«
»Meinst du, daß sie auf dich hören wird?«
»Wenn nicht, dann wende ich mich ans Gericht und besorge mir eine einstweilige Verfügung, damit sie es auch bestimmt nicht mehr tut. Selbst Eunice steht nicht über dem Gesetz.«
Robin schaute hoch. »Ich aber auch nicht, weißt du.«
»Was soll das denn heißen? Wenn du die Schule meinst, damit bist du aus dem Schneider. Ich habe deinem Direktor erklärt, daß ich eine Suspendierung für zu streng halte, und ihm blieb gar nichts anderes übrig, als mir zuzustimmen.«
»Das habe ich nicht damit gemeint. Ich habe von Amelia gesprochen.«
»Was ist mit ihr?«
»Wenn ich an ihrem Ertrinken schuld bin, dann sollte ich bestraft werden.«
Marcus legte seine Gabel zur Seite. »Robin, hör doch, du bist

nicht dafür verantwortlich, es war ein Unfall. Die Polizei weiß das, ich weiß das, die Leiter des Sommerlagers wissen das, selbst Eunice weiß es.«

»Aber ihr könnt es doch alle gar nicht wissen. Ihr wart doch nicht dabei.«

»Himmel, ich muß doch nicht dabeigewesen sein, Robin. Ich kenne die Fakten, ich kenne dich. Glaubst du denn, ich müßte immer am Schauplatz eines Verbrechens sein, um zu wissen, ob ein Mandant von mir schuldig ist oder nicht?«

»Ich glaube, bei dir läuft das so, daß du dich vorher für eine Seite entscheidest und dann darum kämpfst, daß die auch gewinnt. Derjenige, der am besten kämpfen kann, gewinnt. Aber der einzige Mensch, der wirklich die Wahrheit weiß, ist nun mal derjenige, der dabei war.«

Marcus seufzte. »Und was willst du damit sagen, Robin?«

»Ich sage nur, daß ich vielleicht bestraft werden sollte, das ist alles.«

»Ich verstehe dich nicht ganz. Ist es denn das, was du willst?«

Ihre Hände fingen zu zittern an. Sie legte die Gabel auf den Teller und verschränkte ihre Finger im Schoß, um sie ruhig zu halten.

»Nein«, sagte sie mit kleiner Stimme.

»Warum reden wir dann überhaupt darüber?«

Robin stand auf; sie hatte Tränen in den Augen.

»Nur für den Fall ... Ich wollte dich vorbereiten, das ist alles.«

Marcus ging um den Tisch herum, bückte sich und griff nach ihren Schultern.

»Mich auf was vorbereiten, Baby? Daß man dich in eine Jugendstrafanstalt schleppen könnte?«

»Nun, ich weiß nicht. Vielleicht.«

»Wie kommst du nur auf die Idee, daß so etwas passieren könnte?«

»Weil Mollie und ich das entscheiden werden.«

»So ein Unfug. Was entscheiden?«
»Ob ich eine Mörderin bin oder nicht. Und wenn ich das bin, dann muß ich auch bestraft werden.«

Er mußte solange warten, bis Robin ins Bett gegangen war, ehe er Dr. Mollie Striker endlich anrufen konnte.
»Jetzt erklären Sie mir aber bitte mal, welche Flausen Sie meiner Tochter da in den Kopf gesetzt haben!«
Eine Pause, dann: »Wären Sie so freundlich und würden mir vielleicht Ihren Namen nennen? Manchmal kommt man so schneller zur Sache.«
»Marcus Garr.«
»O ja, Robins Vater. Also, wenn Sie mir vielleicht sagen würden, was Sie so verärgert hat ...«
Er holte tief Luft und atmete dann langsam wieder aus.
»Robin erzählt mir gerade, daß Sie mit ihr zusammen entscheiden wollen, ob sie schuld daran ist, dieses Mädchen im Camp getötet zu haben oder nicht.«
»Sie heißt Amelia.«
»Ich kenne ihren Namen. Weiter sagte Robin mir, daß sie für dieses Verbrechen bestraft werden muß, falls sie schuldig ist.«
»Ich verstehe. Nun, wenn Robin das bereits mit Ihnen besprochen hat, dann steht es mir vermutlich frei, dasselbe zu tun.«
»Das ist aber sehr anständig von Ihnen.«
»Was möchten Sie denn jetzt hören?«
»Ich wüßte gern, warum ich solche Sachen von Robin erfahren muß! Was treiben Sie nur für ein lausiges Spiel, indem Sie ihr einreden, sie könnte eventuell schuldig sein? Was in diesem Sommer geschehen ist, war ein Unfall – tragisch, aber ein Unfall. Die Polizei akzeptiert das, die Leiter des Camps akzeptieren das, ich akzeptiere das.«
»Aber Robin nicht.«
»Und genau das ist Ihr Job, Doktor. Sie davon zu überzeugen.«

»Schön. Und genau das versuche ich auch.«

»Indem Sie einzig aufgrund des Ihnen vorliegenden Tatbestandes einen Prozeß anstrengen? Mit Ihnen und Robin in den Rollen von Richter und Geschworenen?«

»So könnte man das in etwa sagen, nur daß Robin allein als Richter fungiert. Begreifen Sie denn nicht, Mr. Garr? Robin pfeift in diesem Fall auf eine Mehrheitsentscheidung. Man hat ihr eine faire Anhörung verweigert, und solange sie diese nicht hatte, kann sie nicht mit Gewißheit sagen, daß sie unschuldig ist.«

»Okay. Einmal angenommen, nach dieser Pseudo-Anhörung ...«

»Nicht Pseudo. Da ist nichts gestellt.«

»Ja, haben Sie denn überhaupt schon mal in Betracht gezogen, sie könnte sich tatsächlich für schuldig erklären?«

»Mir scheint, daß tut sie doch bereits. Und das läßt uns eben nur eine Möglichkeit offen, Mr. Garr. Nämlich die Flucht nach vorn.«

»Und was ist, wenn dieser Schuß nach hinten losgeht, Doktor? Was ist, wenn sie zu der Entscheidung kommt, sie würde diese Strafe, von der sie dauernd redet, wirklich verdienen?«

»Moment mal, reden wir eigentlich über dasselbe Mädchen? Ich weiß ja nicht, wie *Sie* das nennen würden, was sie sich bisher bereits antut, aber für mich ist das ganz sicher eine Bestrafung. Das Gericht wäre bestimmt nicht halb so streng mit ihr, wie sie zu sich selbst ist.«

Schweigen.

»Mr. Garr, gibt es sonst noch etwas, das Sie mit mir besprechen möchten? Wenn nicht, dann würde ich gerne ...«

»Nein, das ist alles.«

Marcus legte den Hörer auf. Sie hatte ihm tatsächlich Zeit gelassen, noch einmal über die Sache nachzudenken. Mist, wenn sie nur nicht so schrecklich arrogant wäre ...

Er dachte immer noch darüber nach, als das Telefon läutete.
»Marc.«
»Eunice«, seufzte er. »Ich vermute, daß du nicht anrufst, um dich für das Fiasko von heute vormittag zu entschuldigen.«
»Eigentlich hatte ich vor, mir von dir die Telefonnummer der Lady geben zu lassen, damit ich mich bei ihr direkt entschuldigen kann.«
»Von welcher Lady sprichst du denn?«
»Von Do-ro-thy«, sagte sie und betonte jede Silbe extra. »Hat sie dir denn nicht erzählt, daß ich sie geschlagen habe? Sie wollte dir wahrscheinlich den Schock ersparen.«
»Herr im Himmel, Eunice. Nein, sie hat mir nichts davon gesagt.«
»Gott, du hast dich aber ganz schön verändert, Marc. Das muß das Stadtleben sein. Und doch sollte man eigentlich annehmen, daß du noch in der Lage bist, dir jemanden mit mehr Pep als diese Dorothy zu suchen.«
»Was soll das wieder heißen?«
»Ich meine, sie ist doch gar nicht dein Typ.«
»Sie ist nur unsere Nachbarin, eine Freundin. Sonst nichts.«
»Aber sicher. Nun, ich habe eigentlich nicht angerufen, um mit dir deinen seltsamen Geschmack bezüglich deiner Bettgenossinnen zu diskutieren, sondern um mit dir über unser Kind zu reden.«
»Schön, ich wollte dich auch gerade anrufen. Denn von jetzt an möchte ich gefragt werden, bevor du hierher kommst und Robin besuchst. Ich will nicht, daß du sie noch einmal so aus dem Gleichgewicht bringst, wie das heute morgen der Fall war.«
»Ich verstehe. Und ich nehme an, daß du auch dabeisein und den Besuch überwachen willst, richtig? Oder vielleicht deine schlagfeste Nachbarin und Freundin als Aufpasserin schicken willst?«

»Falls ich eine dritte Partei für nötig erachten sollte, wird eine dabeisein.«

»Nur über meine Leiche.«

»Ich werde dir vom Gericht den Umgang mit Robin verbieten lassen, falls ich mich dazu gezwungen sehe, Eunice.«

»Es gibt kein Verbot, das mich aufhalten könnte. Jetzt komm aber, dein Erinnerungsvermögen kann doch nicht so gelitten haben, oder? Wenn ich mir etwas in den Kopf setze, Marc, dann bekomme ich das normalerweise auch.«

»Verlaß dich dieses Mal nicht darauf.«

»Birdie ist in einem schrecklichen Zustand – sie ist ganz steif, unnatürlich, bewegt sich wie eine Marionette. Ich habe ihr ihren Lieblingseisbecher mitgebracht, und sie hat darin herumgestochert, als sei er voll mit giftigem Sondermüll. Sie hatte tatsächlich Angst, mir nahe zu kommen. Mir«, sagte Eunice, deren Stimme plötzlich abbrach, »ihrer eigenen Mutter. Oh, es kam schon mal vor, daß sie wütend auf mich war, oft sogar, aber da hat sie sich nie vor mir gefürchtet. Außer vor Schlangen hatte sie eigentlich vor gar nichts Angst!«

»Eunice, versteh doch, sie ist in therapeutischer Behandlung. Warum läßt du sie nicht eine Weile in Ruhe und gibst ihr Zeit, bis es ihr wieder bessergeht?«

»Du meinst, ich soll einfach den Kopf in den Sand stecken und zuschauen, wie es mit ihr immer weiter bergab geht? Kommt gar nicht in Frage. Ich *werde* sie aus dieser Bruchbude herausholen, in die du sie gesteckt hast. Weg von allen Seelenklempnern, die an ihrem Gehirn herumschnipseln, weg von allen verrückten Nachbarinnen, die ihre Nase überall hineinstekken, und weg von dir. Und wenn du glaubst, das könnte ich nicht, dann paß nur auf!«

Am anderen Ende wurde der Telefonhörer mit einem lauten Knall aufgelegt, ein Geräusch, das ihn erschauern ließ. Dieses Gespräch war anders als die bisherigen verlaufen: Sie war nicht betrunken gewesen, kein bißchen. Er mußte sich gleich morgen ein gerichtliches Umgangsverbot für sie besorgen und außerdem herausfinden, wie Eunice es geschafft hatte, an diesem Morgen das Sicherheitssystem zu überwinden.

Mollie hatte sich Robins Aufsatz über ihre Gefühle bereits vor Marcus Garrs Anruf durchgelesen. Es fiel den Eltern nie leicht, einem völlig Fremden die Kontrolle über das eigene Kind zu überlassen, aber vieles wäre leichter gewesen, hätten sie und Robins Vater von Anfang an ein besseres Verhältnis zueinander gehabt. Es war nicht das erste Mal, daß ihre direkte Art, mit den Eltern umzugehen, ihr dabei hinderlich gewesen war. Vielleicht war es endlich an der Zeit, daß sie sich etwas diplomatisches Geschick aneignete.

Sie las den Aufsatz noch einmal durch, und ihr fiel dabei auf, wie gut Robin sich ausgedrückt, wie anschaulich sie alles beschrieben hatte, selbst die Tonfiguren, die sie in ihrer Vorstellung bearbeitet hatte. Die geschmeidige schwarze Katze ... ein Symbol für Eunice? Der Zauberer aus Plastik ... konnte das Marcus Garr sein? Zu diesem Zeitpunkt war das schwer zu sagen. Das Apartmenthaus stand eventuell für Robins Gefühle, die so fest verschlossen waren, daß sie nicht an sie herankommen konnte. Und die alten Bekannten in neuen Kleidern – ein Ausdruck ihres plötzlichen Mißtrauens Menschen gegenüber, an die sie einmal geglaubt hatte. Wie Eunice, wie ihr Vater – sie waren diejenigen, die sie nicht vor den schrecklichen Ereignissen des vergangenen Sommers hatten bewahren können.

Vater oder Mutter, die symbolischen Beschützer vor allem Übel. Schon unter normalen Umständen eine anspruchsvolle Aufgabe. *Ach, Robin, wenn das nur immer so einfach wäre.*

6

Nach seinen Gesprächen mit Eunice und Mollie war Marcus eigentlich nicht mehr in der Stimmung für einen Besuch, aber nach dem, was Eunice ihm eben erzählt hatte, war er Dorothy eindeutig eine Entschuldigung schuldig. Also ließ er Robin schlafend zurück und ging eine Treppe tiefer.

»Als Sie mir von der Szene mit Eunice erzählten, haben Sie aber nicht erwähnt, daß sie Sie körperlich angegriffen hat.«

»Schauen Sie mich an, Marcus«, erwiderte sie lächelnd. »Alle beweglichen Teile sind noch an ihrem Platz. Im Ernst, ich kann einiges einstecken.«

»Auf jeden Fall muß ich mich bei Ihnen entschuldigen«, sagte er. »Sie waren mir und Robin eine unschätzbare Hilfe, und Sie verdienen es wirklich nicht, jetzt auch noch in die Schußlinie zu geraten.«

»Nun, *Sie* haben ja nicht geschossen. Das Schlimmste daran war, mitansehen zu müssen, wie Robin in der Ecke kauerte, so verletzlich ...«

Er seufzte. »Ja, und ich würde gern dafür sorgen, daß so etwas nicht noch mal vorkommt. Das ist übrigens eine der Fragen, die ich Ihnen stellen wollte – was glauben Sie, wie hat Eunice es überhaupt geschafft, heute vormittag ins Haus zu kommen? Laut Aussage von Robin hat es unten an der Haustür nicht geläutet.«

»Die Bewohner hier im Haus und deren Besucher machen sich oft nicht die Mühe, die Türen richtig zu schließen. Ich habe sogar einmal einen Schäferhund entdeckt, der in den Korridoren herumlief. Nur mittels eines Suppenknochens, den ich auf den Gehweg vor dem Haus geworfen habe, konnte ich ihn überzeugen, das Haus doch wieder zu verlassen.«

»Ich werde morgen mal mit dem Hausverwalter reden, vielleicht kann man etwas dagegen unternehmen.«
Er lehnte sich auf dem Sofa zurück und holte tief Luft; sie stellte sich hinter ihn, beugte sich über ihn, griff mit ihren kühlen Händen in seinen Kragen und massierte seinen Nacken.
»Ah«, seufzte er, »das fühlt sich gut an.«
»Mein Gott, Marcus. Ihre Muskeln sind ja so angespannt wie eine Klaviersaite. Aber ich habe da etwas, das Ihnen vielleicht helfen wird – zumindest hilft es mir immer, wenn ich verspannt bin.«
Sie eilte in ihr Schlafzimmer und kam mit einer weißen Spieldose aus Porzellan wieder zurück. Sie stellte sie auf den Couchtisch, öffnete den Deckel, und die schlichte, eindringliche Melodie setzte ein.
Er lehnte sich zurück und hörte ein paar Minuten zu.
»Der Klang ist ja unglaublich gut. Aber die Melodie ist mir unbekannt, das ist doch nicht eines von Ihren Kinderliedern, oder?«
»Das hier nicht. Das ist ein Lied aus dem achtzehnten Jahrhundert mit dem Titel ›Es weiß die Frau‹.«
Er lächelte. »Irgendwie habe ich heute genug von ›wissenden Frauen‹, es reicht für einen Tag.«
»Damit meinen Sie vermutlich Eunice, nicht wahr? Ich wünschte, Sie würden sich keine solchen Sorgen machen, Marcus. Zum einen bin ich ja tagsüber in der Nähe, und ich habe die Absicht, Robin nicht aus den Augen zu lassen.«
»Dafür bin ich Ihnen dankbar. Aber wie Sie heute selbst gesehen haben, ist Eunice nicht leicht beizukommen.«
»Nun, ich kann auch ziemlich austeilen, wenn es darauf ankommt. Eunice ist zwar aggressiv und laut, aber sie schüchtert mich nicht ein. Und trotz unserer häßlichen Auseinandersetzung von heute morgen bin ich nicht wütend auf sie. Eigentlich tut sie mir sogar leid.«

»Tatsächlich?«

»Ja, weil sie als Mutter versagt hat; sie hat es fertiggebracht, ihre Tochter zu verlieren. Das war ganz deutlich aus Robins Reaktion ihr gegenüber abzulesen. Und ich glaube nicht, daß irgendeine Mutter damit leicht fertig wird.«

Ein paar Sekunden herrschte Schweigen, dann: »Nun, ich hoffe, daß Robin und Eunice mit der Zeit ihren Frieden machen werden.«

»Vielleicht.« Plötzlich lachte Dorothy – leise zuerst, dann mit mehr Überschwang.

»Okay, ich geb's auf ... was ist daran so lustig?«

»Ich habe mich eben nur gefragt, was das wohl für eine Mutter ist, die ihrem Kind um halb elf Uhr morgens einen Eisbecher mitbringt. Aber um die Dinge in die richtige Perspektive zu rücken, Robin in ihren schlechten Eßgewohnheiten zu bestärken, gehört ja wohl nicht zu Eunices schlimmsten Sünden, nicht war?«

Die Spieldose hatte nicht geholfen; Dorothys Bemühungen auch nicht. Im Gegenteil. Marcus kehrte angespannter in seine Wohnung zurück, als er sie verlassen hatte. Wenn man bedachte, was Eunice sich Dorothy gegenüber geleistet hatte, dann war diese in ihrer Beurteilung von Eunice sehr milde mit ihr umgesprungen und hatte ihr gegenüber wahrscheinlich mehr Verständnis gezeigt, als sie verdiente. Und sie hatte auch nichts gesagt über Eunice, was Marcus sich nicht bereits selbst gedacht hätte.

Aber irgend etwas hatte ihm an der Art mißfallen, wie Dorothy über diesen albernen Eisbecher gelacht hatte. War das einfach nur unpassend gewesen, oder – was wahrscheinlicher war – war er selbst in einer zu miserablen Stimmung gewesen, um daran etwas Komisches entdecken zu können?

»Beschreib mir mal, wie sich dein Rücken anfühlt«, sagte Mollie, als Robin bei ihrem nächsten Treffen wieder mal anfing, sich zu kratzen.

»Es kribbelt, es juckt, so, als ob winzige Käfer über meinen Rücken laufen würden.«

»Hast du Angst vor Käfern?«

»Nein, aber ich mag das Gefühl nicht.«

»Ich stelle mir vor, daß es recht lästig ist. Bist du hingefallen oder hast du dir im Sommer sonst irgendwie weh getan?«

»Nicht daß ich wüßte.«

»Hat dich jemals eine Person gegen deinen Willen am Rücken oder an einer Stelle auf dem Rücken berührt?«

»Nein, eigentlich nicht.«

»Wann verspürst du normalerweise diesen Juckreiz, Robin – gleich am Morgen? Abends? Wenn du erregt oder angespannt bist?«

Robin dachte darüber nach. »Es passiert ganz plötzlich, nie zu einer bestimmten Zeit.«

»Du hast davon erzählt, wie du mit Amelia auf dem Weg zu eurem privaten Badeplatz am See durch die Wälder gelaufen bist. Bist du auf dem Weg dorthin von Ästen zerkratzt worden?«

»Ein paar Mal an den Beinen, aber das war nicht schlimm. Und falls Amelia was passiert ist, so hat sie jedenfalls nichts davon gesagt.«

»Was war im Wasser, Robin – denk nach. War da vielleicht etwas, irgendein Gegenstand, der sich an dir gerieben hat bei dem Versuch, Amelia zu retten?«

Sie schüttelte den Kopf und biß sich fest auf die Unterlippe.

»Was ist, Robin?«

Sie zuckte mit den Achseln. »Mir geht das Thema auf die Nerven. Können wir nicht über etwas anderes reden?«

Ein paar Tage später war Robin auf dem Nachhauseweg von

der Schule, als ein silberfarbener Z-28 langsam neben ihr herfuhr und dabei ein paarmal hupte. Sie blieb stehen, schaute auf den Wagen – das Fenster auf der Beifahrerseite war heruntergekurbelt – und ging dann langsam darauf zu.

»Was machst du denn hier, Eunice?«

»Komm, steig ein, ich fahre dich nach Hause.«

»Nein, das geht schon, ich gehe zu Fuß.«

»Mach die Tür auf und komm herein. Und schau dir das hier an.« Sie griff hinter sich auf den Rücksitz und hob ein Paar zitronengelb und purpurrot gestreifte Leinenschuhe in die Höhe, die an der Seite mit einer Reihe winziger goldener Spangen geschlossen wurden. »Wie gefallen sie dir?«

»Die sind ja total ausgeflippt.«

»Genau das habe ich mir auch gedacht. In dem Moment, in dem ich sie gesehen habe, wußte ich, die sind richtig für meine Birdie. Mit diesen Dingern an den Füßen wirst du in kürzester Zeit den neuesten Schrei kreiert haben – deine Mitschüler werden dir zu Füßen liegen und dich anflehen, ihnen zu sagen, woher du die hast.«

Robin lächelte.

»Ah, ein Lächeln, ein richtiges Lächeln? Warte, bleib so, ich hole schnell den Fotoapparat!« Sie wühlte wie verrückt die Papiere im Handschuhfach durch.

Da trat Robin näher an den Wagen heran, griff durchs Fenster und wurde dabei an der rechten Hand gepackt.

»Laß das. Bitte!«

»Nur, wenn ich dich heimfahren darf. Wenn nicht, dann werde ich dir auf Schritt und Tritt folgen, dabei ununterbrochen hupen und eine ganze Serie von Bildern von dir schießen mit dem Titel: ›Birdie geht nach Hause‹. Und die werde ich dann an ein Teenager-Magazin verhökern.«

Robin machte seufzend die Tür auf und setzte sich auf den Beifahrersitz.

»Okay, aber was soll das Getue, daß du mich heimfahren willst?«
Eunice warf Robin die Leinenschuhe in den Schoß.
»Hier, zieh sie an. Es geht darum, daß ich endlich Gelegenheit bekomme, mit meiner Birdie zu reden.«
Robin zog ihre weißen Turnschuhe aus und die neuen an.
»Ich bin zur Zeit keine besonders amüsante Gesellschaft«, sagte sie. »Dir entgeht also nichts.«
»Laß das lieber mich beurteilen. Stell dir nur vor, Birdie – ich trinke jetzt nicht mehr soviel. Ich weiß, die alte Leier kennst du schon, aber dieses Mal meine ich es ernst. In den vergangenen Tagen hatte ich nicht mehr als ...«
Als sie die letzte Spange an den neuen Schuhen zugemacht hatte, richtete Robin sich auf – sie fuhren gerade auf die Auffahrt zum Storrow Drive. »Halt! Das ist nicht der Weg zu unserer Wohnung. Wo fahren wir hin?«
»Zeig mir lieber, wie die Schuhe an dir aussehen. Komm schon, streck beide Beine hoch, damit ich es sehen kann.«
»Du hast versprochen, mich nach Hause zu fahren!«
»Das tue ich auch, Birdie. Ich fahre dich nach Hause, nach Andover, zu mir, wo du hingehörst. Dieses Mal wird es ganz anders sein, Birdie, du wirst schon sehen ...«
Robins Hand fuhr an den Türgriff; Eunice beugte sich zu ihr hinüber, packte sie mit der rechten Hand an ihrem kurzen Haar und riß sie von der Tür zurück.
»Laß das, verdammt noch mal, du wirst dir noch weh tun!« rief Eunice.
Robins Hände flogen zurück, packten die Hand ihrer Mutter und zerrten so heftig an deren Fingern, bis sich ihr Griff lockerte. Eunice, in dem Versuch, die Augen auf der Straße zu behalten, während der Wagen im Zickzack langsam die Auffahrt hochrollte, holte blind mit dem Arm aus ... Und in dem Augenblick, als Robin ihr Gesicht Eunice zuwandte und, so

laut sie konnte, zu schreien anfing, traf Eunices Hand sie voll im Gesicht.
Robin hielt beide Hände vor das getroffene Auge, und der Wagen machte einen Schlenker.
»O Gott, Birdie, das wollte ich nicht ... Bist du verletzt?«
Robin drehte sich von ihr weg, riß die Tür weit auf und sprang hinaus, während Eunice auf die Bremse trat. Robin fiel auf die geteerte Straße, und die ersten Hupen ertönten hinter ihr. Noch bevor Eunice aus dem Wagen steigen konnte, war Robin wieder aufgestanden und rannte los.

Sie war immer noch mehr als einen Block von ihrer Wohnung entfernt, als sie sich an den Straßenrand setzte und zu weinen anfing. Ihre Jeans waren aufgerissen, ihre Arme und Beine bluteten, ihr linkes Auge war zugeschwollen.
»In welche Prügelei warst du denn diesmal verwickelt?«
Sie schaute zu Calvin hoch und schüttelte nur den Kopf.
»Geh weg, laß mich in Frieden.«
»Wer hat das getan?«
»Ich, das war ich selbst.«
»Komm schon, ich werde es keinem erzählen.«
»Ich sagte doch, geh weg! Sofort!«
»Tu, was sie sagt«, ertönte eine tiefe, feste Stimme.
Calvin wich zurück. Dorothy eilte zu Robin, packte sie vorsichtig unter den Armen und zog sie auf die Beine hoch. Sie stützte sie und führte sie zum Haus zurück.
Gerade als sie den Eingang erreichten, kam der Z-28 mit quietschenden Reifen am Straßenrand zum Stehen. Eunice sprang aus dem Wagen.
»Nein!« Robin preßte sich enger an Dorothy.
Eunice blieb stehen. »Bitte, Birdie, ich will ja nur mit dir reden.«
Robin schüttelte den Kopf; Dorothy hielt schützend den Arm vor sie.

»Ich weiß nicht, was hier passiert ist«, sagte Dorothy. »Aber was immer das auch war, Sie haben eindeutig genug Schaden angerichtet. Ich glaube, Sie gehen jetzt besser.«
»Sie halten sich da raus!«
»Das werde ich nicht, und das kann ich nicht. Also, entweder Sie gehen jetzt, oder ich rufe die Polizei.«
Eunice wischte sich die Tränen aus den Augen. »Birdie.«
Robin kniff ganz fest die Augen zusammen und vergrub ihr Gesicht tief in Dorothys Mantel.

Nackt bis auf ihre Unterhosen und ihr Unterhemd saß Robin auf der Toilette in Dorothys Badezimmer, während die Frau die Schürfwunden an Armen und Beinen säuberte und anschließend mit Jod desinfizierte. Schließlich ließ Dorothy Robin wieder ihre Jeans anziehen, führte sie in die Küche und setzte sie auf einen Küchenstuhl, während sie einen Eisbeutel vorbereitete. Robin sah ihr zu, wie sie die Eiswürfel abzählte.
»Wahrscheinlich ist der Beutel genauso kalt, wenn ich elf oder vielleicht auch dreizehn Eiswürfel dazu hernehme«, sagte Dorothy, »aber frag mich nicht, warum, die Zwölf war immer schon meine Lieblingszahl.«
Robin wußte, daß Dorothy ihr ein Lächeln entlocken wollte, aber sie brachte nicht einmal ein gequältes zustande. Dorothy ließ die Eiswürfel in einen Beutel gleiten, verschnürte ihn und legte ihn auf Robins geschwollenes Auge.
»Wie fühlt sich das an? Besser?«
Robin nickte.
»Gut, vielleicht willst du mir jetzt erzählen, was passiert ist.«
Robin schaute betreten auf die neuen, gestreiften Leinenschuhe hinunter. Doch Dorothy hob ihr Kinn mit zwei Fingern an, damit sie ihr in die Augen schauen mußte.
»Bitte antworte mir, mein Schatz«, sagte sie schroff, ohne jedoch die Stimme zu heben. »Und ich will die Wahrheit hören.«

Robin unterdrückte ein Schluchzen, als ein Schauer ihren Körper überlief.

»Es war Eunice«, sagte sie schließlich. »Sie hat versucht, mich zu entführen.«

Kann eine Mutter tatsächlich ihr eigenes Kind entführen?

Ich weiß es nicht, frag den Staat.

Seit wann kümmerst du dich um den Staat?

Seit ich verrückt bin, vermutlich.

Dein Rücken juckt wieder, stimmt's?

Mollie sagt, ich soll versuchen, es zu ignorieren. Und genau das tue ich. Würdest du also bitte von meinem Rücken gehen?

Pfui, igitt, igitt …

Es wurden folgende neuen Regeln aufgestellt: Robin durfte unter keinen Umständen zu Eunice in ein Auto steigen – oder auch nur am Telefon mit ihr reden. Daddy veranlaßte den Hausverwalter, am Vorder- und Hintereingang neue Schnappschlösser anzubringen, die sich automatisch schließen würden, wenn Leute aus und ein gingen. Er besorgte sich zusätzlich eine gerichtliche Verfügung, die Eunice verbot, sich Robin zu nähern oder auch nur mit ihr zu sprechen, obwohl Robin sehr bezweifelte, daß irgend so ein Umgangsausschluß Eunice würde aufhalten können.

Eunice hatte sich ihrerseits wiederum in Boston einen Anwalt genommen und einen Antrag eingereicht, in dem sie darum bat, daß das einstweilige Sorgerecht auf sie übergehen solle. Die gerichtliche Anhörung zu diesem Fall sollte erst in acht Wochen stattfinden, und obwohl Daddy ständig betonte, daß Eunice keine Chance habe, mit ihrem Antrag durchzukommen, jagte allein schon der Gedanke an die Anhörung und an all die Gefühle, die dadurch geweckt werden würden, Robin den allergrößten Schreck ein.

An den meisten Tagen, an denen sie entweder aus der Schule oder von einer ihrer Sitzungen bei Mollie nach Hause kam, traf Robin die »Grüß-Gott-Tante« bereits draußen vor der Haustür an, wo sie auf sie wartete. Natürlich tat Dorothy immer so, als würde sie gerade zufällig einen Spaziergang machen; und obwohl Robin ganz genau wußte, daß Dorothy nur ein etwas merkwürdiges Spiel mit ihr spielte, ertappte sie sich dabei, wie sie jedesmal wieder darauf einging. Dazu kam, daß Robin in dieser Zeit gar nicht so sicher war, ob sie überhaupt wollte, daß Dorothy sie in Ruhe ließ. Sie mochte die »Grüß-Gott-Tante« zwar nicht mehr als bei ihrem ersten Treffen, aber Dorothy tat immerhin ihr Bestes, um sie vor Eunice zu schützen. Loyalität sollte wenigstens respektiert werden, dachte Robin.

Daran schuld war die Tatsache, daß Robin jetzt fast ständig Angst hatte; sie hatte mehr Angst als jemals zuvor in ihrem Leben. Der einzige Ort, an dem sie sich wirklich sicher fühlte, war Mollies Praxis.

»Erzähl mir etwas über eure Nachbarin«, wollte Mollie während einer ihrer Sitzungen wissen.

»Dorothy? Weshalb?«

»Nun, sie scheint in der letzten Zeit eine ziemlich große Rolle in deinem Leben zu spielen.«

Robin zuckte nur mit den Achseln. »Sie spioniert dauernd hinter mir her und paßt auf, daß Eunice nicht kommt und mich holt.«

»Und das macht dir nichts aus?«

»Manchmal schon, aber die meiste Zeit nicht.«

»Glaubst du, daß sie dich beschützt?«

»Wahrscheinlich.«

»Wie lange kennt ihr beide sie denn schon, du und dein Vater?«

»Nicht lange, drei oder vier Wochen vielleicht. Seit wir nach Boston gezogen sind.«

»Hmm. Weißt du noch, als ich dich anrief und sie am Telefon war – wann war das, es war erst dein zweiter Besuch hier gewesen, oder? Sie machte auf mich den Eindruck, als würde sie sich um alles kümmern.«

»So ist es eben, sie kümmert sich um vieles. Ich glaube, daß Daddy sie deswegen machen läßt, weil er sie mag.«

»Und du?«

»Ich nicht. Aber Daddy hat recht, sie meint es gut. Sie ist ja auch immer da, wenn ich sie brauche, und das gefällt mir.«

»Nenn mir mal ein Beispiel.«

»Nun, vor ein paar Tagen, als ich gerade nach der Schule heimgehen wollte, da hatte ich wieder so einen Anfall.«

»Eine Angstattacke?«

Robin nickte. »Ich ging zu einer der Telefonzellen, die in der Schule in der Halle stehen, und versuchte hier anzurufen, aber es war belegt. Dann rief ich bei Dorothy an, aber da meldete sich auch keiner. Ich saß ungefähr eine Viertelstunde da und traute mich nicht einmal mehr, wieder aus der Zelle herauszukommen, als ich plötzlich aufblickte und Dorothy vor mir stand. Als sie bemerkte, daß ich nicht nach Hause kam, hat sie mich gesucht.«

»Und daraufhin hast du dich besser gefühlt?«

»Ich glaube, ja. Auf dem Weg nach Hause zeigte sie mir dann, wie man tief und fest ein- und wieder ausatmet und wie man Hände und Arme schüttelt, damit sich die Muskeln wieder entspannen. Als wir heimkamen, führte sie mich nach oben und zeigte mir ihre Sammlung von Spieldosen.«

»So?«

»Ja, sie hat eine ganze Menge davon in ihrem Schlafzimmer stehen; eine hat sie mir mal vorgespielt. Hauptsächlich sind es Kinderlieder. Wußten Sie, daß das Lied ›London Bridge‹ aus dem Grund entstanden ist, weil die Leute damals Angst davor hatten, eine Brücke zu überqueren?«

»Nein, das wußte ich nicht.«
»Wenn man früher eine Brücke gebaut hat, dann hat man immer ein Kind getötet und den toten Körper als Opfer in den Zement eingemauert. Man hat angenommen, daß das die Brücke vorm Einstürzen bewahren würde.«
»Klingt ja richtig grausig.«
»Tja, Dorothy kennt viele solcher grausamen Geschichten. Ich nehme an, sie hat mir deswegen von den Kinderliedern erzählt, weil sie einen Hang zu solchen ausgefallenen Dingen hat und will, daß mir das auch gefällt.«
»Aber das tut es nicht, oder?«
»Nein, nicht direkt.«
»Was ist denn mit Eunice, hat sie dich seit damals, als sie dich von der Schule abholte, noch einmal belästigt?«
»Sie ruft immer wieder mal an.«
»Was sagt sie dann?«
»Nichts. Sie bleibt bloß eine Weile in der Leitung und legt dann wieder auf.«
»Woher weißt du denn, daß sie es ist?«
»Wer sollte es denn sonst sein? Außerdem sieht es ihr ähnlich. Es ist ihre Art, mich zu ängstigen.«
»Warum sollte sie das tun wollen?«
»Vielleicht glaubt sie, daß ich Daddy verlassen und wieder zu ihr kommen werde, wenn ich nur genügend Angst habe. Und dann bräuchte sie sich nicht einmal mehr mit dem Gericht herumschlagen.«
»Da habe ich aber viel eher die Vermutung, daß so etwas gerade das Gegenteil bewirken würde. Ich meine, wenn du wirklich Angst vor ihr hast, dann würdest du doch nie zu ihr nach Hause zurückkehren; das wäre doch das letzte, was du wolltest.«
»Ja, so würde ein normaler Mensch wahrscheinlich denken. Aber Eunice ist kein normaler Mensch.«

»Macht es dir angst, wenn Eunice anruft?«

»Ja. Aber meistens hänge ich ganz schnell auf und versuche, so zu tun, als sei nichts passiert; das hat Dorothy mir geraten. Sie sagt, falls ich sie brauche, dann kann ich jederzeit zu ihr kommen und sie holen.«

»Und, hast du das schon mal gemacht?«

»Nein, aber wenigstens weiß ich, daß ich das könnte, falls ich es wollte.«

»Es hilft dir schon, wenn du nur weißt, daß Dorothy in der Nähe ist, richtig?«

Robin blieb ein paar Minuten stumm und holte dann tief Luft. »Ja, aber die meiste Zeit über versuche ich zu lernen, mich zu beherrschen – so wie Dorothy das tut. Wissen Sie, daß ich sie nicht ein einziges Mal wütend erlebt habe? Und deswegen konzentriere ich mich immer ganz fest darauf, die bösen Gedanken, die mir angst machen, beiseite zu schieben; und dann halte ich den Film in meinem Kopf an, damit sie nicht wieder zurückkommen können.«

»Das hat aber nichts damit zu tun, sich mit seinen Gefühlen auseinanderzusetzen, Robin, das heißt nur, daß man sie zeitweilig wegschiebt.«

»Ich weiß, aber mehr kann ich im Moment nicht tun.«

»Ich verstehe, Robin, ich habe übrigens gestern Eunice angerufen.«

Robins Hände umklammerten die Sessellehne. »Warum?«

»Ich dachte mir, wenn sie vielleicht zu mir käme, dann könnten wir über alles reden.«

»Was gibt es denn da zu besprechen?«

»Nun, zum einen könnte sie vielleicht erklären, was sie an dem einen Tag im Auto versucht hat.«

»Sie hat versucht, mich zu entführen, was gibt es da zu erklären? Wollen Sie sie vielleicht auch noch verteidigen?«

»Überhaupt nicht – was sie getan hat, war falsch. Aber manchmal ist es hilfreich, sich eine Sache mal von einer anderen Seite anzuhören. Du wärst überrascht, wie unterschiedlich sie das, was passiert ist, eventuell beurteilen würde.«

»Ich will mir ihre Seite gar nicht anhören, das interessiert mich nicht.«

Mollie hielt ihr eine Obstschale entgegen, und Robin entschied sich zögernd für eine Banane.

»Du brauchst dir keine Sorgen zu machen«, sagte Mollie. »Eunice hat meine Einladung abgelehnt. Sieht so aus, als könne sie mit Seelenklempnern nicht viel anfangen.«

Nachdem Robin weg war, rief Mollie Marcus in seinem Büro an.

»Ich würde mich gern mit Ihnen treffen«, sagte sie.

»So? Ich dachte, das, was sich zwischen Ihnen und Ihrem Patienten abspielt, gehe niemanden etwas an. Ein Engagement von seiten der Eltern haben Sie ja nicht gerade ermutigt.«

»Wenn ich der Ansicht bin, daß Vater oder Mutter uns helfen können, dann bin ich mehr als glücklich, sie in meine Arbeit mit einzubeziehen. Meine Philosophie ist, man soll alles ausprobieren, was hilft.«

Es folgte eine längere Pause: »Wann?«

»Heute abend, wenn das möglich ist. Wann sind Sie mit der Arbeit fertig?«

»Um sechs Uhr.«

»Wie wäre es mit halb sieben? Reicht Ihnen das?«

Als Robin an der Bushaltestelle gleich bei Mollie um die Ecke ankam, wartete Calvin bereits mit seinem Fahrrad auf sie.

»Was machst du denn hier?« fragte sie.

»Ich wollte dich abholen und nach Hause fahren.« Er klopfte auf die Stange seines Zehn-Gang-Rades.

»Woher wußtest du, wo ich zu finden bin?«

Er zuckte nur mit den Achseln. »Versprichst du mir, daß du dich nicht ärgerst, wenn ich es dir sage?«
Sie zögerte etwas, nickte aber dann.
»Ich habe gesehen, wie du bei der Schule in den Bus gestiegen bist, und bin dir auf dem Fahrrad gefolgt.«
»Warum?«
»Weil ich dich, bis auf die Mittagspause, wo du für fünf Minuten auftauchst und dann wieder verschwindest, nicht viel zu Gesicht bekomme.«
»Was ist denn nach der Schule, da läßt du dich nicht blicken. Aber nicht, daß ich mit dir reden wollte, versteh mich nicht falsch.«
»Kann sein, kann nicht sein. Aber das ist ohnehin egal, sie läßt mich sowieso nicht in deine Nähe.«
»Wer?«
»Diese Nachbarin von euch, die nicht ganz dicht ist.«
Robin mußte über seine Beschreibung der »Grüß-Gott-Tante« schmunzeln. »Das ist Dorothy Cotton. Sie versucht nur, auf mich aufzupassen, das ist alles.«
»So? Vor wem mußt du denn beschützt werden, vor mir?«
Robin seufzte. »Mach dich nicht wichtiger, als du bist. Wer sollte denn vor dir schon Angst haben?«
»Na, jedenfalls kann sie mich nicht ausstehen, das kann ich dir sagen.«
»Woher willst du das denn wissen?«
»So, wie die mich anschaut, als würde sie denken, ich sei nicht gut genug für dich.«
Robin fiel wieder der Tag ein, als Dorothy unten im Hausgang genau dasselbe gesagt hatte.
»Also, meine Freunde sucht sie jedenfalls noch nicht für mich aus.«
»Ja? Gleich um die Ecke und dann noch einen Block weiter ist ein McDonald's. Fährst du auf eine Cola mit mir hin?«

Robin biß sich nachdenklich auf die Unterlippe. Dorothy würde das gar nicht gefallen. Na, und wenn schon. Sie kletterte auf die Fahrradstange, und Calvin trat in die Pedale und fuhr die Straße hinunter.
»Wer hat dich denn nun an dem Tag so zusammengeschlagen?« fragte Calvin, als sie beide mit ihren Colas am Tisch saßen.
»Ich sagte doch, niemand.«
»Ich mag vielleicht ein bißchen blöd sein, aber ganz zurückgeblieben bin ich nun auch wieder nicht.«
»Okay, wenn du es unbedingt wissen willst, es war Eunice.«
»Wer ist das?«
»Sie ist meine Mutter.«
»Heiliges Kanonenrohr, deine Mutter hat das getan? Wieso?«
»Weil ich nicht zu ihr zurückkommen wollte.«
»Aha. Jesus, ich möchte wetten, du hast von ihr so zu kämpfen gelernt.«
Robin stellte ihre Cola ab. »Vielleicht hast du recht. Vielleicht habe ich das wirklich von ihr gelernt.«
»Warum läßt du dann zu, daß diese bescheuerte Lady von nebenan sich so stark in dein Leben einmischt?«
»Ich sagte dir doch schon, das tut sie nicht.«
»Du meinst wohl, du kannst mich zum Narren halten. Jeden Nachmittag rennst du gleich nach der Schule oder nach deiner Verabredung mit deinem Doktor wie ein liebes kleines Mädchen nach Hause.«
»Wieso kommst du auf die Idee, ich könnte das ihretwegen machen?«
»Na ja, dauernd gluckt sie um dich rum und paßt auf jeden Schritt von dir auf – als ob sie dich mit einer Fernsteuerung lenken würde. Sobald du einmal im Haus bist, bist du für den Rest des Abends und der Nacht in deiner Höhle verschwunden.«

Robins Gegenargumente lösten sich bereits in Luft auf, noch ehe sie über ihre Lippen kamen. Hatte Calvin mit dem recht, was sie betraf? Seit dem großen Krach mit Eunice tat Robin nichts anderes, als gleich nach der Schule nach Hause zu gehen; und nicht viel später kam dann Dorothy die Treppen hochgelaufen und bot ihr an, ihr beim Putzen der Wohnung und den anschließenden Vorbereitungen für das Abendessen zu helfen. Robin haßte Kochen und Saubermachen – sie hatte sich in der Schule auch nicht für den Kochkurs eingetragen –, aber es war das einzige, womit sie Daddy zur Zeit eine Freude machen konnte.

Ist ein ebensoguter Grund wie jeder andere auch, schätze ich.

Du willst damit sagen, daß du nicht glaubst, daß ich es deshalb mache?

Habe ich das gesagt?

7

Marcus traf an diesem Abend erst gegen sieben Uhr in Mollies Praxis ein. »Tut mir leid, daß ich zu spät komme, aber der Verkehr war entsetzlich.« Er lockerte seine Krawatte und setzte sich ihr gegenüber in einen Sessel.

»Mr. Garr, ich habe Sie hierher gebeten, weil ich mit Robins Entwicklung nicht zufrieden bin.«

»Nun, es sind doch erst sechs Wochen. Das ist doch keine lange Zeit bei solchen Dingen, oder?«

»Richtig. Aber ...«

»Mir ist aufgefallen, daß sie mit ihrem Rücken weitaus weniger Probleme hat. Ich sehe nur noch selten, daß sie sich kratzt.«

»Das ist nur eine Illusion. Es ist immer noch da – zumindest der Grund, der dahintersteckt. Aber da ich bisher nicht fähig war, mir einen Reim darauf zu machen, habe ich Robin gebeten, es einfach zu ignorieren, falls möglich. Sie soll sich statt dessen jedesmal, wenn sie den Juckreiz verspürt, auf andere Dinge konzentrieren.«

»Wenn es hilft – so haben Sie es doch formuliert.«

»Ja ... ich glaube. Aber haben wir nicht plötzlich die Rollen vertauscht?«

»Wie bitte?«

»Ich weiß, daß Sie mich nicht sehr mögen, Mr. Garr. Ich weiß auch, daß Sie glauben, ich könnte vielleicht die falsche Therapeutin für Ihre Tochter sein. Also wollte ich Ihnen vermutlich einen Vorwand geben, mir Ihre Gefühle zu erklären, indem ich Ihnen gegenüber zugab, daß mich Robins mangelnder Fortschritt etwas entmutigt hat.«

Er musterte sie ein paar Sekunden lang. »Und? Sind Sie das? Die falsche Therapeutin für Robin?«

»Nein, ich denke nicht. Sie liegt mir wirklich sehr am Herzen, und wir haben eine gute Beziehung zueinander. Ich gehöre einer neuen Generation von Ärzten an, die daran glauben, daß solche Dinge zählen. Selbstverständlich ist es immer noch wichtig, daß der Therapeut weiß, was er tut – und das tue ich, darauf können Sie sich verlassen –, aber eine gegenseitige Zuneigung von Arzt und Patient kann sehr hilfreich sein. Sie kennen doch sicher den Spruch, Liebe heilt alles, oder?«

»Ich kenne ihn, und ich glaube daran. Ich habe auch bemerkt, daß Ihre Art der Beziehung zu Robin dem Kind hilft. Und trotzdem erzählen Sie mir jetzt, daß sie keine Fortschritte macht, zumindest nicht in dem Maße, in dem Sie es sich zu diesem Zeitpunkt vorgestellt hatten.«

»Das ist richtig. Mir fehlt da etwas, wenn ich den bisherigen Verlauf Revue passieren lasse, und ich komme nicht dahinter, was es ist. Sagen Sie mir doch mal, Mr. Garr, glauben Sie tatsächlich, daß Robin solche Angst vor Eunice hat, wie sie sagt?«

»Wenn Sie schon eine so ausgezeichnete Beziehung zu ihr haben, wieso müssen Sie dann mich danach fragen?«

»Oh, natürlich *denkt* sie, daß sie Angst vor Eunice hat. Ich bin mir nur nicht sicher, ob diese Angst echt ist.«

»Hören Sie, Psychologie war nicht gerade mein bestes Fach, aber wenn man ein Gefühl für echt hält, dann ist es doch echt – oder?«

Mollie schnitt eine Grimasse. »Dann habe ich mich nicht sehr gut ausgedrückt. Ich wollte mit meiner Frage eigentlich nur wissen, ob Eunice irgend etwas getan hat, was eine derartige Angst von Robins Seite rechtfertigen würde?«

»Hätten Sie denn keine Angst vor einem Menschen, der Sie erst entführt und dann, als Sie versuchten, sich zu befreien, zusammengeschlagen hat? Robin mußte aus einem fahrenden

Auto springen, Doktor. Wir sind froh, daß sie sich nicht ernsthaft verletzt hat.«

»Aber es war kein Fremder, es war ihre Mutter.«

»Ich vermute, ihre Angst wäre wohl begründeter gewesen, wenn es sich um ihren Vater gehandelt hätte, habe ich recht?«

»Nein, das wollte ich damit überhaupt nicht sagen. Aber aus Robins Erzählungen – und sie hat viele Dinge über Eunice erzählt – habe ich den Eindruck gewonnen, daß Eunice ja durchaus eine miserable Mutter sein mag, daß Robin aber trotzdem stolz auf sie ist. Kinder neigen dazu, außergewöhnliches Benehmen von Erwachsenen zu bewundern.«

»Auch wenn dieses Benehmen gegen sie gerichtet ist?«

»Hören Sie, Robin mißtraut dem Urteil ihrer Mutter – und das ist gut so. Auch Ihnen macht sie diesbezüglich einen Vorwurf, aber halten wir uns hier nicht damit auf. Wichtig ist einzig und allein doch nur, daß Eunice Robin nie körperlich mißhandelt hat, oder?«

Marcus nickte. »Soviel ich weiß, nicht. In letzter Zeit gab es natürlich Schikanen von ihrer Seite – Robin hat Ihnen sicher von den Anrufen erzählt –, und ich glaube nicht, daß ich Ihnen etwas über emotionale Vernachlässigung erzählen muß. Erst verspricht sie, irgendwohin zu kommen, dann betrinkt sie sich und taucht nicht auf – Robin hat sich nie auf ihre Mutter verlassen können.«

»Ja, ich weiß, und mir ist auch bewußt, daß es in dieser Richtung jede Menge Vorfälle gegeben hat. Und Wut wäre auch genau die angemessene Reaktion darauf. Aber nicht Angst.«

»Schauen Sie, ich glaube, Sie müßten Eunice kennenlernen ...«

»Wie kann ich das?«

»Wie können Sie was?«

»Ich habe versucht, Eunice zu einem Besuch bei mir zu überreden. Sie hat sich geweigert.«

»Weiß Robin darüber Bescheid?«

»Selbstverständlich. Sie war erleichtert. Ihr hat die Vorstellung gar nicht gefallen, daß ich mich mit Eunice treffen könnte.«

»Ziehen Sie daraus keine Schlüsse?«

»Es sagt mir nur, daß Robin nicht bereit ist, mit ihrer Mutter oder mit ihrer Angst konfrontiert zu werden. Aber das liegt vielleicht nur daran, daß sie ihre Angst lieber dort lassen will, wo sie sicher verwahrt ist und ihr nicht schaden kann.«

»Was hat das genau zu bedeuten?«

»Es bedeutet, daß es vielleicht gar nicht Eunice ist, vor der sie Angst hat.«

»Wollen Sie damit sagen, daß ihre Angst irgendwie mit den Ereignissen im Camp zusammenhängt?«

»Und mit Amelia. Robin glaubt nur, daß sie bereit ist, sich mit dem, was passiert ist, auseinanderzusetzen, aber das ist sie in Wirklichkeit noch gar nicht.«

»Also war Ihr Schauprozeß nicht so ergiebig, wie Sie erwartet haben?«

»Mein Prozeß, wie Sie es nennen, ist noch nicht zu Ende. Aber bis jetzt ist Robin noch nicht davon abzubringen, daß sie schuldig sein soll. Und das bringt mich zu dem nächsten Punkt, den ich mit Ihnen besprechen wollte. Aber zuerst sollte ich Sie vielleicht warnen; es ist etwas unorthodox, was ich Ihnen vorschlagen werde.«

»Das überrascht mich kein bißchen.«

Mollie beugte sich in ihrem Sessel vor.

»Ich möchte Robin mit Amelias Eltern konfrontieren.«

»Das ist nicht nur unorthodox, das ist schlicht und einfach verrückt.«

»Warum?«

»Weil ... weil sie ...«

»Amelia getötet hat? Sie sagten doch selbst, Mr. Garr, es war ein Unfall.«

»Ich weiß das. Aber das sind schließlich die Eltern des Mädchens ... Himmel, ihr Kind ist tot. Woher, zum Teufel, sollen wir wissen, wie sie den Vorfall sehen, wie sie Robin gegenüber eingestellt sind? Ich meine, wenn ich an ihrer Stelle wäre, dann würde ich dem Kind vielleicht einen Vorwurf machen.«

»Und trotzdem, können sie eine noch schlimmere Meinung von ihr haben, als Robin sie ohnehin schon von sich hat? Und wenn es darauf ankommt, dann wird sie sich bestimmt zu verteidigen wissen. Überlegen Sie doch nur mal – es handelt sich hier um eine Zwölfjährige, die immerhin einen Jungen verprügelt, um das wiederzubekommen, was ihr gehört, und die sich dann mit dem Direktor ihrer neuen Schule anlegt. Und das, obwohl es um ihr Selbstbewußtsein nicht gerade zum besten steht.«

»Ich bin nicht ganz sicher, worauf Sie hinauswollen ...«

»Nun, daß es eine Sache ist, sich wegen etwas, was man getan hat, selbst schlechtzumachen, aber eine ganz andere, standzuhalten, wenn man von anderen schlechtgemacht wird. Menschen mit Mut – und dazu rechne ich auch Ihre Tochter – verteidigen sich. Sie sind doch Anwalt, Mr. Garr, führen Angeklagte normalerweise nicht immer die verschiedensten Gründe an, warum sie dieses oder jenes getan haben, sogar diejenigen, die ein gutes Gewissen haben?«

Schweigen.

»Und es gibt noch etwas zu berücksichtigen.«

»Und das wäre?«

»Ich bin der Meinung, daß Robin vor sich und uns etwas verbirgt, was mit diesem Sommer in Verbindung steht, aber nicht direkt mit dem Unfall zu tun hat. Wenn man sie nun

Amelias Eltern gegenüberstellt, dann wird das vielleicht an die Oberfläche kommen.«
Immer noch Schweigen.
»Nun, was meinen Sie?«
Marcus dachte einen Augenblick darüber nach und nickte dann.
»Okay, ich bin dabei, das heißt, nur bis zu einem gewissen Punkt. Ich werde die Familie Lucas übernehmen und nachprüfen, wie sie zu der Sache steht. Dann sehen wir weiter.«
Mollie lächelte, sprang aus dem Sessel hoch und ergriff Marcus' Hand.
»Benehmen Sie sich immer so, wenn Sie bekommen, was sie wollen?«
»Mein Vater war Anwalt – er warnte mich davor, mich mit Gesetzesvertretern einzulassen. Ich würde es nie ganz schaffen, ein strenges Gesicht zu machen und eine würdige Pose einzunehmen, sagte er.«

Calvin lieferte Robin erst lange nach Einbruch der Dunkelheit vor ihrem Wohnblock ab. Als sie den Absatz zum ersten Stock erreichte, wartete die »Grüß-Gott-Tante« bereits auf sie.
»Wo bist du gewesen?« fragte Dorothy. »Ich habe mir Sorgen gemacht, beinahe hätte ich deinen Vater angerufen.«
»Ich war auf eine Cola bei McDonald's. Was ist so schlimm daran?«
»Mit wem?«
»Konnten Sie das von Ihrem Posten am Schlafzimmerfenster aus nicht richtig sehen?«
Dorothy schluckte so hart, daß Robin das Geräusch, das tief aus ihrer Kehle kam, deutlich hören konnte, blieb aber gelassen.
»Ich dachte mir, wir könnten zum Abendessen einen Auflauf machen. Ich habe ein neues Rezept – Käse, Tomaten, Peperoni und Würstchen. Es ist fast wie eine Pizza, bloß ...«

»Ich habe keine Lust.«
»Was werdet ihr dann essen, du und dein Daddy?«
»Ich weiß nicht, ist mir egal.«
Robin legte den Rest der Stufen im Laufschritt zurück, stürmte in ihre Wohnung und verriegelte die Tür.
Das Telefon läutete.
»Hallo ... hallo!« Schweigen. »Bitte sagen Sie doch etwas, wer immer auch dran ist.«
Sie schaute sich in der dunklen Wohnung um und spürte, wie ihre Hände feucht wurden. Jetzt konnte sie ja wohl schlecht zu Dorothy hinunterlaufen, selbst wenn sie es gewollt hätte. »Ich hasse dich, Eunice, ich hasse dich für das, was du mir antust!« Sie knallte den Hörer auf die Gabel, rannte in ihr Zimmer und drehte das Radio auf volle Lautstärke. Als das Telefon erneut läutete, konnte sie es nicht hören.
Plötzlich ging die Tür zu ihrem Schlafzimmer auf: Dorothy. Sie ging direkt zu dem Radio auf Robins Schreibtisch und drehte es leiser.
»Meine Güte, was ist denn hier los?« sagte sie munter. »Das ganze Haus hat so heftig gebebt, daß ich dachte, wir hätten ein Erdbeben von mindestens sechs Punkten auf der Richterskala.«
Gib ihr keine Antwort, lächle nicht, mach gar nichts ...
»Gut, daß dein Vater daran gedacht hat, mir seinen Reserveschlüssel zu geben. Ich hätte sonst stundenlang rufen und klopfen und hämmern können, ohne daß du mich gehört hättest.«
Aber ich habe Angst.
Das ist mir egal, wag ja nicht, ihr das zu sagen!
Dorothys blaue Augen zwinkerten.
»Irgendwas stimmt doch nicht, Liebling, oder?« Ohne eine Antwort abzuwarten, setzte sie sich auf Robins Bett und nahm Robins schweißnasse Hand in ihre kühlen Hände. »Ich wollte

nicht an dir herummeckern, Robin. Ich muß nur immer sofort an Eunice denken, wenn du später heimkommst ... Ich muß dich doch bestimmt nicht daran erinnern, wie irrational sie werden kann. Und wenn du dann endlich heimkommst, erfahre ich, daß du mit diesem schrecklichen Jungen Gott weiß was getrieben hast. Versuch doch einmal, an mich zu denken, Robin ... an *meine* Gefühle.«

Ich soll daran denken, wie sie sich fühlt.

Warum? Ich habe es immer und immer wieder gesagt ... du solltest sie endlich loswerden.

Das kannst du leicht sagen.

Du warst doch früher keine solche Zimperliese.

Und du warst keine solche Nervensäge.

»Robin!«

Robin schaute Dorothy, die jetzt neben ihr stand und auf das Laken auf ihrem Bett deutete, mit leeren Augen an.

»Wo hast du nur deine Gedanken, mein Schatz? Ich wollte wissen, wann du zum letztenmal dein Laken gewechselt hast?«

Robin schaute auf das zerknüllte Bettuch. »Vor ein paar Tagen.«

Sie schüttelte den Kopf und griff nach Robins Hand.

»Komm, runter vom Bett. Wir werden es mit einem sauberen Tuch beziehen.«

»Aber das ist es doch.«

»So sieht es mir aber nicht aus.« Sie ging zu dem Wandschrank auf dem Gang und sah sich den Stapel mit Bettwäsche an. »War das zusammen mit der ganzen Wäsche in der Reinigung?«

»Wir hatten keine sauberen Bettücher mehr, da hat Daddy sie in den Waschsalon mitgenommen.«

Sie zog eines heraus. »Okay, wo ist das Bügeleisen?«

»Wir haben keines. Aber wir brauchen es auch nicht, auf dem Etikett steht, daß es bügelfrei ist.«

»Du solltest nie auf das achten, was auf den Etiketten steht, Robin, die sind nur dazu da, um die Hausfrau zu täuschen. Zieh du das Bett ab, und ich werde inzwischen nach unten gehen und mein Bügeleisen und mein Reisebügelbrett holen.«

Sie eilte aus der Wohnung; Robin wandte sich dem Bett zu.

Ein Bettuch bügeln? Du machst wohl Spaß.

Normale Leute machen so was.

Was sind das für normale Leute?

Das sind die, die immer eine blitzblank auf Hochglanz polierte Wohnung haben.

Na dann, willkommen in der Wunderwelt der ausgebeuteten und überarbeiteten Hausfrauen.

Kannst du eigentlich nie dein Schandmaul halten?

Kann ein Reisebügelbrett wirklich reisen?

Auf der Fahrt nach Hause dachte Marcus immer noch über Mollies Plan nach. Es war ein Risiko, ein sehr großes Risiko. Doch wenn es klappte, dann würde er sein kleines Mädchen wieder zurückbekommen.

Soweit er informiert war, stammte Amelias Familie aus dem südlichen Teil von Connecticut, doch außer einer Kondolenzkarte und einem Kranz, den er an das Begräbnisinstitut geschickt hatte, hatte er keinen weiteren Kontakt mit ihnen gehabt. Er hatte nicht angenommen, daß die Notwendigkeit bestünde.

Wenn, was Gott sei Dank nicht der Fall war, Robin in dieser Nacht ertrunken wäre, dann hätte er ganz bestimmt keinen Kontakt mit Amelias Eltern haben wollen. Oder mit Amelia. Einmal angenommen, die Familie Lucas war einverstanden damit, Robin zu sehen, was würden sie ihr wohl sagen? Würden sie sie anstarren und hassen, so wie er vielleicht Amelia gehaßt hätte? Oder würden sie erwachsen genug reagieren und ihr erklären, daß es nicht ihre Schuld war?

Erst würde er sich mal ihre generelle Meinung dazu anhören und dann entscheiden, wie es weitergehen sollte ... Doch das Problem, Eunice zu einem Besuch bei sich zu überreden, nun, dieses Problem würde Dr. Mollie Striker allein lösen müssen.

Als Marcus nach Hause kam, deckte Dorothy gerade den Tisch, und im Backrohr brutzelte ein Käsegericht vor sich hin. Ein Bügeleisen und ein kleines Bügelbrett lehnten neben der Tür an der Wand.

»Alles in Ordnung hier?« fragte er und wünschte sich plötzlich, er könne das Abendessen ausfallen lassen und sofort ins Bett gehen, ohne mit jemandem reden zu müssen.

»Sie sind spät dran«, sagte Dorothy.

»Ich habe versucht anzurufen, aber es meldete sich niemand. Es ist mir ein Termin bei Robins Therapeutin dazwischengekommen.«

»Oh. Nichts Schlimmes, hoffentlich.«

Er schüttelte den Kopf; er wollte die Sache erst diskutieren, wenn er mehr darüber nachgedacht hatte.

»Nun, auch Robin ist erst später heimgekommen. Es war schon fast sechs Uhr, als sie kam.«

»So? Wo war sie denn?«

»Sie war auf eine Cola bei McDonald's. Mit diesem Jungen aus der Nachbarschaft, Calvin.«

Er zuckte mit den Schultern. »Klingt doch ganz harmlos.«

»Aber begreifen Sie denn nicht – sie ist doch erst zwölf Jahre alt, und dieser Junge hat vermutlich mit Drogen und mit wer weiß was sonst noch zu tun. In diesen Dingen kann ich mich meistens auf meine Intuition verlassen.«

Er betrachtete sie einen Moment lang, nahm dann die Krawatte ab und warf sie auf das Sofa. »Sie haben natürlich recht, ich werde sofort mit ihr darüber reden.« Er ging in Robins

Schlafzimmer, wo er sie über ihre Hausaufgaben gebeugt vorfand. »Wie steht's, Baby?«

Sie blickte nicht auf. »Gut, würde ich sagen.«

»Was habe ich denn da von diesem Calvin gehört?«

»Was hat *sie* dir denn gesagt?«

»Ich frage aber dich, *du* sollst es mir sagen.«

»Was soll der Aufstand? Wir haben zusammen eine Cola getrunken.«

»Nimmt Calvin Drogen?«

»*Ich* jedenfalls nicht.«

»Ich frage noch mal, nimmt er Drogen?«

»Ich weiß nicht, vielleicht.«

»Was soll das heißen?«

»Das heißt, es ist möglich. Viele Kinder tun das, weißt du. Aber ich renne nicht zu jedem hin und frage ihn aus. Und was ist, wenn er es tut? Eunice säuft seit Jahren, und sie hat es immer direkt vor meinen Augen getan, was dir seinerzeit nicht viel auszumachen schien!«

Er verließ das Zimmer mit einem zentnerschweren Stein im Magen. Und dann war da auch noch Dorothy, die ihn aus großen, neugierigen Augen ansah. Sein Blick wanderte von ihr zum Küchentisch, der bereits fertig für das Abendessen gedeckt war. Mit einer Mischung aus Erleichterung und schlechtem Gewissen stellte er fest, daß sie nur für zwei Personen gedeckt hatte.

8

Am nächsten Tag lud Robin Calvin nach der Schule zu sich in die Wohnung ein. Die Art und Weise, wie Dorothy sie ansah, als sie sich in der Halle trafen, zeigte ihr, daß Dorothy ganz und gar nicht damit einverstanden war, aber Robin ging wortlos an ihr vorbei. Was konnte sie denn schließlich schon ausrichten? Daddy hatte das Sagen, und obwohl er Robin nicht direkt erlaubt hatte, sich mit Calvin zu treffen, so hatte er es ihr aber auch nicht direkt verboten. Nachdem er es sich mit seiner Limo und einer Packung Kekse vor dem Fernsehapparat bequem gemacht hatte, fragte Calvin sie: »Also, wen hast du umgebracht?«

»Willst du nur deshalb mein Freund sein, um das herauszufinden?«

»Nö, ich bin nur neugierig. Wenn dir jemand erzählt, er hat jemanden umgebracht, dann will man doch wissen, wen, das ist alles.«

»Nun, ich möchte nicht darüber sprechen.«

Er zuckte die Schultern. »He, das ist okay, kein Problem. Mein Dad hat mal einen Kerl niedergeschossen.«

»Im Ernst?«

Er nickte. »Er hat einen Laden ausgeraubt. Als der Kerl hinter dem Ladentisch seine Waffe herauszog, da hat er ihn erschossen. Er ist deswegen zu dreißig Jahren in Walpole verknackt worden.«

»Das klingt ja fürchterlich. Hast du Angst vor ihm?«

»Eigentlich nicht, er hat mir nie Schwierigkeiten gemacht. Und außerdem, selbst wenn, dann würde ich mir für die nächsten fünfundzwanzig Jahre keine Gedanken machen müssen. He, vielleicht lernst du ihn ja kennen, wenn du in den Knast kommst. Frag einfach nach Frank Sheperd und sag ihm, daß du eine Freundin von mir bist.«

»Nein, danke, lieber nicht. Das klingt mir nicht so, als ob er jemand wäre, den ich gern kennenlernen würde.«

»Du bist ganz schön hochnäsig für eine Kriminelle.«

»Ich bin auch anders, ich habe niemanden erschossen.«

»Ist der andere gestorben?«

»Nun, ja.«

»Ist es denn nicht dasselbe?«

»Ich habe nicht ...« Sie holte tief Luft. »Hör mal, ich sagte doch, daß ich nicht darüber sprechen will!«

»Okay, okay, bleib cool. Erzähl mir lieber über diese Dorothy von unten.«

»Da gibt es nicht viel zu erzählen.«

»Ich möchte wetten, daß die komische Sachen macht.«

»Ja, wahrscheinlich.«

»Jetzt komm schon, sag's mir.«

Robin seufzte. »Okay. Nun, sie hat so einen Tick mit der Zahl Zwölf.«

»Was meinst du damit?«

»Na, zum Beispiel, wenn sie in einem Topf umrührt, dann rührt sie genau zwölfmal um. Und wenn sie einen Teller abspült, dann fährt sie genau zwölfmal mit dem Schwamm über den Teller.«

»Wow, das ist ja total irre. Zählt sie auch laut dabei?«

»Nein, aber wenn du sie dabei beobachtest, dann fällt es dir sofort auf.«

»Hast du sie schon mal darauf angesprochen?«

»Nein. Aber einmal hat sie gemerkt, daß ich sie dabei beobachtete, wie sie zwölf Eiswürfel für einen Eisbeutel abzählte. Als ihr das auffiel, hat sie versucht, einen Witz darüber zu machen.«

»Hast du gelacht?«

»Ich habe es mir angewöhnt, nie über ihre abgedroschenen Witze zu lachen.«

»Was treibt sie denn sonst noch für verrückte Sachen?«
»So den üblichen Kram, den wahrscheinlich alle Hausfrauen machen.«
»Ja, was zum Beispiel, vor dem Fernseher hocken und dumme Serien anschauen?«
»Nicht so etwas. Wenn ich es mir recht überlege, dann hat sie, glaube ich, gar keinen Fernseher.«
»Tatsächlich? Ich habe noch nie jemanden ohne Fernseher kennengelernt. Was macht sie denn den ganzen Tag, am Telefon hängen?«
»Ich glaube nicht, daß sie überhaupt Freunde hat.«
»Aber was macht sie *dann*?«
Robin hob die Hände in einer resignierenden Geste. »Den ganzen langweiligen alten Kram, den alle Hausfrauen so machen – putzen, nähen, kochen, backen.«
»Du kannst es drehen und wenden, wie du willst, aber ich habe trotzdem den Eindruck, daß sie den ganzen Tag nur herumsitzt und auf dich wartet.«

Vom Büro aus versuchte Marcus in Camp Raintree anzurufen – dort hatte er ursprünglich alle Informationen über Amelias Familie erhalten. Aber es war bereits Ende Oktober, das Camp war für diese Saison schon geschlossen, und es gab keinen Wintertelefondienst. Da Marcus sich nicht an den Namen des Begräbnisinstitutes erinnern konnte, besorgte er sich ein Telefonbuch von Connecticut und blätterte so lange die gelben Seiten durch, bis ihm ein Name – Larchmont Chapel in Bridgeport – bekannt vorkam.
»Lucas?« meinte der Leiter des Beerdigungsunternehmens, als er dort anrief. »Wann, sagten Sie, soll das gewesen sein?«
»Anfang August. Ein junges Mädchen, der Vorname war Amelia.«

»Bleiben Sie bitte solange dran, ich schaue mir mal unsere Unterlagen an.« Ein paar Minuten später war er wieder am Apparat. »Okay, ich habe hier den Namen der Eltern ... Mr. und Mrs. Howard Lucas.«
»Haben Sie auch eine Adresse?«
»Ja, Los Angeles.«
»In Kalifornien?«
»So steht es hier.«
»Aber sie leben in Connecticut, da bin ich mir ziemlich sicher.«
»Nun, vielleicht sind sie umgezogen, so etwas soll es geben ... Warten Sie eine Sekunde, da ist noch eine andere Adresse notiert. Sieht aus wie Raintree ... Bangor, Maine.«
»Nein, das ist der Ort, an dem das Mädchen ertrunken ist, wo Sie auch die Tote abgeholt haben.«
»Tja, dann eben nur Los Angeles, ob Sie es mir glauben oder nicht.«
»Ich glaube es Ihnen ja«, sagte Marcus. »Wie sieht es mit einer Telefonnummer aus?«
»Tut mir leid, keine.«
Wie Marcus mit Bedauern feststellen mußte, hatte die telefonische Auskunft in Los Angeles weder diesen Namen noch eine Adresse aufgeführt. Er drückte auf den Knopf der Sprechanlage, die ihn mit seiner Sekretärin verband.
»Shari, wie heißt noch mal die Detektei, die immer für uns arbeitet?«
»Academy, in der Charles Street. Wir haben normalerweise mit dem Chef, einem Guy Oswald, zu tun.«
»Gut, dann verbinden Sie mich bitte mit ihm, seien Sie so nett.«
In der Zwischenzeit rief er Mollie Striker an, um sie über seine Fortschritte zu informieren.
»Ich werde mich deswegen mit einer Detektivagentur in Ver-

bindung setzen, die auch sonst immer für unser Büro tätig ist«, schloß er. »Vielleicht können die mir eine Agentur in L.A. empfehlen.«

»Gute Idee. Und wie steht es mit Eunice, wollen Sie es nicht noch mal versuchen?«

»Tut mir leid, aber das ist ausgeschlossen.«

»Warum? Bedeutet sie Ihnen noch soviel?«

Ein Seufzer, dann: »Ich weiß es nicht ... Aber ich denke mir, je weniger ich von ihr sehe, desto besser.«

»Ich bitte Sie ja nur darum, sie anzurufen.«

»Nein. Hören Sie, soviel Einfluß habe ich auch wieder nicht auf sie. Im Gegenteil, der beste Weg, sie hierher zu locken, wäre der, sie anzurufen und ihr zu sagen, daß sie nicht kommen soll. Machen Sie es doch selbst, Sie verfügen doch über reichlich Überzeugungskraft. Oh, da ist noch etwas.«

»Ja, was denn?«

»Es war eigentlich Eunice, die als erste auf die Idee kam, ein paar Tage vor ihrem Versuch, sich mit Robin abzusetzen – und es ist mir erst gestern abend wieder eingefallen. Eunice sagte mir, daß Robin nach dem Unfall zwar wütend auf sie war, aber keine Angst vor ihr hatte. Zumindest nicht, bis wir nach Boston zogen.«

»Das ist richtig, es fing an dem Tag an, an dem Robin einen Anruf von Eunice erhielt, was schließlich in einer Angstattakke endete. Dieses Gespräch mag ja durchaus schmerzhaft für Robin gewesen sein, aber es erklärt noch lange nicht die Angst. Vielleicht war ja etwas, was Sie in Robins Gegenwart über Eunice sagten, die Ursache dafür.«

»Hören Sie, ich laufe nicht in der Gegend herum und mache aus Eunice eine Art Ungeheuer, falls es das ist, was Sie damit ausdrücken wollen. Sie ist nun mal, wie sie ist, basta.«

»Sie müssen sich nicht angegriffen fühlen, ich suche nur Antworten.«

»Nun, vielleicht sollten Sie damit eher bei sich anfangen.«
»Was soll das heißen?«
»Nun, Eunice sagte – und damit hat sie recht –, daß es mit Robin schlimmer wurde, seit sie angefangen hat, zu Ihnen zu gehen. Ich leugne ja gar nicht, daß sie schon vorher ernsthafte psychische Probleme hatte, ernsthaft genug, sie zu einem Psychiater zu bringen. Aber es war genau um diese Zeit herum, daß sie spürbar stärkere Angst zeigte.«
Schweigen.
»He, jetzt kommen Sie aber, Doktor, wollen Sie sich nicht verteidigen?«
»Nicht, wenn Sie recht haben. Vielleicht habe ich tatsächlich etwas gesagt, womit ich unbewußt in ihr diese Gefühle ausgelöst habe ... Oder vielleicht *übersehe* ich tatsächlich etwas, was ich eigentlich nicht übersehen dürfte.«

Obwohl Dorothy noch so lange geblieben war, um Robin bei den Vorbereitungen für das Hähnchen zum Abendessen zu helfen, war sie schon weg, als Marcus nach Hause kam. Nach dem Essen, während Robin ihre Hausaufgaben machte, bat Marcus Dorothy auf einen Tee nach oben und erzählte ihr, daß er auf der Suche nach Amelias Eltern war.
»Aber bitte, sagen Sie Robin nichts davon«, bat er sie.
»O nein, natürlich nicht. Aber ich habe da einige Bedenken, Marcus. Angenommen, die Eltern beschuldigen sie – das würde für Robin alles nur noch schlimmer machen.«
»So habe ich anfangs auch reagiert. Doch die Therapeutin scheint der Meinung zu sein, daß eine Konfrontation in jedem Fall hilfreich für sie sein könnte. Aber ich möchte auf jeden Fall die Gelegenheit haben, zuerst mit den Eltern zu sprechen.«
Dorothy seufzte. »Es ist doch wirklich nicht einfach, sich für das Richtige zu entscheiden, nicht wahr? Kinder haben eine Art an sich, die selbst die Selbstsichersten unter uns verwirrt.«

Marcus lächelte. »Klingt ja fast so, als seien Sie erleichtert, daß Sie nie welche hatten.«
»O nein, im Gegenteil. Wenn man richtig darüber nachdenkt, dann sind Kinder doch genau das, worauf es im Leben ankommt, meinen Sie nicht auch? Ich meine, würden die Menschen sich immer weiter so hart antreiben und versuchen, die Welt zu verbessern, wenn es dabei nicht um die Zukunft der Kinder ginge? Das bezweifle ich ernsthaft. Um die Wahrheit zu sagen, mir liegt Robin ebenso am Herzen, als wäre sie mein eigenes Kind. Sicher, ich habe absolut kein Recht zu derartigen Gefühlen, aber daran kann ich nun mal nichts ändern.«
Er musterte sie ein paar Sekunden lang und meinte dann: »Wissen Sie, in der kurzen Zeit, in der Sie Robin kennen, sind Sie ihr eine gute Freundin geworden. Ganz zu schweigen von dem, was Sie ihr über den Haushalt beigebracht haben. Oh, sicher, sie nörgelt immer noch ganz schön herum, wenn sie hier saubermachen soll – um das zu ändern, würde ich wohl einen Wunderheiler brauchen. Aber ich verdanke Ihnen auch so schon sehr viel, Dorothy Cotton.«

Eine halbe Stunde, nachdem Dorothy gegangen war, klingelte das Telefon. Marcus schaute auf die Uhr: fast Mitternacht. Was bedeutete, daß vermutlich die Person am anderen Ende der Leitung war, mit der er jetzt am allerwenigsten reden wollte, besonders nicht in dem Zustand, in dem sie sich um diese Zeit wahrscheinlich befinden würde.
»Na, wenigstens habe ich Sie nicht aufgeweckt«, meldete sich eine helle, klare Stimme, als er den Hörer abnahm.
»Dr. Striker?«
»Richtig, und es tut mir leid, daß ich so spät noch anrufe. Ich wollte Ihnen nur kurz etwas sagen.«
»Nur zu.«
»Ich habe über das nachgedacht, was Sie mir vorher am

Telefon sagten. Daß Robin seit Beginn der Therapie merklich verängstigter ist. Wie sieht es denn mit Ihrer Nachbarin, mit Dorothy, aus?«

»Was soll mit ihr sein?«

»In dem Moment ist nämlich auch sie auf der Bildfläche erschienen. Es ist immerhin möglich, daß sie Dinge zu Robin gesagt hat, die sie ängstigten.«

»Was zum Beispiel?«

»Ich weiß es nicht, vielleicht etwas über Eunice.«

»Vergessen Sie das. Sie kannte sie vorher ja nicht einmal, und außerdem ist sie nicht der rachsüchtige Typ – nach der lautstarken Auseinandersetzung mit Eunice bei uns in der Wohnung hat die ihr auch noch leid getan. Robin hat Ihnen doch sicher erzählt, wie unfair Eunice sich Dorothy gegenüber benommen hat, obwohl sie von ihr nicht provoziert wurde.«

»Ja, das hat sie mir erzählt. Obwohl ich nicht unbedingt sagen würde, daß sie sie nicht provoziert hat.«

»Was hätte sie denn Ihrer Meinung nach tun sollen, Doktor? Hätte sie zuschauen sollen, wie Eunice Robin mit den Füßen voran aus der Wohnung schleift?«

»Natürlich nicht. Ich will damit ja auch nicht andeuten, daß es ungerechtfertigt von ihr war, Eunice zum Gehen zu veranlassen. Aber gerechtfertigt oder nicht, sich in einen Streit zwischen Mutter und Tochter einzumischen, stellt nun mal eine Provokation dar.«

»Hören Sie, Ihre Angewohnheit, Eunice ständig zu verteidigen, mißfällt mir allmählich. Dorothy Cotton ist ein Geschenk des Himmels für mich – und für Robin. Sie paßt auf, daß es Robin gutgeht, während ich meine Arbeit mache, und wenn Sie nicht verstehen können, was für eine große Erleichterung das für mich ist, dann haben Sie absolut keine Ahnung davon, was es heißt, allein ein Kind aufzuziehen.«

»Darf ich Sie etwas fragen, ohne dabei Gefahr zu laufen, daß Sie gleich explodieren?«
»Nur zu.«
»Ist Ihnen diese Dorothy Cotton wirklich so sympathisch, oder finden Sie sich mit ihrer Gegenwart nur deshalb ab, weil sie gut für Robin ist?«

»Robin, fühlst du dich in Dorothys Gegenwart unwohl?« fragte Mollie bei der nächsten Sitzung geradeheraus.
»Wie meinen Sie das?«
»Ich meine, macht sie dich nervös, oder sagt sie Dinge, die dich aufregen? Du hast mal diese schauerliche Geschichte erwähnt, die sie dir über das Lied ›London Bridge‹ erzählt hat – hat dich das gestört?«
»Nein, eigentlich nicht.«
»Was ist mit anderen Sachen?«
»Nun, manchmal vielleicht ... Ich meine, sie ist so ... nun, Sie wissen schon ...«
Mollie wartete.
»Sie sorgt sich so um mich, daß man meinen könnte, ich sei erst zwei Jahre alt. Und sie versucht ständig, mich zu der perfekten kleinen Hausfrau zu erziehen, wie sie eine ist. Manchmal ist sie schon etwas seltsam, denke ich; ich glaube, ihr macht es tatsächlich Spaß, zu putzen, zu kochen und andere zu umsorgen.«
»Und es kommt dir nicht merkwürdig vor, daß sie sich ausgerechnet dich dazu ausgesucht hat?«
»Am Anfang schon.«
»Aber?«
»Nun, wahrscheinlich habe ich mich daran gewöhnt. Und jetzt, wenn es nötig ist, versuche ich meine Gefühle vor ihr zu verbergen. Meistens gelingt mir das auch.«
»Wieso machst du das?«

»Größtenteils wegen Daddy. Ihm geht es besser, wenn er weiß, daß sie in der Nähe ist und auf mich aufpaßt.«

»Und das hat gar nichts mit dir zu tun?«

»Wieso reden wir überhaupt schon wieder über Dorothy? Können wir nicht über etwas anderes reden? Über etwas Wichtiges?«

Eine Woche später lud Robin nach der Schule erneut Calvin zu sich in die Wohnung ein.

»Willst du ein paar Kekse?« fragte sie, als sie ihre Jacke auf einen Sessel warf.

»Ich habe etwas Besseres.« Er griff in seine Jackentasche und holte einen Plastikbeutel mit Marihuana und etwas Zigarettenpapier heraus.

»Nicht hier«, sagte sie.

»Okay, wo dann?«

»Überall, wo du willst, nur nicht hier.«

»Und du?«

»Ich steh nicht auf Drogen.«

»Alkohol?«

»Nein, nicht mehr.«

»So, warum nicht?«

»Weil ich das nicht mehr mache. Und ich muß dir auch keinen Grund dafür angeben. Wenn du woanders hingehen und deine Sache durchziehen willst, dann mach, aber laß mich da raus.«

Er stopfte den Beutel und die Blättchen wieder in seine Jackentasche und warf seine Jacke über die ihre.

»Okay, ist ja kein Problem, dann nehme ich eben die Kekse. Hast du noch die mit der Schokoladenfüllung?«

Sie ging in die Küche, öffnete eine Packung, faltete Servietten, stellte Gläser mit Limonade und einen Teller mit Keksen auf ein Tablett und ergriff es mit beiden Händen. Plötzlich schaute sie auf die Teller und hielt den Atem an. Ihre Hände

begannen zu zittern, das Tablett wankte – sie versuchte noch, es gerade zu halten, aber da krachte es schon auf die Küchentheke, und die Limonade spritzte durch die ganze Küche.
Calvin kam angerannt. »Du hast ja wirklich zwei linke Hände!« Er hielt inne. Robin hockte zusammengekauert vor der Küchentheke, Tränen in den Augen. »He, nimm's leicht, ist doch nicht so schlimm.«
Schweigen.
Er bückte sich. »Was ist denn nur los, zum Teufel? Hast du Angst, dein alter Herr verprügelt dich, weil du das Zeug hier verschüttet hast?«
Sie schüttelte den Kopf und brachte sogar ein Lächeln zustande. »Ich sagte dir doch, daß ich verrückt bin, oder? Vielleicht glaubst du es mir jetzt.«
»Mist, du mußt doch keinen solchen Aufstand machen, um mir das zu beweisen – ich habe es dir gleich beim allerersten Mal geglaubt.«
Robin fing zu kichern an, und Calvin kicherte ebenfalls. Schließlich nahm er sie an der Hand und zog sie hoch. Er warf die aufgeweichten Kekse und die durchnäßten Servietten in den Abfall, stellte das Tablett ins Spülbecken und rieb anschließend die nasse Küchentheke mit einem Geschirrtuch trocken.
»Das machst du ja wie ein Profi«, meinte Robin, die ihm dabei zusah.
»Na ja, bei meiner Mom muß ich abends immer kochen.«
Dann goß er wieder Limonade ein, nahm die Gläser in die Hand, beugte sich vor und packte mit den Zähnen die Pakkung mit den Keksen. Robin folgte ihm ins Wohnzimmer, wo sie sich auf den Fußboden setzten.
»Also, was war da drin denn nun los?« fragte er und biß in einen Keks. »Du bist ja richtig ausgeflippt.«
»Du wirst es bestimmt für blöd halten.«

»Sag es mir trotzdem.«

»Nun, als ich das Tablett ins Wohnzimmer tragen wollte, da sah ich ganz deutlich, daß ich langsam wie sie werde, und das ist Grund genug, um jeden ausflippen zu lassen.«

»Wie wer?«

»Wie Dorothy. Ich meine, nie im Leben habe ich etwas auf einem Tablett getragen. Und plötzlich war alles genauso, wie sie es getan hätte – mit gefalteten Servietten und all dem Zeug.«

»Dann geh ihr doch aus dem Weg, wenn du nicht wie sie werden willst.«

Robin seufzte. »Wenn das nur so einfach wäre.«

»Ich begreif es nicht – was ist daran so schwierig?«

Ja, ich bin ganz seiner Meinung – was ist daran so schwierig?

Ein paar Minuten, nachdem Calvin weg war, läutete es an der Tür. Robin drückte auf die Gegensprechanlage.

»Wer ist da?«

»Ein Bote. Päckchen für Robin Garr.«

Schweigen.

»Miss, sind Sie noch da?«

»Ja. Okay.«

Sie drückte auf den Knopf und wartete an der offenen Wohnungstür, bis der Bote, der eine große, rechteckige Schachtel in braunem Packpapier in der Hand trug, aus dem Lift trat.

»Bist du Robin Garr?«

»Ja.«

Sie nahm die Schachtel, trug sie zum Couchtisch, stellte sie darauf und drehte sich zu dem Boten um, der bereits vor dem Aufzug stand. »He, warten Sie, kommen Sie her«, rief sie. Sie rannte in ihr Schlafzimmer, steckte die Hand in ein Glas voller Kleingeld, packte eine Handvoll Münzen und rannte zur Tür zurück.

Der Bote schaute die Münzen an und lachte.
»Was ist los, wollen Sie es nicht?«
»Nein, nein, ich nehme es schon.« Er steckte das Kleingeld ein, tippte an seine Mütze und betrat den Lift.
Robin machte die Tür zu und ging zurück zu dem Päckchen. Sie suchte vergebens eine Karte – da war keine –, löste dann das Band und entfernte das braune Packpapier. Die Schachtel an sich war nicht groß; am oberen und am unteren Rand war eine Reihe winziger Löcher eingestanzt. Schließlich nahm sie den Deckel ab.
Sie fuhr zurück, als hätte sie ein mächtiger Windstoß ergriffen, und fing zu schreien an. Dorothy, die eben zu Robin hinauf wollte, um ihr mit dem Abendessen zu helfen, rannte sofort nach oben, als sie die ersten Schreie hörte. Sie stürmte ins Wohnzimmer, wo sie wie Robin in die Schachtel auf dem Couchtisch schaute.
Die zusammengerollte, eineinhalb Meter lange Wasserschlange hob ihren Kopf, als wollte sie zubeißen. Robin schrie noch lauter. Dorothy drückte den Deckel wieder auf die Schachtel und eilte zu Robin.
»Ist ja in Ordnung, Robin, sie kann dir jetzt nicht mehr weh tun.«
Robin konnte nicht aufhören zu schreien.
»Hör auf damit, Robin.«
Robin hörte immer noch nicht auf zu schreien. Schließlich hob Dorothy die Hand und versetzte ihr einen leichten, brennenden Schlag. Robins Hand fuhr zu ihrer Wange hoch. Doch da legte Dorothy schon ihre Arme um Robin und wiegte sie sanft.
»Woher ist das denn gekommen?«
»Ein Mann, da war ein Bote.«
»Von wem kam er?«
Schweigen.

»Antworte mir, Robin.«
»Eunice.«
»War eine Karte dabei?«
Sie schüttelte den Kopf.
»Woher willst du dann wissen ...«
»Ich weiß es, ich weiß es eben.«
»Du bleibst hier stehen, während ich kurz telefoniere.«
»Nein, nicht!« Robin klammerte sich an Dorothys Bluse. »Lassen Sie mich hier nicht allein.«
Dorothy legte erneut ihren Arm um Robins Schultern und führte sie in die Küche. Während sie die Nummer des Hausverwalters wählte, hielt sie Robin an sich gedrückt und streichelte ihr beruhigend über den Nacken.
»Hier ist Dorothy Cotton. Ich rufe aus dem Apartment zweiundzwanzig an. Ich fürchte, wir sind Opfer eines makabren Scherzes geworden. Ich habe hier eine Schachtel mit einer Schlange, und ich möchte Sie bitten, sie sofort entfernen zu lassen.«
Innerhalb von fünf Minuten waren zwei Männer da, die die Schachtel wegtrugen. Robin, die immer noch zitterte, ließ sich von Dorothy ins Wohnzimmer führen.
»Komm her zu mir, mein Schatz.« Dorothy nahm Robins Jacke vom Sessel, legte sie zusammengefaltet auf den Beistelltisch, setzte sich und klopfte einladend auf ihren Schoß. Robin starrte auf die Hände, die diese Geste machten, schluckte schwer und ließ sich schließlich auf Dorothys Schoß nieder. Als Dorothy sie in die Arme schloß, drückte Robin ihren Kopf gegen die Brust der Frau. »Na, na, du bist doch mein Mädchen ... Du brauchst keine Angst mehr zu haben. Dorothy ist doch bei dir.«
»Warum, *warum* sollte sie so etwas tun?« flüsterte Robin.
»Das kann ich dir nicht beantworten, Robin. Ich wünschte, ich könnte es.«

Sie waren fast fünf Minuten so dagesessen, als Dorothy auffiel, daß zwischen dem Sitzkissen des Sessels und der Seitenlehne etwas steckte. Sie bückte sich und zog den Zellophanbeutel mit Marihuana heraus. Entsetzt fuhr sie zusammen, schob Robin auf die Beine, stand selbst auf und hielt mit spitzen Fingern den Beutel weit von sich gestreckt.

»Was hat so etwas hier zu suchen?«

Robin starrte auf das Marihuana.

»Woher hast du das?«

»Ich ...«

Dorothy ließ den Beutel auf den Tisch fallen und ging Richtung Tür.

»Wo gehen Sie hin?«

»Ich habe genug, Robin. Ich habe mein Bestes versucht, aber das scheint einfach nicht gut genug zu sein. Du weißt bestimmt, wie wichtig du mir bist. Nun, aber Beziehungen können nun mal nicht einseitig funktionieren – das stimmt doch, oder?«

Robin schüttelte den Kopf. Tränen stiegen in ihre Augen.

»Es tut mir leid«, sagte sie mit rauher Stimme. »Ehrlich, es tut mir leid.«

»Daß es dir leid tut, genügt nicht, Robin. Ich will, daß du mir versprichst, daß du nie mehr etwas mit diesem Jungen zu tun haben wirst.«

»Aber er hat ja gar nicht geraucht oder ...«

»Darum geht es nicht. Es geht einfach nicht an, daß du mit einem Jungen Kontakt hast, der Drogen nimmt. Entweder gibst du mir jetzt dein Wort darauf, oder mir bleibt keine andere Wahl, als mich vollkommen von dir zurückzuziehen. Ich werde nicht untätig dabei zuschauen, wenn du dich selbst zerstörst – und mir dabei auch noch die größten Sorgen machen, während du das tust.«

Robin stand da, und ihr Kopf schmerzte so stark, daß sie glaubte, er würde gleich platzen. Fast wünschte sie, es wäre so.

»Ich warte«, sagte Dorothy.
Robin nickte. »Ich verspreche es«, flüsterte sie, beugte sich ruckartig nach vorn und erbrach alles, was sie den ganzen Tag über gegessen hatte.

Mollie versuchte gerade, etwas Ordnung auf ihrem Schreibtisch zu schaffen, als das Telefon klingelte.
»Dr. Striker, hier ist Marcus Garr.«
»Gibt es irgend etwas Neues?«
»Genau aus dem Grund rufe ich an. Die Agentur in L.A. hat Howard Lucas in San Francisco ausfindig gemacht. Offensichtlich trinkt er.«
»Mist. Was ist mit seiner Frau?«
»Ich glaube nicht, daß sie momentan zusammenleben, obwohl er dem Detektiv gegenüber nicht sehr offen war. Inzwischen wird auch die Frau gesucht; es besteht Grund zu der Annahme, daß sie dort in der Gegend ist. Jetzt habe ich mir gedacht, daß ich morgen früh hinüberfliegen werde, um mit Howard Lucas zu reden. Vielleicht ist er meinen Fragen gegenüber offener, als er es bei dem Detektiv gewesen ist. Auf jeden Fall versuche ich es.«
»Wann werden Sie wieder zurück sein?«
»Ich nehme an, Samstag nachmittag, spätestens Samstag abend.«
»Was ist mit Robin?«
»Ich werde Dorothy bitten, ob sie nicht bei ihr übernachten kann. Ich glaube nicht, daß sie etwas dagegen haben wird.«
»Sind Sie sicher? Denn wenn ...«
»Warten Sie einen Augenblick, ich habe ein Gespräch auf der anderen Leitung.« Ungefähr drei Minuten später war er wieder am Apparat. »Wenn etwas schiefläuft, dann gründlich, nicht wahr?«
»Gibt es ein Problem?« fragte Mollie.

»Dorothy hat eben angerufen. Und das Problem heißt Eunice, die Dame, die Sie so in Schutz nehmen.«
»Was hat sie denn nun wieder angestellt?«
»Sie hat Robin heute nachmittag ein Päckchen geschickt mit einer ausgewachsenen Wasserschlange. Robin hat eine panische Angst vor Schlangen – das war immer schon so –, und selbstverständlich weiß Eunice das ganz genau. Jedenfalls hat Robin sich zu Tode geängstigt.«
»Aber warum, um alles in der Welt, sollte sie ...«
»Das müssen Sie mir sagen, Doktor.«
»Was ist mit Robin? Ich könnte zu ihr fahren ...«
»Danke für das Angebot, aber offensichtlich hat Dorothy die Situation unter Kontrolle. Sie hat Robin ein mildes Beruhigungsmittel gegeben und sie ins Bett gesteckt. Vielleicht könnten Sie es so einrichten, daß sie morgen oder am Samstag zu Ihnen kommen kann.«
»Selbstverständlich, ich werde sie gleich morgen anrufen.«
»Gut. Dann melde ich mich bei Ihnen, sobald ich wieder zurück bin.«
Mollie legte den Hörer auf. Eine *Schlange*? Welche Mutter würde das ihrem Kind antun? Das ergab einfach keinen Sinn. Gleich morgen würde sie Robin anrufen und mit ihr einen Termin ausmachen. Und den morgigen Nachmittag würde sie sich frei nehmen und nach Andover fahren. Und wenn sie den ganzen Nachmittag und Abend vor Eunices Türschwelle kampieren müßte, um mit ihr über Robin reden zu können, dann würde sie auch das tun.

Dorothy saß in einem Stuhl neben Robins Bett und hielt ihre kleine weiche Hand, während sie schlief. Sie hatte ihr ein warmes Bad bereitet und ihr eine klare Brühe, etwas Leichtverdauliches, zum Essen gegeben. Während Robin aß, hatte Dorothy die Spuren ihres Mißgeschicks im Wohnzimmer beseitigt. Anschließend hatte sie den Beutel mit Marihuana die Toilette hinuntergespült, wobei Robin danebengestanden und zugesehen hatte.

Sie würde Marcus nichts von Calvin oder den Drogen erzählen – das war jetzt nicht mehr notwendig. Die Krise war überstanden, und sie war ohne Einmischung von außen erfolgreich damit fertig geworden.

»Dorothy?«

Sie drehte sich um; Marcus stand in der Tür.

Vorsichtig ließ sie Robins Hand los und steckte sie unter die Bettdecke. Sie stand auf und folgte Marcus ins Wohnzimmer.

»Wie geht es ihr?«

»Sie liegt, seit ich mit Ihnen telefoniert habe.«

»Gut. Ich weiß gar nicht, wie ich Ihnen danken soll ...«

»Das müssen Sie nicht. Sie kennen meine Gefühle für Robin.«

Er nickte. »Ich müßte Sie noch mal um einen Gefallen bitten. Ich tue es ungern, nachdem, was Sie bereits alles getan haben, aber ich bin Howard Lucas auf der Spur. Er lebt in San Francisco.«

»Das ist gut – ich hoffe es wenigstens.«

»Ich weiß es nicht genau. Ich vermute, daß er und seine Frau sich getrennt haben, offensichtlich, weil er trinkt. Aber ich möchte morgen nach San Francisco fliegen. Samstag abend bin ich spätestens wieder zurück, vermute ich mal. Ich würde nun gern wissen, könnte Robin ...«

Dorothy hob beide Hände. »Die Antwort lautet ja, Marcus. Selbstverständlich kann sie bei mir bleiben.«

Nachdem sie noch einmal nach Robin geschaut hatte, ging Dorothy nach unten in ihre eigene Wohnung. Sie ließ Robin ungern aus den Augen, nicht einmal für eine Minute, aber ihr Vater war ja jetzt zu Hause, und um diese Zeit war er es, der bei ihr sein sollte.

Sie konnte spüren, wie ihr Herz unter dem Stoff ihrer Bluse

klopfte. Sie zählte zwölf Schläge ... noch mal zwölf Schläge, dann noch mal zwölf Schläge. Wie immer erschien es ihr seltsam, daß aus einer so negativen Sache etwas so Positives resultieren konnte. Trotz der schrecklichen Episode mit der Schlange, trotz Robins Panik und Schmerz war etwas wirklich Wunderbares daraus entstanden.

Die Verbindung zwischen ihr und Robin, die vor ein paar Wochen begonnen hatte, war endlich vollendet.

9

Marcus hatte die Absicht, den Flug um zehn Uhr vormittags nach San Francisco zu nehmen, so daß ihm noch genügend Zeit bleiben würde, Robin in Dorothys Wohnung zu bringen, bevor er sich ein Taxi zum Flughafen organisieren würde. Obwohl er es gern gesehen hätte, wenn Robin am nächsten Tag zur Schule gegangen wäre, bezweifelte er jedoch, daß sie dafür im entsprechenden Zustand sein würde: Sie war bereits zweimal wieder durch Alpträume aufgewacht.

Aber er würde ja ohnehin bloß zwei Tage, nur eine Nacht, fort sein. Dorothy würde schon auf Robin aufpassen, und außerdem würde Robin mit Sicherheit in der Zeit seiner Abwesenheit einen Termin bei Mollie haben.

Und was Eunice betraf, darum würde er sich kümmern müssen, wenn er wieder zurück war – nur wie er das anstellen sollte, das war ihm noch nicht ganz klar. Vielleicht gelang es ihm ja, die Spuren des Päckchens bis zu ihr zurückzuverfolgen und ihr dann eine Klage wegen Belästigung anzuhängen. Eine Anklage wegen eines geringfügigen Verbrechens würde ihr eventuell genug angst machen, um Robin in Ruhe zu lassen. Zumindest würde es diesem fadenscheinigen Antrag um Änderung des Sorgerechtes ein rasches Ende bereiten.

Er setzte sich in der Dunkelheit zu Robin ans Bett, und das wenige Mondlicht, das durch die Vorhänge gefiltert hereinfiel, reichte gerade aus, daß er sehen konnte, wie sich ihr Gesicht in merkwürdigen Zuckungen verzog. Sogar wenn er neben ihr saß und ihren Schlaf bewachte, hatte sie Alpträume ...

Nach dem vierten Alptraum dieser Nacht schlief Marcus endlich in dem Sessel neben Robins Bett ein. Als er am

Morgen hörte, wie sie sich bewegte, schlug er sofort die Augen auf und setzte sich aufrecht hin.

»Guten Morgen, Baby«, sagte er. »Hast du Lust auf ein Frühstück?«

»Nein.«

»Dieses Mal hat sich Eunice aber wirklich selbst übertroffen, nicht wahr? Aber ich werde dafür sorgen, daß sie damit aufhört, Robin, das verspreche ich dir.«

Sie nickte.

»Hör mal, Baby, ich muß heute vormittag nach San Francisco fliegen – nur für kurze Zeit. Ich habe Dorothy gefragt, ob du bei ihr bleiben kannst, während ich fort bin. Das ist dir doch recht?«

»Ich schätze schon. Wieso mußt du weg?«

»Geschäfte. Ein wichtiges Geschäft, das keinen Aufschub duldet. Ich bin spätestens morgen abend wieder zurück.«

Sie fuhr sich mit der Zunge über die Lippen und seufzte. Er legte seine Hand an ihre Wange und streichelte sie.

»Ich weiß, daß ich meine Gefühle nicht sehr gut zeigen kann ... Aber du, Robin Garr, du bist mir das Allerwichtigste auf der Welt, und das wird sich auch nie ändern – das ist völlig unmöglich. Geht das auch wirklich in deinen Kopf?«

Sie preßte ihre Lippen zusammen, und Tränen liefen aus ihren Augenwinkeln.

Er umarmte sie rasch und eilte aus dem Zimmer. Das hätte ihr jetzt gerade noch gefehlt – mit ansehen zu müssen, wie auch er von seinen Gefühlen überwältigt wurde.

Als Daddy ihr nach unten in Dorothys Wohnung half, verspürte Robin einen drückenden Kopfschmerz, so, als ob ein elastisches Band um ihren Kopf geschlungen wäre. Dorothy führte sie in das nicht benützte Schlafzimmer, wo bereits das Bett gemacht war und auf sie wartete. Robin zog ihren

Morgenmantel und die Hausschuhe aus und legte sich sofort wieder ins Bett.

Daddy war noch keine fünf Minuten fort, da kam Dorothy bereits wieder mit einem Frühstückstablett zurück. Robin hatte keinen Hunger, aber Dorothy zwang sie, die Hälfte von dem Orangensaft zu trinken und ein paar Löffel von den Getreideflocken zu essen, die nach Sägespänen schmeckten. Bevor sie das Tablett wieder wegtrug, gab sie Robin noch eine Tablette, eine von denen, die sie ihr am Abend zuvor auch gegeben hatte.

»Aber ich will sie nicht nehmen«, sagte Robin.

»Das ist doch nur ein leichtes Beruhigungsmittel, mein Schatz, sonst nichts. Es ist wichtig, daß du zur Ruhe kommst.«

»Aber ...«

»Kein Aber.«

Robin schaute ihr fest in die Augen, nahm ihr die Tablette aus der Hand und schluckte sie schließlich mit etwas Wasser.

»Braves Mädchen«, meinte Dorothy und räumte jetzt erst das Tablett weg. »Ich bin dann in der Küche, Schatz. Falls du aufwachst und mich brauchst, dann ruf mich einfach, und ich werde sofort angerannt kommen.«

Dorothy ging aus dem Schlafzimmer. Das unsichtbare Band um Robins Kopf spannte immer stärker – so stark, daß sie versuchte, es sich vom Kopf zu reißen. Zu ihrer Überraschung war da nichts, an dem sie hätte ziehen können.

Krachend fällt die London Bridge, London Bridge, London Bridge, krachend fällt die London Bridge, meine werte Dame ...

Mollie versuchte mehrmals, in der Wohnung anzurufen, es meldete sich jedoch nie jemand. Aber natürlich – Robin würde bestimmt unten bei Dorothy sein. Sie rief die telefonische Auskunft an und fragte nach der Nummer.

Beim zweiten Läuten wurde abgenommen.

»Mrs. Cotton, hier spricht Dr. Striker, Robins Therapeutin.«
»Oh, ja.«
»Wie geht es Robin heute morgen?«
»Gut, im Augenblick schläft sie.«
»Ich verstehe. Ich hätte sie gern heute in meiner Praxis gesehen.«
»Ich halte das für keine gute Idee. Was sie braucht, ist absolute Ruhe.«
Mollie holte tief Luft. »Wie wäre es dann, wenn ich in ungefähr einer Stunde noch einmal anrufe?«
»Es wäre mir lieber, wenn das Telefon nicht so oft klingelt und sie stört.«
»Ich muß aber mit ihr reden, Mrs. Cotton.«
»Wenn Sie unbedingt wollen, dann kann sie Sie ja heute nachmittag zurückrufen.«
»Da werde ich nicht hier sein.«
»Ich verstehe. Na, dann morgen eben.«
Mollie wollte schon den Abend vorschlagen, aber sie hatte wirklich keine Ahnung, wann sie aus Andover wieder zurück sein würde.
»Okay. Aber falls Robin mich brauchen sollte, dann kann sie ja hier anrufen und mir eine Nachricht auf Band sprechen.« Sie gab Dorothy die Nummer, obwohl Robin sie wahrscheinlich auswendig wußte. »Ich frage alle paar Stunden mein Band ab.«
»Vielen Dank, Doktor.«
Mollie legte auf. Himmel, diese Frau brachte sie wirklich zur Raserei – woher nahm sie überhaupt das Recht? Sie war aufdringlich, anmaßend, arrogant, hart und herrschsüchtig. *Jetzt komm aber, Mollie, urteile nicht so hart über sie. Vergiß nicht, du kennst diese Frau ja nicht einmal.*

Mollie konnte erst gegen zwei Uhr nach Andover losfahren. Aber es herrschte wenig Verkehr, sie fuhr einen guten Schnitt

und kam kurz nach drei Uhr vor einem weitläufigen Einfamilienhaus im Kolonialstil an.
In der Auffahrt war ein silberfarbener Z-28 geparkt – Eunice mußte also zu Hause sein. Sie holte tief Luft, eilte den mit Steinplatten belegten Weg hinauf und läutete an der Tür. Sie wartete und klingelte erneut. Von drinnen konnte sie laute Rockmusik hören, aber niemand kam an die Tür.
Sie klopfte an die Glasscheibe in der Tür, probierte dann schließlich den Türknauf aus und stellte fest, daß nicht abgeschlossen war. Aus allem, was Robin ihr über Eunice erzählt hatte, hätte sie schließen können, daß sie nicht der Typ war, der Türen abschloß.
Mollie folgte der Musik in ein holzgetäfeltes Wohnzimmer, wo sie Eunice entdeckte, die allein tanzte und ein Glas in der Hand hielt, aus dem sie gerade trank. Eunice sah Mollie, hielt in der Bewegung inne, ging zu einem Kassettendeck und drehte die Lautstärke zurück.
»Tut mir leid, aber ich kaufe heute nichts«, sagte sie. »Und außerdem schmiert dieses Avon-Zeug. Aber ich habe eine wunderbare Grundierung und ein Make-up, das Sie vielleicht selbst ausprobieren möchten – das würde Ihre Sommersprossen überdecken. Die Männer stehen zur Zeit nicht so auf Sommersprossen, müssen Sie wissen.«
»Mrs. Garr, ich bin Mollie Striker. Robins Therapeutin.«
Eunice ging zur Bar und füllte ihr Glas mit Wodka.
»Na dann, Dr. Freud, möchten Sie nicht einen Drink?«
»Ich muß mit Ihnen über Robin sprechen. Sie müssen mir dabei helfen, daß ich sie besser verstehe.«
Eunice lachte, ein lautes, unechtes Lachen, in dem ein hysterischer Unterton mitschwang.
»Ihr Seelenklempner seid mir ja ein Haufen! Erst bringt ihr sie ganz durcheinander, und hinterher wollt ihr meine Hilfe, um sie wieder zusammenzuflicken. Was ist denn los, wissen Sie

nicht, welche Nadel Sie als nächstes in ihren Kopf stecken sollen? Versuchen Sie es mit Purpurrot, meine Birdie hatte schon immer eine große Schwäche für Purpurrot.«

»Ich muß wissen, warum sie Angst vor Ihnen hat, Mrs. Garr.«

Eunice streckte die Hände in die Luft und wedelte mit ihren langen Fingernägeln, die schwarzweiß gestreift lackiert waren.

»Wieso, sehe ich denn nicht schon furchterregend genug aus? Vielleicht hat Birdie Ihnen nicht erzählt, daß ich es auf süße kleine Jungs und Mädchens abgesehen habe. Aber natürlich erst, wenn ich mit ihren süßen alten Herrn fertig bin.« Sie fuhr sich mit der Zunge über die Lippen und nahm einen tiefen Schluck aus ihrem Glas.

Mollie schlug ihr das Glas aus der Hand. Es fiel zu Boden, der Wodka ergoß sich über den Teppich. Da holte Eunice aus und schlug ihrerseits Mollie die Tasche aus der Hand, deren Inhalt sich über den nassen Fleck verstreute. Mollie bückte sich und räumte die Sachen rasch wieder in ihre Tasche ein.

»Okay, damit sind wir quitt, oder?«

»Was wollen Sie?« fragte Eunice. »Reicht es nicht schon, daß Sie meiner Birdie das Gehirn aus dem Kopf geredet haben, müssen Sie jetzt auch noch in meinem Kopf herumwühlen?«

Mollie schaute sie von unten her an. »Ich muß unbedingt verstehen, warum sie solche Angst hat. Sie haben sie doch nie geschlagen, oder?«

»Mein kleines Mädchen geschlagen? Nie, nie, nie. Hoppla, einmal habe ich sie in einen Wandschrank gesperrt, zählt das auch? Ich habe sie eine geschlagene Stunde drin gelassen.«

»Wann war das?«

»Oh, damals war sie noch ganz klein. Sie ist auf die Straße hinausgerannt und fast von einem Lastwagen überfahren worden. Ich dachte, ich müßte auf der Stelle sterben. Also habe ich sie in den Schrank gesperrt, damit sie ihre Lektion auch ja nie mehr vergißt. Die böse, böse Eunice. Später habe ich in einem Buch über Kindererziehung unter dem Stichwort ›Lektion‹ nachgesehen, aber glauben Sie, ich hätte dort Wandschränke verzeichnet gefunden?«

»Wie hat sie darauf reagiert?«

Eunice zuckte mit den Achseln. »Birdie war damals ein recht mutiges kleines Ding. Falls sie sich gefürchtet haben sollte, dann hätte sie das mir gegenüber nie zugegeben.« Sie ging zu dem Sofa und ließ sich darauf nieder. »Okay, wollen Sie noch weitere Geständnisse hören?«

Mollie nickte.

»Marc war sehr damit beschäftigt, seine Anwaltskanzlei aufzubauen ... Sie wissen doch, wie Männer sein können, wenn sie sich auf eine Sache konzentrieren und alles andere um sich herum vergessen. Nun, ich war Teil von all dem anderen. Und dieses süße kleine Anhängsel hat sich irgendwann einmal ziemlich zur Seite geschoben gefühlt. Sie kennen diese Konstellation doch, Ihnen ist so etwas doch sicher schon mal untergekommen, möchte ich wetten. Also habe ich Marc ein paarmal Hörner aufgesetzt. Immer nur dann, wenn Birdie in der Schule war, aber einmal ist sie doch hereingeplatzt.«

»Was ist passiert?«

»Nun, ich habe sie natürlich nicht ins Schlafzimmer gebeten, wenn es das ist, was Sie meinen. Ich habe sie wieder hinausgeschickt, der Typ hat sich angezogen und ist verschwunden.«

»Und?«

»Und ich habe sie gebeten, Marc nichts zu sagen.«

»Und sie hat sich daran gehalten?«

»Birdie ist keine Petze. Sie hat jede Menge Charakter, mehr als die meisten Erwachsenen, die ich kenne.«

»Das ist mir bereits aufgefallen. Hat die Sache sie sehr mitgenommen?«

»Etwas, vermute ich. Aber sie ist darüber hinweggekommen.«

»Erzählen Sie mir doch von den Dingen, über die sie nicht hinweggekommen ist.«
Eunice zuckte die Achseln. »Die haben Sie doch bestimmt schon alle zu hören bekommen. Daß ich mal sternhagelvoll zu einem Elternabend erschienen bin. Daß ich ihr mal eine Geburtstagsparty ruiniert habe – ich war so betrunken, daß Birdie die Kinder wieder heimschicken mußte, noch ehe wir überhaupt bei Kuchen und Eiscreme angelangt waren. Daß ich vergessen habe, sie nach einem Softball-Spiel abzuholen – sie mußte im Dunkeln nach Hause gehen ... Da gab's viele solcher Sachen.
He, hat sie Ihnen überhaupt erzählt, wie sie hergegangen ist und sich ihr Haar abgeschnitten hat? Ihr schönes, langes, wunderbares Haar, für das jedes andere Mädchen seine Seele verkauft hätte. Birdie war schon ein tolles Mädchen, bevor das alles passiert ist, eine richtige Miniaturausgabe von Eunice.«
»Gab es sonst noch etwas?«
Eunice wischte sich über die Augen, in denen jetzt Tränen standen.
»Ich weiß es nicht. Wirklich, ich weiß es nicht. Ich meine, ich bin ja ein ziemlich schräger Vogel, ich tue und sage die wildesten Dinge, aber Birdie schien das nie sehr viel ausgemacht zu haben. Wir waren so etwas wie Freundinnen. Aber andrerseits wiederum waren wir vielleicht auch Rivalinnen.«
»In welcher Beziehung?«
»Wegen Marc. Das kleine Mädchen, das ihren Daddy liebte, aber es ist nun mal Mommy, die Daddys ganze Liebe besitzt.« Eunice zuckte mit den Achseln. »Den Kampf hat sie ja schließlich gewonnen, nicht wahr?«
»Ist das Ihre rationale Erklärung dafür, daß Sie ihr Angst einjagen? Daß Sie sich deswegen an Robin rächen, weil sie letztendlich gewonnen hat?«
»Wieso Angst einjagen?«

»Die anonymen Telefonanrufe. Die Wasserschlange.«
»Was, zum Teufel, erzählen Sie denn da?«
»Mrs. Garr, Sie müssen doch wissen, worüber ich rede. Marcus und Robin waren sich so sicher ...«
Eunice stand auf. »Hinaus mit Ihnen.«
Mollie rührte sich nicht. »Wollen Sie damit sagen, daß Sie das gar nicht waren?«
Schweigen.
»Um Himmels willen, wenn das so ist, dann sagen Sie es doch.«
Eunice ging wieder zur Stereoanlage und drehte die Lautstärke voll auf, goß sich dann einen weiteren Drink ein und fing an, quer durch das Zimmer zu tänzeln.
Das Gespräch war beendet.

Das Flugzeug hatte bereits beim Abflug mehr als zwei Stunden Verspätung, so daß Marcus erst gegen vier Uhr nachmittags in San Francisco eintraf. Woody Bagen von der King-Agentur – ein kleiner Mann mit Brille und schütterem Haar, der eher wie ein Versicherungsvertreter als wie ein Detektiv aussah – holte ihn ab.
»Ich habe gute und schlechte Nachrichten«, sagte er, als Marcus sich neben ihn auf den Beifahrersitz setzte. »Welche wollen Sie zuerst hören?«
»Fangen Sie mit den schlechten an.«
»Howard Lucas hat sich heute nachmittag mit einem Koffer verdrückt.«
»Konnten Sie ihn nicht aufhalten?«
»Ich hatte alles für Sie vorbereitet. Aber er war von unserer Gegenwart nicht sonderlich beeindruckt, und mit Ihnen wollte er auch nicht reden.«
»Mist. Und, wissen wir, wohin er abgehauen ist?«
»Das sind die guten Nachrichten. Einer unserer Männer ist ihm bis nach Butte City gefolgt, und man glaubt es kaum, aber das

Haus, in dem er dort wohnt, ist auf den Namen einer Georgette Lucas gemietet.«
»Seine Frau?«
»Volltreffer. Wir haben das gleich überprüft. Die beiden leben jetzt seit ein paar Monaten mal getrennt, dann wieder zusammen.«
»Gut. Wie lange dauert die Fahrt dort runter?«
»Zwei Stunden, wenn wenig Verkehr ist. Aber an einem Freitag um diese Zeit können wir von Glück reden, wenn wir es bis acht Uhr schaffen. Aber vielleicht möchten Sie mit dem Besuch auch bis morgen früh warten. Ich habe uns schon mal zwei Zimmer in einem Hotel reservieren lassen, das nur ein paar Blocks von dem Haus der Frau entfernt liegt.«
»Und wenn er ganz früh weiterfährt?«
»Ich habe einen Mann postiert, der ihn beobachtet.«
»Ich weiß nicht recht, je eher ich mit ihm reden kann ...«
»Hören Sie, warten wir doch erst mal ab und entscheiden dann ganz spontan. Wir werden ja sehen, wie wach Sie noch sind, wenn wir dort ankommen.«
Marcus seufzte – vielleicht hatte Woody recht. Er war jetzt schon müde. Bis sie in Butte City ankommen würden, wäre er völlig erschöpft. Und er würde seine ganze Kraft brauchen, um diesen Leuten gegenüberzutreten.

Mollie hörte ihren Anrufbeantworter von einem Telefon in einem Schnellimbiß aus ab. Drei Nachrichten waren darauf – die Bitte um einen Termin, eine Anfrage von einem Kollegen und von einem Pharmareferenten, der Tranquilizer und Antidepressiva vertrieb. Sie rief Dorothy Cottons Nummer an.
»Robin geht es ausgezeichnet«, teilte Dorothy ihr mit.
»Gut, kann ich dann mit ihr sprechen?«
»Das ist leider nicht möglich, sie ruht sich immer noch aus.«
»Mrs. Cotton, diese viele Ruhe ist nicht unbedingt gut für

Robin. Manchmal versuchen die Leute ihren Problemen durch zuviel Schlaf zu entfliehen.«

»Ruhe hat noch nie jemandem geschadet, soweit ich weiß.«

»Hören Sie, ich will mich hier nicht mit Ihnen über Theorien streiten, aber im Augenblick – und das müssen Sie mir glauben – ist es wesentlich wichtiger, daß Robin über ihre Gefühle spricht.«

»Sie ist zum Mittagessen aufgestanden, und dabei haben wir uns sehr nett unterhalten.«

»Ich verstehe. Und was hat sie gesagt?«

»Daß sie sich besser fühlt.«

Mollie holte tief Luft. »Hören Sie, Mrs. Cotton, Marcus möchte, daß Robin entweder heute oder morgen zu mir kommt. Wenn ich sie heute schon nicht sehen kann, dann muß ich sie wenigstens morgen sehen.«

»Das ist doch kein Problem«, erwiderte Dorothy. »Wir können doch gleich für morgen einen Termin ausmachen, oder nicht?«

»In Ordnung. Wie wäre es mit neun Uhr morgen früh?«

Mollie hängte ein. Nach all dem Geplänkel war es schließlich doch Dorothy gewesen, die vorgeschlagen hatte, einen festen Termin auszumachen. Wer stellte nun das größere Rätsel dar, Dorothy oder Eunice?

Sie kam zu dem Schluß, daß Robin ein ziemlich genaues Bild ihrer Mutter gezeichnet hatte, obwohl sie weder den Zwischenfall mit dem Wandschrank noch Eunices Hausfreunde erwähnt hatte. Doch selbst wenn man all diese Vorfälle aufaddierte, fiel es Mollie immer noch schwer, daran zu glauben, daß Robin tatsächlich Angst vor ihrer Mutter haben sollte. Eunices Überraschung schien echt gewesen zu sein, als Mollie die Telefonanrufe und die Schlange erwähnt hatte. Aber wenn es nicht Eunice war, vor der Robin Angst hatte, wer war es dann?

Amelia? Hing das alles irgendwie mit ihr und den Schuldgefühlen zusammen, die Robin immer noch empfand? Doch wenn das wirklich so war, dann gab es ganz sicher noch Einzelheiten, die Robin über Amelia wußte und Mollie gegenüber verschwieg. Oder, was noch wahrscheinlicher war, es gab Dinge, die Robin wußte, an die sie sich aber nicht erinnern konnte. Vielleicht hatte Mollie mit ihrer Bitte an Marcus, sich doch mit Amelias Eltern in Verbindung zu setzen, ja direkt in ein Wespennest gestochen. Aber das mußte ausgeräuchert werden.

Robin wußte nicht, daß jemand neben ihr war, bis sie die harten Zähne eines Kammes an ihrer Kopfhaut spürte und dann die geflüsterten Zahlen hörte. Sie richtete sich auf und sah Dorothy.

»Tut mir leid, Robin, habe ich dich erschreckt?«

Sie schüttelte den Kopf.

»Ich habe nur versucht, dein Haar etwas zu ordnen. Auch wenn man krank ist, ist es angenehm, wenn man sauber und gepflegt ist. Dann fühlt man sich gleich besser.« Sie fuhr noch ein paarmal mit dem Kamm durch ihr Haar und legte ihn dann auf den Nachttisch.

Robin schaute sich in dem Zimmer um. »Wie spät ist es?«

»Fast Zeit zum Abendessen.«

»Hat Daddy angerufen?«

»Nein, aber das habe ich auch nicht erwartet. O ja, ehe ich es vergesse – du hast eine Verabredung mit Mollie. Für morgen früh.«

»Oh, schön.«

»Du magst sie, nicht wahr?«

»Ja, ich mag sie sehr.«

Sobald Robin genug zu Abend gegessen hatte, um Dorothy zufriedenzustellen, räumte diese das Tablett wieder weg. Dann gab sie Robin eine weitere Tablette und wartete, bis Robin sie genommen hatte.

»Ich werde jetzt ein paarmal die Wohnung verlassen, während du schläfst.«
»Wollen Sie mich allein lassen?«
»Ganz kurz, mein Schatz. Nur ganz kurz.«
»Wo gehen Sie hin?«
»Ich muß ein paar Dinge erledigen, Robin. Dinge, die ich vernachlässigt habe, damit ich mich um dich kümmern konnte. Verstehe mich nicht falsch, ich beklage mich nicht, ich muß nur ein paar von diesen Dingen endlich erledigen.«
»Wann werden Sie zurück sein?«
Dorothy schaute auf die Uhr. »Jetzt ist es fünf, eigentlich sollte ich in einer Stunde mit allem fertig sein. Und, o ja, ich werde das Telefon aushängen, damit dich niemand stören kann. Wir wollen doch nicht, daß Eunice dich mit ihren Anrufen nervt.«
Robin bekam ganz große Augen. »Sie weiß, daß ich hier bin?«
»Nein, das weiß sie nicht. Aber ich würde mich nicht wundern, wenn sie hier anruft, nachdem sie festgestellt hat, daß bei euch niemand ans Telefon geht.«
»Und wenn Daddy versucht anzurufen?«
»Wenn er das tut, dann wird er es noch mal probieren. Jetzt mach dir keine Sorgen. Du legst dich wieder hin und schläfst wie ein braves Mädchen, und wenn du aufwachst, werde ich wieder hier neben dir sitzen.«
Sobald Dorothy die Wohnungstür hinter sich geschlossen hatte, ging Robin barfuß ins Wohnzimmer; ihre Beine waren ganz schwach, so daß sie sich an den Wänden abstützen mußte. Warum ließ sie Dorothy nur dauernd diese Schlaftabletten schlucken? Auch ohne sie fühlte sie sich schon schläfrig genug. Na gut, diese würde die letzte gewesen sein – morgen würde sie ohnehin aufstehen, sich anziehen, aus dem Haus gehen und sich mit Mollie treffen.

Sie sah, daß der Telefonhörer auf dem Couchtisch lag. Dorothy hatte zwar gesagt, sie solle nicht rangehen, aber sie hatte nicht gesagt, daß sie nicht selbst anrufen dürfe. Sie nahm den Hörer, wählte Mollies Nummer und wartete, bis die Bandansage zu Ende war.

»Hallo, Mollie, hier ist Robin«, sagte sie nach dem Signalton. Pause. »Mir geht es nicht so toll.« Pause. »Ich bin so müde, daß ich kaum aufrecht stehen kann, und mein Kopf tut schrecklich weh, wenn ich versuche nachzudenken.« Pause. »Also ... wir sehen uns morgen.«

Sie legte den Hörer wieder an die alte Stelle auf dem Couchtisch und ging zurück ins Bett. Einen Augenblick lang dachte sie an Calvin und daran, daß sie versprochen hatte, ihn nie wiederzusehen. Sie hatte dieses Versprechen nicht geben wollen, aber sie hatte es trotzdem getan. Für Dorothy.

Das Band schnitt fester und fester in ihre Kopfhaut ein. Sie legte sich auf das Bett, schloß die Augen und versuchte mit all ihrer Kraft, an nichts zu denken. Statt dessen hörte sie Musik – es war dumm, sie wußte, daß Dorothys Spieldosen sich in dem anderen Schlafzimmer am Ende der Diele befanden. Konnte die Musik aus ihrem Kopf kommen?

Schaukle, mein Kindchen, oben im Baum, bläst der Wind kaum, schaukelt im Baume die Wiege. Doch bricht der Ast unter der Last, fällt runter Kindchen und Wiege.

Eunice nahm ihren Schlummertrunk erst zu sich, als der Ärger schon ziemlich verraucht war. Sie hatte sich der Gnade dieser Seelenärztin ausgeliefert, ihr alles erzählt – zumindest alles, an das sie sich erinnern konnte. Aber, Telefonanrufe? Schlangen? Was sollte das bedeuten? Waren das die Art von Schreckgespenster, die Birdies Kopf jetzt produzierte? Und natürlich hielt der liebe alte Daddy ihr die Stange.

Es war schon ein ziemliches Problem, Mutter zu sein, noch dazu für jemanden, der so unvorbereitet gewesen war wie Eunice. In einem stillen Haus aufgewachsen, in dem nur sie und ihre Familie lebten, hatte sie nicht die leiseste Ahnung von Kindererziehung gehabt – sie hatte nur gewußt, wie man es nicht machen sollte. Und in all den vielen schlauen Büchern, die sie darüber gelesen hatte, schien auch nie irgend etwas auf ihre Persönlichkeit zuzutreffen. Aber sie liebte ihre Tochter. Oh, doch, sehr sogar. Von dem Augenblick an, als Birdie ihren kleinen Mund geöffnet, ihre funktionstüchtigen Lungen gebläht und sie angebrüllt hatte.

Eunice zog ihren Morgenmantel aus und stieß ihn mit dem Fuß in einen Haufen mit schmutziger Wäsche. Sie mußte irgendwann einmal wieder in die Wäscherei. Sie griff mit dem Arm in die Dusche, drehte den Wasserhahn auf und regulierte die Temperatur. Heiß ... kochend heiß, so mochte sie es. Dann stellte sie sich darunter, hob ihren Kopf, schloß die Augen und ließ das Wasser auf ihr Gesicht prasseln.

Ganz egal, wie oft sie die Sache in ihrem Kopf auch hin und her drehte, sie konnte sich diese Angst nicht erklären. Es war ja fast so, als hätten sie beide nie Spaß miteinander gehabt, hätten nie diese albernen Spiele gespielt und sich dabei wie zwei dumme kleine Kinder aufgeführt ... Und man hatte es doch immer von ihrem Gesicht ablesen können – Birdie war froh, daß sie keine sauertöpfische Supermutter hatte, die ihr dauernd im Genick saß. Die Art von Mutter, mit der Eunice aufgewachsen war.

Aber daß sie Angst vor ihr haben sollte? *Oh, Birdie, warum nur?*

10

Als Robin wieder aufwachte, war der Grund dafür Dorothy, die sie an den Schultern gepackt hielt und rüttelte. Sie riß erschreckt die Augen auf und fragte schläfrig: »Was ist denn passiert?«

»Wir müssen jetzt gehen, Schatz.«

»Wohin gehen?«

»Das wirst du schon sehen.«

Dorothy half ihr aus dem Pyjama und beim Anziehen einer albern aussehenden Bluse und einer rosa Kordhose mit elastischer Taille – die Sachen paßten wie angegossen, obwohl Robin sie nie zuvor gesehen hatte.

»So sagen Sie mir doch, was passiert ist!«

»Wenn ich es dir sage, Robin, versprichst du mir dann, dich nicht aufzuregen oder zu ängstigen?«

Robin nickte.

»Irgendwie hat Eunice herausgefunden, daß du hier bei mir bist.«

Robin hielt die Luft an. »Wie?«

»Ich weiß nicht, sie hat es mir nicht gesagt. Sie hat nur angerufen und gemeint, sie käme jetzt, um dich abzuholen und wieder zurückzubringen. Wenn wir uns beeilen, dann schaffen wir es bestimmt, hier weg zu sein, bevor sie auftaucht.«

»Die Polizei... wir sollten die Polizei anrufen.«

»Das ist doch dumm. Ich habe bestimmt keine Angst vor Eunice, Robin, und du mußt mir glauben, ich würde es niemals zulassen, daß sie dich mit Gewalt zurückholt. Aber es besteht auch absolut keine Notwendigkeit, daß wir beide heute abend noch einen ihrer emotionalen Vulkanausbrüche über uns ergehen lassen.«

»Aber wo werden wir hingehen?«

Dorothy seufzte. »Siehst du, genau das wollte ich gern für mich behalten, um dich damit zu überraschen, wenn wir dort sind... Ich besitze ein hübsches kleines Cottage auf dem Land, Robin – ich weiß, daß es dir gefallen wird. Und es ist auch genau der passende Ort für dich, um dich zu erholen.«

»Ich will aber nicht gehen. Ich will hierbleiben und auf Daddy warten.«

»Unsinn. Bis Daddy morgen abend wiederkommt, sind wir längst wieder hier.«

Schweigen.

Dorothy stand auf und ging rückwärts zur Tür.

»Vielleicht ist dir dein Seelenfrieden ja nicht so wichtig, aber meiner liegt mir am Herzen. Wenn du hierbleiben und Eunice heute abend allein gegenübertreten willst, dann nur zu. Aber ich habe die Absicht, aufs Land zu fahren und mich dort gut zu amüsieren.«

Dorothy schlüpfte bereits in die Ärmel ihres Mantels, als Robin angerannt kam.

»Nein, lassen Sie mich nicht allein!« schrie sie und umklammerte ihre Hüften. »Lassen Sie mich nicht allein!«

Dorothy beugte sich vor und legte ihre Arme um Robin.

»Oh, meine liebe Robin, warum mußt du immer alles so komplizieren, obwohl es doch wirklich nicht notwendig ist?«

»Werden wir morgen tatsächlich wieder zurück sein?« fragte Robin.

»Selbstverständlich. Rechtzeitig für Daddy.«

»Was ist mit Mollie und meiner Verabredung mit ihr?«

»Wir rufen sie vom Cottage aus an und machen einen neuen Termin aus. Dein Besuch bei ihr kann doch sicher noch einen Tag warten. Die Ruhe dort ist wahrscheinlich besser als jeder Besuch beim Arzt.«

Als sie zu Dorothys Kombi kamen, setzte Robin sich auf den

Beifahrersitz, und Dorothy wartete solange vor dem Auto, bis sie den Sicherheitsgurt angelegt hatte. Beim Hinausfahren aus dem Hof des Apartmentgebäudes musterte Robin die seltsame rosa Kordjacke, die sie trug – auf beiden Armen waren weiße Lämmer aufgesteppt –, und zwang sich dann, aus dem Fenster zu schauen, ob sie nicht irgendwo Eunices silbernen Sportwagen auf der Straße entdecken konnte. Erleichtert, daß sie ihr entkommen waren, lehnte sie sich schließlich gegen die Kopfstütze und schloß die Augen.
Erst sehr viel später wachte sie wieder auf, drehte sich um und bemerkte das viele Gepäck und die Pappschachteln, die ordentlich im hinteren Teil des Kombis verstaut waren.
O Gott...
Was?
Ärger, Ärger, nichts als Ärger...
Tu doch was... Schnell, beeil dich.
Meine Arme wollen sich nicht bewegen, meine Beine, mein Mund auch nicht. Ich bin tot, ich glaube, ich bin tot!

Dorothy, die augenblicklich die Verwirrung im Kopf des Mädchens spürte, faßte ihr an die Stirn und ließ ihre Finger darüber gleiten. Ihr Haar und ihre Haut waren feucht und verschwitzt – und obwohl im Moment Angst aus Robins Augen sprach, war sich Dorothy ganz sicher, daß einzig sie diejenige war, die wußte, wie man diese Angst vertrieb.
Sie ließ ihre Hand auf den Kragen der rosa Jacke sinken, strich ihn glatt, nahm dann kurz die Augen von der Straße und lächelte Robin zu. O lieber Gott, schaute sie nicht entzückend aus in ihrem Reiseanzug?

Mollie, die noch kurz im Lebensmittelgeschäft haltgemacht hatte, kam erst nach acht Uhr abends nach Hause. Während sie die Lebensmittel verstaute, hörte sie die Nachrichten auf dem

Band ab. Robins Nachricht alarmierte sie – sie klang so lethargisch, so deprimiert. Sie versuchte es bei Dorothy, legte wieder auf und probierte es ein paar Minuten später noch mal. Es war besetzt, offensichtlich neigte Dorothy zu längeren Gesprächen. Sie nahm Robins Akte mit in ihr Schlafzimmer, legte sich aufs Bett und fing an, die Aufzeichnungen und Notizen durchzusehen. Eine Stunde später versuchte sie es noch einmal bei Dorothy. Es war immer noch besetzt.
Zum Teufel, sie wünschte sich, sie hätte eine Nummer, unter der sie Marcus erreichen konnte. Da waren ein paar Dinge, die sie dringend mit ihm hätte besprechen müssen. Ob er zum Beispiel den Kontakt zu Amelias Eltern hergestellt hatte. Und dann gab es da noch einiges anderes...
Wie zum Beispiel Robins Nachricht auf dem Anrufbeantworter. Ganz im Gegensatz zu dem, was Dorothy ihr vormittags erzählt hatte, klang Robin alles andere als gut. Soviel zur Einschätzung dieser Mrs. Cotton – sie hätte darauf bestehen sollen, Robin heute zu sehen, hätte vielleicht selbst zu ihr gehen sollen. Sie schaute auf die Uhr: Es war kurz nach neun. So schwerfällig, wie Robin am Telefon geklungen hatte, schlief sie jetzt bestimmt schon tief und fest. Das sollte man doch eigentlich annehmen, oder?
Mollie holte sich das Telefonbuch vom Nachttisch, schlug die Academy-Agentur nach – die Detektivagentur am Ort, die Marcus ursprünglich bemüht hatte – und rief dort an. Als sie mit dem Anrufservice verbunden wurde, bat sie, direkt zum Leiter der Agentur durchgestellt zu werden.
»Es tut mir leid, aber Mr. Oswald möchte nicht, daß wir seine Privatnummer weitergeben.«
»Könnten Sie sich dann vielleicht mit ihm in Verbindung setzen und ihn bitten, mich zurückzurufen? Sagen Sie ihm, daß es wichtig ist. Es hat mit Marcus Garr zu tun, einem Anwalt aus Boston, er ist ein Klient von ihm.«

Sie hinterließ ihren Namen und Telefonnummer, legte auf und setzte sich dann mit überkreuzten Beinen aufs Bett, das Telefon vor sich, und wartete auf den Rückruf. *Jetzt komm schon, Oswald, los Oswa – Oz*... Plötzlich packte sie Robins Akte und wühlte so lange in den überall auf dem Bett verstreuten Unterlagen, bis sie Robins Aufsatz über ihre Gefühle gefunden hatte...

Und dann der Zauberer aus Plastik mit seinen stählernen Kiefern, die meine Knochen zu Staub zermalmen können. Der Zauberer aus Plastik... könnte damit der Zauberer von Oz gemeint sein, eine eventuelle Assoziation mit dem Namen Dorothy? Versuchte Robin damit auszudrücken, daß sie Angst vor Dorothy Cotton hatte?

Dorothy entging nicht, daß Robin tief Luft holte, bevor sie die Frage stellte: »Warum sind da so viele Schachteln?«

»Nun, Schatz, ich muß dringend ein paar dieser Sachen ins Cottage fahren. In den letzten Tagen bin ich wirklich nicht dazu gekommen, da ich sehr viel Zeit mit dir und deinem Daddy verbracht habe. Aber ich wollte sowieso einiges saubermachen und hier und da etwas ändern und umstellen«, sagte sie, und das Grübchen in ihrer Wange vertiefte sich. »Du weißt doch, wie ich bin.«

Robin nickte.

»Vielleicht hast du Lust, mir dabei zu helfen. Ich könnte wirklich noch ein zweites Paar starker Hände brauchen.«

»Ich weiß nicht, vielleicht haben wir gar keine Zeit dafür.« Sie warf erneut einen Blick auf die Jacke und die dazu passende Hose, die sie trug. »Diese Kleider... wem gehören die?«

»Wieso, dir natürlich. Das ist nur eine Kleinigkeit, die ich extra für dich genäht habe.«

Kurz danach schlief Robin wieder ein, aber Dorothy sah, wie sie im Schlaf zuckte und wie ihre Gesichtsmuskeln arbeiteten

– daran waren ganz bestimmt der Schwarze Mann und die Geister und Gespenster und all der übrige Unsinn schuld, die die Träume von Kindern heimsuchten. An einer Tankstelle kaufte Dorothy eine Dose Apfelsaft aus dem Automaten. Dann rüttelte sie Robin sanft wach, legte ihr eine Beruhigungspille auf die Zunge und ließ sie einen Schluck von dem Saft trinken. Schließlich holte sie aus einer Schachtel hinten im Auto eine farbenprächtige Patchworksteppdecke – eine, die sie selber angefertigt hatte – heraus und breitete sie über das Kind. Jetzt hatte Robin es warm, bequem und war ganz entspannt; jetzt würde sie ungestört die ganze Nacht durchschlafen.

Keine Schlafstörungen mehr, mein Schatz. Keine Alpträume. Mary hat ein kleines Lamm, kleines Lamm, kleines Lamm... Mary hat ein kleines Lamm, das ist so weiß wie Schnee. Wohin auch immer Mary geht, Mary geht, Mary geht, wohin auch immer Mary geht, ich sie mit dem Lämmchen seh.

Mollie versuchte es abermals bei Dorothy. Als sie feststellen mußte, daß immer noch besetzt war, rief sie die Störungsstelle an und bat darum, diese Nummer zu überprüfen.

»Tut mir leid, Ma'am«, sagte der Mann von der Auskunft. »Aber diese Nummer ist zur Zeit gar nicht in Betrieb.«

»Was hat denn das genau zu bedeuten?«

»Nun, entweder muß die Leitung repariert werden, oder sie ist einfach ausgestellt.«

»Ich verstehe.« Mollie legte auf. Diese verdammte Dorothy. Gerade als sie sich ihre Jacke holte, klingelte das Telefon.

»Ist dort Dr. Striker?«

»Ja, wer ist denn am Apparat?«

»Hier ist Craig Oswald.«

»O ja. Ich habe angerufen...«

»Es ging um Marcus Garr.«

»Richtig. Sie müssen wissen, seine Tochter ist bei mir in

Behandlung, und jetzt versuche ich, ihn irgendwie zu erreichen. Er ist heute morgen nach San Francisco geflogen, aber ich habe dort keine Telefonnummer von ihm.«
»Und was habe ich mit der ganzen Sache zu tun?«
»Ich weiß, daß er Sie beauftragt hat, den Kontakt zu einer Detektivagentur in San Francisco herzustellen.«
»Okay, wenn Sie das sagen.«
»Und nun hätte ich gern den Namen dieser Agentur. Ich wüßte gern, wo Mr. Garr sich momentan aufhält.«
»Aha. Nun, mir fällt jetzt nicht sofort ein, was ich ihm gesagt habe, aber eigentlich kenne ich dort auch nur eine Agentur. Die King-Agentur.«
»Und wo hat die ihren Sitz?«
»Direkt in Downtown L. A.«
»Ich danke Ihnen vielmals«, sagte sie, legte auf und ging zur Tür. Zuerst würde sie nach Robin sehen. Dorothy mochte ja durchaus das Telefon abgestellt haben, aber sie würde sich nicht so ohne weiteres davor drücken können, ihr die Tür zu öffnen. Und wenn Robin damit einverstanden war, mit ihr zu kommen, dann war Mollie auch bereit, sie über Nacht bei sich in der Wohnung aufzunehmen.

Als Marcus endlich in seinem Hotelzimmer in Butte City war, rief er gleich als erstes die Nummer von Georgette Lucas an. Obwohl die Stimme von Howard Lucas einen distanzierten und kalten Klang annahm, sobald ihm klar wurde, um wen es sich bei Marcus handelte, ließ er sich nach einiger Zeit doch dazu überreden, daß Marcus am nächsten Morgen zu ihm und seiner Frau kommen konnte.
Erleichtert bestellte Marcus sich über den Zimmerservice ein Sandwich und ein Glas Milch und versuchte dann, bei Dorothy anzurufen. Besetzt. Ein paar Minuten später versuchte er es noch mal und dann wieder, als das Essen gebracht worden war.

Es überraschte ihn sehr zu erfahren, daß Dorothy Freunde hatte. Sie hatte immer den Eindruck erweckt, ständig zur Verfügung zu stehen, als ob sie – neben der Zeit, die sie mit ihm und Robin verbrachte – kein Eigenleben hätte. Aber natürlich mußte sie eines haben, und diese anderen Interessen hatten Robins wegen zurückstehen müssen. Sobald er wieder daheim war, würde er darauf bestehen, daß sie weniger von ihrer Zeit dafür opferte, sich um sie zu kümmern.

Schließlich suchte er in seinem Adreßbuch nach Mollies Nummer und rief dort an. Es läutete viermal, dann meldete sich der Anrufbeantworter.

»Mollie, hier ist Marcus Garr«, sagte er nach dem Signalton. »Sieht so aus, als würde ich morgen Amelias Eltern kennenlernen – beide. Halten Sie mir die Daumen. Aber ich bin auf jeden Fall wie geplant wieder zu Hause. Ich rufe Sie dann wieder an und erzähle Ihnen, wie es gelaufen ist.«

Er legte auf und versuchte es erneut bei Dorothy. Dann ließ er kopfschüttelnd den Hörer auf die Gabel sinken.

Mollie hatte bereits fünf Minuten vor dem Haus gestanden und auf den Klingelknopf von Dorothys Wohnung gedrückt. Es meldete sich immer noch niemand. Sie schaute auf ihre Uhr, es war schon kurz nach halb zwölf Uhr abends. Aber selbst wenn Dorothy eingeschlafen war, so mußte sie jetzt, nach all dem Geklingel, bestimmt wach geworden sein. Schließlich entschied sie sich für die Nummer einer Wohnung im Erdgeschoß und drückte aufs Geratewohl auf eine Klingel. Sekunden später surrte es, und die Eingangstür ging auf.

Ein junger Mann mit bloßen Füßen kam ihr auf dem Korridor entgegen. »Ja?« fragte er. »Haben Sie bei mir geläutet?«

»Ja. Ich bin auf der Suche nach dem Hausverwalter. Wissen Sie zufälligerweise, wo...«

Zwischen fast geschlossenen Lippen stieß er einen schnaubenden Laut hervor, schlurfte wieder in seine Wohnung zurück und knallte die Tür hinter sich zu.

Sie fuhr mit dem Aufzug zu Apartment zwölf hoch, klopfte an die Tür und wartete. Sie klopfte stärker. Als die kleine, blasse Frau von der Wohnung nebenan ihren Kopf zur Tür heraussteckte, hämmerte sie bereits buchstäblich mit beiden Fäusten auf die Tür ein.

»Was ist hier eigentlich los?« fragte die Frau. »Es ist mitten in der Nacht. Wo glauben Sie denn, daß Sie sind? In einem Slum?«

»Es tut mir wirklich sehr leid. Aber ich muß zu Dorothy Cotton. Haben Sie sie heute schon gesehen?«

»Wen?«

»Dorothy Cotton, die Frau, die hier wohnt.«

»Tut mir leid. Ich würde sie nicht erkennen, und wenn ich auf sie treten würde.«

»Oh. Wie lange wohnen Sie denn schon hier?«

»Zwölf Jahre, weshalb?«

Eine Pause, dann: »Könnten Sie mich vielleicht zur Hausverwaltung bringen?«

Die Frau spreizte die Hände in einer entsetzten Geste. »Jetzt wollen Sie also auch noch zum Hausverwalter, richtig?«

Mollie nickte.

»Erdgeschoß, Apartment sechs.«

Mollie ging die paar Stufen zur Wohnung der Garrs im Stock darüber zu Fuß und klopfte. Als sie sich überzeugt hatte, daß auch hier niemand in der Wohnung war, ging sie hinunter zu Apartment sechs und klopfte dort.

Ein Riese von einem Mann mit einem Bürstenschnitt öffnete die Tür.

»Was wollen Sie?«

Mollie nahm ihre Karte aus der Handtasche und reichte sie

ihm. Er schaute sie sich an und gab sie ihr zurück. »Okay, und was soll das heißen?«

»Das heißt, daß ich Ärztin bin. Ich habe oben in Apartment zwölf eine junge Patienten, und die muß ich dringend sehen.«

»So? Ich schau mal... in der Wohnung von dieser Cotton?«

»Stimmt. Ich habe an die Tür geklopft, sogar richtig dagegen gehämmert. Aber es macht niemand auf.«

Er kratzte sich an seinem dicken, breiten Schädel. »Na und? Vielleicht sind se 'ne Weile weg.«

Sein Argument war nicht schlecht, so etwas war immer möglich, aber in dem Zustand, in dem Robin sich befunden hatte, als sie die Nachricht aufs Band gesprochen hat, trotzdem recht unwahrscheinlich. Mollie holte tief Luft, als ihr klar wurde, daß ihr nichts anderes übrigblieb, als ihre Geschichte etwas auszuschmücken.

»Das Mädchen – das heißt, meine Patientin – ist viel zu krank, um das Bett zu verlassen. Ich kann mir nicht vorstellen, daß Mrs. Cotton um diese Zeit mit ihr aus dem Haus geht. Ich will ja nur mal kurz einen Blick in die Wohnung werfen, um mich zu vergewissern, daß alles in Ordnung ist. Das ist alles.«

»Hören Sie mal, ich kann doch nicht so mir nichts, dir nichts jeden in die Wohnungen lassen.«

»Nicht mir nichts, dir nichts, Sir. Ich sagte doch, daß es um ein krankes junges Mädchen geht. Wenn Sie sich über mich erkundigen wollen... Oder, wenn Ihnen das lieber ist, dann setze ich mich gern vorher mit der Polizei in Verbindung. Ich bin sicher, daß ich mir eine Art Verfügung besorgen kann...« Damit ließ sie es bewenden.

Und er reagierte auch prompt. Er holte sich einen dicken Schlüsselbund von einem Haken neben der Tür und ging voraus nach oben.

»So was, ich hab nicht mal gewußt, daß diese Cotton ein Kind hat.« Er suchte nach dem richtigen Schlüssel. »Nicht, daß ich besonders viel über die Mieter hier weiß. Ich kümmre mich um die Beschwerden, und solang die Mieter sich anständig aufführen, halt ich mich aus allem raus.«

Mollie beschloß, lieber nichts dazu zu sagen. Als er den passenden Schlüssel gefunden hatte, schloß er die Tür auf und trat einen Schritt zurück, während sie in die Wohnung ging. Im Wohnzimmer brannte Licht. Mollie schaute sich in dem spärlich möblierten Raum um. Die einzige persönliche Note bestand aus einem Paar Nippesfiguren aus Plastik, die auf einem Regal des Eßzimmerschrankes standen. Der Hörer lag neben dem Telefon; sie ging hin und legte ihn auf.

»Ich sehe mich noch kurz in den Schlafräumen um«, sagte sie.

Mollie warf einen Blick in beide Schlafzimmer... genau dieselbe spärliche Einrichtung wie im Wohnzimmer; beide Betten waren gemacht – auf dem einen lagen sauber gefaltet ein Pyjama und ein Morgenmantel. Wahrscheinlich die von Robin.

Wieso hatte sie eigentlich angenommen, Dorothy wäre eher der verspielte Typ mit jeder Menge Schnickschnack an den Wänden, in den Regalen und auf den Tischen? Aber was war mit den vielen Spieldosen, die Robin erwähnt hatte? Sie schaute sich die Kommode mit der Glasplatte näher an. In den drei Schubläden waren nur eine Schachtel mit Kleenextüchern und ein paar Zeitschriften. Sie ging wieder zu dem Verwalter zurück.

»Sind das alle ihre Möbel?«

»Die Wohnungen hier werden nicht möbliert vermietet, falls Sie das meinen.«

Sie schaute sich noch mal die Kommode an. Die Spieldosen mußten doch irgendwo in der Kommode oder in den Beistelltischen sein...

»Schaut so aus, als sind sie fort.«

»Vermutlich.«

»Sie haben doch gesagt, das Kind sei krank.«
Mollie zuckte die Achseln. »Vielleicht hat Mrs. Cotton sie zu einem anderen Arzt gebracht.«
»Mensch, ich hätte Sie nie hier reinlassen dürfen.« Er schob sie aus der Wohnung und verschloß die Tür hinter ihnen. »Wie sind Sie denn überhaupt ins Haus gekommen?«
»Oh, durch die Eingangstür. Die muß jemand offengelassen haben.«
Der Hausverwalter kam noch mit zur Tür und überprüfte das Schnappschloß, als sie ging. Sie lief rasch zu ihrem Wagen, stieg ein und warf einen letzten Blick auf das Haus zurück. Wo konnte Dorothy Robin um diese Zeit wohl hingebracht haben?
Als sie wieder in ihrer Wohnung war, ließ sie das Band bis zu Robins Nachricht zurücklaufen und hörte sie sich noch mal an. Gleich im Anschluß daran war die Nachricht von Marcus gespeichert. Mollie holte sich einen Kugelschreiber, aber er hatte keine Nummer, nicht einmal den Namen eines Hotels hinterlassen.
Mist, Mist, Mist! Es war wie bei einem Kartenhaus – zog man eine Karte heraus, dann stürzte alles andere in sich zusammen. Was sollte sie jetzt tun, weiter versuchen, Marcus aufzutreiben oder einfach abwarten? Warten, bis Robin wer weiß wo gelandet war? Und das in Begleitung einer Frau, die ihr ganz offensichtlich Angst einjagte.

Als Dorothy in die enge, verlassene Landstraße einbog, die zu dem Cottage führte, schlief Robin immer noch tief und fest. Obwohl sie gar nicht so weit weg von der Stadt waren, nur etwa zehn Meilen, war es die Schönheit und die Einsamkeit der umliegenden Berglandschaft, die Dorothy so sehr mochte. Es würde auch für Robin ein heilsamer Ort sein, ein Ort, an dem sie – emotional und physisch – wieder gesunden, zu sich finden und lernen würde, Teil einer echten Familie zu sein.

Dorothy ließ sie schlafend im Wagen zurück, während sie die Schachteln und das Gepäck ins Haus trug, bis auf eine Schachtel, die mit einem Deckel verschlossen war und die sie auf die hintere Veranda stellte. Sie hatte aus der Wohnung in Boston nur das mitgenommen, von dem sie wußte, daß sie es brauchen würde – die Nähmaschine, die Antiquitäten, die Nippessachen und die liebgewonnenen Schätze, die aus einem Haus erst ein Heim machten.

Die Möbel hier waren sogar noch schöner und gemütlicher als die in Boston. Und in der Vorratskammer im Keller und im Kühlschrank waren genug Konserven, Eingemachtes und Tiefkühlkost, um sie für Monate zu versorgen. Und was Robins Kleidung betraf, so würde es ihr an nichts fehlen: Ein ganzer Schrank war voll der entzückendsten Mädchenkleider, die Dorothy alle selbst entworfen und genäht hatte.

Sie ging wieder hinaus, löste Robins Sicherheitsgurt und richtete sie auf. Dann schlang sie einen Arm um ihren Rücken, schob den anderen unter ihre Oberschenkel, hob sie hoch und trug sie in das Cottage.

In ihr Schlafzimmer... Sie setzte das Kind auf das Bett, zog ihr den neuen Reiseanzug aus und streifte ihr ein Nachthemd aus Baumwolle über den Kopf.

»Wo sind wir?« fragte Robin, die Augen immer noch geschlossen.

Dorothy legte sie hin, küßte sie auf die Stirn, deckte sie zu und stopfte um sie herum alle Laken und Decken fest. Fast wünschte sie sich, sie könnte ihr jetzt schon alles sagen – oder besser noch, es ihr zeigen –, aber bei den vielen Beruhigungsmitteln, die sie noch im Kreislauf hatte, war das Kind viel zu benebelt, um einen so komplexen Zusammenhang zu begreifen.

Bevor sie das Licht ausschaltete und aus dem Zimmer ging, legte sie das rote Tagebuch oben auf die Wäschekommode, wo Robin es gleich entdecken würde. Sie lächelte. Amelia hatte sich immer alle möglichen albernen Kniffe einfallen lassen, um das Tagebuch zu verstecken, so daß Dorothy es jeden Abend an einer anderen Stelle hatte suchen müssen.

Und wenn Dorothy dann in Amelias Tagebuch gelesen hatte, war ihr nie in den Sinn gekommen, daß sie darin herumschnüffelte. Sie hatte immer daran geglaubt, daß eine Mutter sowohl das Recht als auch die Pflicht hatte, über das informiert zu sein, was im Kopf ihres Kindes vor sich ging.

11

Irgendwann nach Mitternacht bekam Mollie endlich einen Mitarbeiter der King-Agentur an den Apparat. Doch der wußte auch nur, daß Woody Bagen mit dem Fall Garr betraut war. Woody wollte sich irgendwo im Großraum San Francisco mit seinem Klienten treffen – falls sie sich bis morgen früh gedulden könne, dann würde man ihre Nachricht für Mr. Garr weitergeben, sobald Woody wieder zurück war.

Um Viertel vor eins versuchte Mollie es ein letztes Mal bei Dorothy und ließ es fünf Minuten lang klingeln. War es möglich, daß Dorothy Robin über Nacht bei irgendwelchen Freunden untergebracht und vorher Marcus darüber informiert hatte? Aber wenn, dann hätte Robin das mit Sicherheit erwähnt. Oder ging es Robin vielleicht körperlich so schlecht, daß man sie in die Notaufnahme eines Krankenhauses hatte bringen müssen? Hatte Dorothy vielleicht...?

Gott, sie drehte allmählich durch, wenn sie nicht aufhörte, sich alle möglichen Dinge auszumalen, sie sollte lieber etwas schlafen.

Und außerdem würden morgen früh ihre momentanen Phantasien ohnehin nur noch graue Theorie sein. Ihre Verabredung mit Robin war um neun Uhr. Sie würde entweder kommen oder anrufen und Mollie erklären, warum sie nicht kommen konnte...

Sie hatte das Gefühl, daß es Morgen war. Die ersten paar Minuten blieb Robin reglos liegen, und dann kam bruchstückhaft die Erinnerung an die Ereignisse der letzten Nacht zurück, an die lange Autofahrt zu Dorothys Cottage. Sie stützte sich auf den Ellbogen ab und schaute sich um. Das ganze Zimmer war in Rosa und Weiß gehalten – die Tapete, die mit allen möglichen Gestalten aus Kinderliedern bedruckt war, hatte ein rosa-weißes Muster, die durchsichtigen, gerüschten Tüllgardinen waren rosa, die Möbel glänzten weißlackiert, auf der hohen Wäschekommode stand eine weiße Lampe in der Gestalt von Schneewittchen, selbst der Webteppich mit den langen Fransen, der auf einem schimmernden Holzfußboden lag, war rosa und weiß.

Das Zimmer eines kleinen Mädchens. Wieso hatte Dorothy ein Zimmer für ein kleines Mädchen eingerichtet? Robin hatte plötzlich einen ganz trockenen Hals. Sie schluckte schwer, versuchte etwas Speichel zu produzieren und stand dann langsam auf, unsicher, ob ihre Beine sie wohl tragen würden. Sie packte einen der Bettpfosten und ging langsam am Schreibtisch vorbei zum Fenster. Es mußte eines der hinteren Fenster sein – sie konnte nur einen länglichen Garten sehen, der in den Wald überging.

Sie kam auch am Schrank vorbei, schaute aber weg, als sie die Mädchenkleider auf den Bügeln hängen und eine schwarze Feldkiste am Boden stehen sah. Schließlich ging sie zu der Kommode, blickte zu der Lampe hoch und entdeckte dabei das Tagebuch – das rote Tagebuch mit dem goldenen Blattornament in der rechten Ecke. Sie starrte das Tagebuch sehr lange an, schlug die Augen nieder und holte tief und seufzend Luft.

Schließlich ging sie wieder zum Bett zurück, wo sie sich auf den Bauch legte und ihr Gesicht in das Kissen, das sie mit beiden Händen fest umklammerte, drückte. Bestimmt würde sie auf der Heimfahrt nach Boston wieder genauso schlafen wie auf dem Weg hierher. Sie mußte rechtzeitig wegen Daddy zu Hause sein, sie mußte Mollie anrufen, um einen neuen Termin mit ihr auszumachen, und sie mußte auch noch mit dieser Physikarbeit für die Schule beginnen. Sie war zwar erst

in drei Wochen abzuliefern, aber sie mußte jetzt endlich damit anfangen.
Sie durfte sich nicht mehr mit Calvin treffen, aber das war auszuhalten – sie war ohnehin viel zu beschäftigt, um mit ihm herumzuziehen. Es gab so vieles zu tun, so vieles... Sollte sie jetzt Dorothy suchen, sie aufwecken und ihr sagen, daß es Zeit zum Fahren war, oder wäre es geschickter und höflicher zu warten, bis Dorothy von selbst aufstand?
Aber warum konnte sie ihre Beine nicht dazu bringen, endlich mit dem Zittern aufzuhören?
Willst du reden?
Jetzt nicht.
Warum nicht?
Zuviel Angst, ich habe viel zuviel Angst...
Wann dann?
Ich weiß nicht, später vielleicht...
Tanze um den Rosenbusch, die Taschen voller Blumen...
Hör auf damit!

Marcus war Punkt acht Uhr im Haus der Familie Lucas. Howard Lucas, der wie Mitte Vierzig aussah, trug einen kurzen Stoppelbart und eine Brille mit dicken Gläsern und Drahtgestell. Er stellte Marcus seiner Frau Georgette vor, deren üppige Rundungen und jugendliche Haut es schwer machten, ihr Alter richtig zu schätzen.
»Ich weiß nicht so recht, wo ich anfangen soll«, sagte Marcus, als er dem Paar gegenübersaß. »Entschuldigungen und Beileidsbezeugungen scheinen mir fehl am Platz.«
Howard nahm ein Foto aus seiner Brieftasche. Als er sich vorbeugte, um es weiterzureichen, konnte Marcus noch den Whiskey in seinem Atem riechen.
»Das ist Amelia«, sagte er. »Ist letztes Jahr aufgenommen worden.«

Marcus schaute sich das Bild an, nickte und gab es zurück. »Ein hübsches Mädchen«, sagte er schließlich. »Offensichtlich waren sie und Robin dicke Freundinnen.«
Schweigen.
»Hören Sie, das, was diesen Sommer passiert ist, war eine Tragödie. Für jeden, der davon betroffen worden ist.«
»Aber Ihre Kleine lebt.«
Marcus nickte. »Ja, und dafür danke ich Gott, doch momentan geht es ihr nicht sehr gut. Sie ist so von Schuldgefühlen zerfressen, daß ihr ganzes Leben davon bestimmt wird. Sie ißt nichts mehr, hat Alpträume... Ich erwarte von ihr ja nicht, daß sie Amelia oder das, was im Camp passiert ist, jemals vergißt, aber das Leben geht nun mal weiter. Meinen Sie nicht auch?«
»Das ist eine schöne Theorie, aber vielleicht können Sie mit Theorien besser leben als ich.« Howard deutete auf Georgette. »Fragen Sie doch sie, dieses Unglück hat fast unsere Ehe ruiniert.«
Marcus nickte. »Es ist noch nicht lange her, da haben meine Frau und ich uns getrennt. Ich schätze, es war schon ein bißchen spät dafür – wenn meine Frau nicht gewesen wäre, hätte Robin vielleicht auch keinen Wodka in die Finger bekommen.«
Howard rieb sich die Hände. »Amelia hat nie Alkohol oder Drogen oder so etwas angerührt, bevor sie Ihre Tochter kennengelernt hat. Sie könnte heute noch am Leben sein...« Er hielt inne, seufzte dann. »Mr. Garr, was genau wollen Sie eigentlich von mir?«
»Robin muß wissen, daß sie an dem Unfall nicht schuld ist, sondern daß es tatsächlich ein Unfall war. Sie muß wieder soweit gebracht werden, daß sie ihr Leben wieder lebt. Sie hat sehr abgenommen, sie hat Angst, ist ständig nervös... Momentan ist sie bei einer Therapeutin in Behandlung. Und

diese Therapeutin dachte sich, daß, falls Sie vielleicht mit ihr reden würden... nun, daß es vielleicht helfen könnte.«

Howard schüttelte den Kopf. »Das könnte ich nicht. Ich wüßte gar nicht, was ich sagen sollte. Es tut mir leid, aber ich glaube, daß ich ihr in Wahrheit doch einen Vorwurf mache. Ich will nicht, daß sie leidet oder so etwas, ich bin nicht der Typ Mann, der sich an einem zwölfjährigen Kind rächen will. Aber sich hinzustellen und einfach so zu sagen: ›He, Kleine, mach dir keine Sorgen, es war nicht deine Schuld...‹« Er zuckte die Achseln. »Nein, das könnte ich nicht, das wäre verlogen.«

Georgette schaute Howard an. »Und warum solltest du das überhaupt tun? Wenn du diesem Kind etwas von seinen Schuldgefühlen abnimmst, dann mußt nur du sie in Zukunft mit dir herumschleppen.«

»Sei still«, sagte Howard. »Das ist nicht deine Sache.«

»Und ob sie das ist. Ich habe es satt, daß du vor lauter Trauer den Heiligen spielst und dabei den Kopf nicht mehr aus dem Whiskeyfaß herausbringst. Sag dem Mann die Wahrheit, du hast dein Kind doch nur – wie oft... ein-, zweimal im Jahr gesehen, höchstens. Das und die Unterhaltszahlungen und ein paar teure Geschenke zu Weihnachten und zum Geburtstag – und Sie sind im Bilde.«

»Das ist eine Lüge! Ich habe sie, sooft ich konnte, besucht. Ich habe immer ihre Briefe beantwortet. Habe alles getan, um ihr ein guter Vater zu sein.«

»Bis auf das Allerwichtigste – du hast sie nicht von dieser Verrückten weggeholt, bei der sie gelebt hat.«

»Was hatte ich denn schon für eine Wahl? Kein Gericht im ganzen Land hätte mir den Vorrang vor Dorie gegeben, und sie hätten auch noch recht gehabt.« Howard schaute Marcus an, der sich bemühte, dem Streit, so gut es ging, zu folgen. »Dorie war die perfekte Mutter – sie hat zumindest alles getan, was man von einer Mutter erwartet.«

Marcus warf einen fragenden Blick auf Georgette. »Sind Sie denn nicht Amelias leibliche Mutter?«

»Nein, ich bin die böse Stiefmutter. Die perfekte Mutter, von der gerade die Rede ist, ist ein Fall für den Nervenarzt.«

»Du weißt das doch gar nicht so genau, das sagst du doch nur, weil du sie nicht leiden kannst«, warf Howard ein. »Sie wußte eine Menge über Kinder, weit mehr als du. Gib's doch zu.«

»Du hast recht, ich konnte sie nie leiden, und ja, sie wußte wirklich mehr als ich über Kindererziehung. Aber ich sehe es doch, wenn ein Kind heillose Angst vor seiner Mutter hat, so wie es bei Amelia der Fall war. Irgendwas war dort gewaltig in Unordnung. Herr im Himmel, du hast ein paar Jahre mit der Frau zusammengelebt, und selbst *dich* hat sie verrückt gemacht, oder nicht?«

»Das war was anderes.« Er schaute Marcus an und seufzte. »Sie war der Typ Frau, der einem Mann die Luft zum Atmen nimmt. Ihre Art, etwas zu tun, war die einzig richtige, und alles mußte ganz genau so gemacht werden. Sie war direkt besessen von dem Haus und war immer hinterher, daß es auch richtig gepflegt war. Aber Sie hätten keine bessere Mutter finden können, die ihrem Kind mehr Liebe und Aufmerksamkeit schenkte. Also, Georgette kann aus lauter Wut sagen, was sie will, aber das ist die Wahrheit, so wahr mir Gott helfe.«

»Sag dem Mann doch, daß sie nie erlaubt hat, daß Amelia hierherkommt und dich besucht«, sagte Georgette. »Warum warst immer du derjenige, der zu ihr hinüberfliegen mußte, und das bei den wenigen Malen, wo du deine Tochter überhaupt zu Gesicht bekommen hast?«

Marcus schaute Howard an, der nur die Schultern zuckte.

»Dorie war der Meinung, daß Georgette keinen guten Einfluß auf Amelia hätte. Sie fluchte ihr zuviel, war ihr zu ungebildet, zu laut, so etwas in der Art. Ich war natürlich nicht ihrer Meinung, aber sie hatte immer nur das Beste für Amelia gewollt.«

»Du meinst wohl, *ihr* Bestes...«

»Hören Sie«, sagte Marcus und hob die Hände, »ich glaube, ich bin drauf und dran, in etwas verwickelt zu werden, was mich absolut nichts angeht. Aber ich muß wissen, ob Sie nicht wenigstens darüber nachdenken werden, mit meiner Tochter zu reden.«

»Tut mir leid, ich würde ihr gern helfen, aber ich kann nicht, beim besten Willen nicht.«

»Mr. Lucas, sie ist doch noch ein Kind, sie hat genau wie ihre Amelia mit dem Alkohol experimentiert. Sie hat das Zeug im vergangenen Sommer zum ersten Mal überhaupt angerührt. *Sie* hätte ebenso diejenige sein können, die...«

»Aber sie war es nicht, oder?«

»Wenn Amelia jetzt hier wäre, würde sie dann nicht...«

»Hören sie auf«, sagte Howard und stand auf. »Es reicht!«

Marcus erhob sich ebenfalls. »Könnten Sie mir dann wenigstens die Adresse von Amelias Mutter geben?«

»Wollen Sie sie an meiner Stelle darum bitten?«

Marcus nickte.

Howard schrieb eine Adresse in Connecticut auf ein Stück Papier und gab es Marcus.

»Sie betet Kinder regelrecht an, vielleicht ist das positiv für sie. Aber als ich damals im Osten war, um alles für die Beerdigung zu regeln... Nun, sagen wir mal, Amelias Tod war mehr als nur ein schwerer Schlag für sie.«

Marcus ging zu Woodys Wagen, der immer noch auf der Straßenseite gegenüber geparkt war. Vielleicht vergeudete er ja nur seine Zeit damit, aber was blieb ihm denn schon anderes übrig, als es bei Dorie Lucas zu versuchen?

Robin, die immer noch wach auf dem Bett lag, richtete sich auf, als Dorothy das Zimmer betrat.

»Ich denke, wir sollten jetzt fahren«, sagte Robin.

Dorothy betrachtete sie mit einem intensiven Blick, beugte sich dann vor und preßte ihre Lippen auf Robins Stirn.
»O Schatz. Es fühlt sich an, als hättest du Fieber, Robin.«
Robin schüttelte den Kopf. »Ich bin ganz in Ordnung. Ehrlich.«
»Nein, das bist du nicht«, sagte Dorothy und ließ langsam ihre Augen über Robins zitternden Körper gleiten. »Du schlotterst ja vor Kälte.« Sie zog die Decke über Robin und ging dann zum Schrank. »Ich bringe dir noch etwas, was dich warmhalten wird.« Sie holte eine rosafarbene Strickdecke aus dem Fach, legte sie sich über den Arm und kam zum Bett zurück. Robin starrte die gehäkelten Rosenknospen auf der Decke an und schüttelte verneinend den Kopf.
»Nein, nicht... Das brauche ich nicht!«
»Unsinn, Schatz. Natürlich brauchst du das.«
»Ich will nach Hause...«
»Ich fürchte, das wird warten müssen, bis es dir wieder bessergeht.«
»Aber mir *geht* es besser. Ich...«
»Hör auf mit diesem kindischen Gejammer, Robin. Hör auf der Stelle damit auf.«
Robin sagte nichts mehr, sondern schluckte schwer.
»Schau dich doch nur an«, sagte Dorothy und deutete auf Robins zitternde Hände. Robin steckte sie hastig unter die Decke. »Du weißt doch genau, was ich von Lügen halte, nicht wahr?«
Schweigen.
»Ich rede mit dir, Robin. Gib mir bitte eine Antwort.«
Schließlich nickte Robin.
»Dann gibst du also zu, daß du dich schlecht fühlst?«
Sosehr Robin es auch haßte, das zugeben zu müssen – auch sich selbst gegenüber –, Dorothy hatte recht. Sie fühlte sich krank – sehr krank. Wieder nickte sie.

»Na gut, dann steht als erster Punkt auf dem Programm, daß wir dich wieder gesund bekommen müssen.«

»Wann...?« sagte Robin, aber der Rest der Frage ging irgendwo in ihrem Inneren verloren. Was keine Rolle spielte, da Dorothy die Frage ohnehin beantwortete.

»Du wirst dann heimfahren, wenn du wieder in Ordnung bist, und keine Minute früher. Daddy würde mir den Kopf abreißen, wenn ich dich nach draußen ließe, obwohl du in einem solchen Zustand bist! Und dann noch mit Fieber, kommt nicht in Frage.«

Bevor sie hinausging, um das Frühstück vorzubereiten, breitete Dorothy die Strickdecke über Robin. Robin starrte auf sie hinab.

Die Rosenknospen, Robin, du kennst diese Rosenknospen.

Nein, kenne ich nicht.

Natürlich tust du das.

Du lügst, du lügst – ätsch! Eunice würde mir niemals eine Decke mit Rosenknospen kaufen. Niemals. Eunice mag große Karos und Streifen und wilde Muster, aber niemals Blumen.

Und, was ist so schlimm an Blumen?

Nichts, nehme ich an, aber Eunice sagt, daß Blumen dazu da sind, um daran zu riechen und sie anzufassen...

Und was ist mit Tätowierungen auf dem Hintern?

Ja, richtig. Außerdem hätte sie nie so ein fades Rosa ausgesucht. Ihr gefällt Purpurrot...

Stimmt nicht, dir gefällt Purpurrot.

Also gut, mir gefällt Purpurrot. Aber sie hat mir immer alles in dieser Farbe gekauft, wo ist da der Unterschied?

Es gibt keinen Unterschied. Aber was ist nun mit den kleinen rosa Knospen?

Ich sagte dir doch, ich weiß nichts über diese blöden Rosenknospen!

In den Staaten der Ostküste war es gerade elf Uhr morgens – Marcus hatte eben das Gespräch mit seiner Sekretärin Shari in Boston beendet –, als Woody ihm Mollies Nachricht brachte.

»Was ist bei Ihnen da drüben los?« fragte Marcus, als Mollie sich meldete. »Man sagte mir, es sei wichtig.«

»Ich mache mir Sorgen um Robin, Marcus. Sie hätte eigentlich heute früh um neun zu mir kommen sollen; inzwischen ist sie schon zwei Stunden überfällig.«

»Vielleicht ist etwas dazwischengekommen. Haben Sie versucht, sich mit Dorothy in Verbindung zu setzen?«

»Das letzte Mal, daß ich mit Dorothy gesprochen habe, war gestern nachmittag gegen Viertel nach vier. Da sagte sie mir, Robin würde gerade schlafen, aber es ginge ihr schon wieder viel besser.«

»Nun, das ist doch eine gute Nachricht.«

»Die Sache ist nur die, daß ich gestern um acht Uhr abends eine Nachricht von Robin auf meinem Anrufbeantworter vorfand. Sie klang deprimiert, müde, sagte, daß sie sich nicht gut fühle. Ich versuchte, sie zu erreichen, aber es war ständig besetzt; schließlich fuhr ich zu ihrem Apartment hinüber. Da war es dann inzwischen elf Uhr abends...«

»Sprechen Sie weiter.«

»Nun, ich läutete, keine Antwort. Schließlich überredete ich den Hausverwalter, mich in Dorothys Apartment zu lassen, um mich selbst davon zu überzeugen, daß alles in Ordnung sei.«

»Und?«

»Es war niemand da, Marcus.«

»Haben Sie es eine Treppe höher versucht? Vielleicht wollte Robin...«

»Ja, aber bei Ihnen war auch niemand in der Wohnung. Ich dachte mir, vielleicht hat Dorothy Robin mit zum Einkaufen oder ins Kino genommen, aber Robin hatte so schläfrig und mitgenommen geklungen...«

»Nun, Dorothy hat ihr am Abend zuvor ein Beruhigungsmittel gegeben, gleich nach dem Zwischenfall mit der Schlange. Sie hielt es für angebracht – und mir schien die Sache harmlos. Trotzdem...«

»Marcus, glauben Sie, daß sie Robin über Nacht irgendwo anders hingebracht haben könnte? Ich meine, hat sie Verwandte oder enge Freunde, die in der Nähe wohnen?«

»Nicht daß ich wüßte. Die einzige Verwandte, die sie jemals erwähnte, war eine Schwester, die sehr jung starb... Aber warten Sie mal – als ich sie kennenlernte, hat sie von einem Cottage auf dem Land erzählt, das ihr zusammen mit ihrem verstorbenen Mann gehörte. Sie sagte zwar nicht, wo es ist, aber es könnte in der Nähe sein. Vielleicht hat sie beschlossen, Robin dorthin zu bringen, um sie abzulenken.«

»Ohne es Ihnen zu sagen?«

»Das glaube ich eigentlich nicht. Aber sie hatte auch keine Möglichkeit, mich zu erreichen. Als ich losfuhr, wußte ich auch noch nicht, wann ich wo sein würde. Und als ich anzurufen versuchte, war ständig besetzt.«

»O ja, das Telefon. Es war nicht besetzt, Marcus, es war ausgehängt.«

Ein paar Sekunden herrschte Schweigen, dann: »Hören Sie, Mollie, ich stimme Ihnen zu, daß das alles sehr merkwürdig ist, aber Dorothy ist einer der verantwortungsvollsten Menschen, die ich kenne. Besonders, wenn es um ein Kind geht. Ich hätte Robin nicht bei ihr gelassen, wenn ich mir dessen nicht sicher gewesen wäre.«

Wieder folgte ein langes Schweigen, dann sagte Mollie: »Da ist noch etwas. Gestern abend habe ich mir die Aufzeichnungen angesehen, die Robin mir über ihre Gefühle gemacht hat. Darin ist von einem Zauberer aus Plastik die Rede, von jemandem oder etwas, vor dem sie eine Todesangst hat. Weder Robin noch mir ist es bisher gelungen, das Symbol zu

entschlüsseln, aber gestern ist mir dabei der Zauberer von Oz eingefallen. Dorothy könnte...«
»Jetzt machen Sie aber mal halblang. Zum einen kann ich nicht glauben, daß ein Mensch – irgendein Mensch, auch ein Kind – vor jemanden Angst haben könnte, ohne es zu wissen. Zum anderen ist es völlig ausgeschlossen, daß Robin vor Dorothy Angst hat. Sicher, die ›Grüß-Gott-Tante‹ – so nennt sie sie manchmal – ist vielleicht nicht gerade jemand, mit dem sie sich anfreunden würde, aber sich Dorothy Cotton als einen Menschen vorzustellen, der anderen Angst einjagt, das ist einfach absurd, Mollie. Nein, nein, im schlimmsten Fall ist diese Frau eine einsame Außenseiterin, die nur gebraucht werden will.«
Was nicht heißen sollte, daß Marcus sich keine Sorgen machte oder daß er nicht sehr wütend war. Dorothy hatte kein Recht, Robin wegzubringen – nirgendwohin –, ohne sich vorher mit ihm abzusprechen. So etwas würde nicht mehr vorkommen, dafür würde er sorgen. Wenn er wieder zu Hause war, würde er sich mit Dorothy zusammensetzen und, so taktvoll, wie es ihm möglich war, der Frau seine Meinung sagen.

Dorothy rieb Robin ab, zog ihr ein frisches Nachthemd an und überredete sie dazu, wenigstens etwas von ihrem Frühstück zu essen, ihre Vitamine zu nehmen und ihre Zähne zu putzen. Unfähig, ihre Aufregung noch länger im Zaum zu halten, kam sie schließlich mit einer kleinen Schachtel an, die in Geschenkpapier gewickelt war, setzte sich aufs Bett und überreichte sie Robin.
»Das ist für dich«, sagte sie lächelnd. »Komm schon, mach es auf.«
Robin schaute auf die Schachtel und löste langsam das rote Band.
»Du bist vielleicht eine Schlafmütze, Robin. Jetzt mach schon, etwas schneller.«

Robin zog das Papier weg und legte den Deckel zur Seite. Drinnen lag ein rotes Tagebuch mit goldenem Blattornament auf dem Einband. Robin schaute zu der Kommode hinüber.

»Richtig, es ist genau dasselbe.« Dorothy nahm einen Kugelschreiber aus der Tasche ihres Kleides und gab ihn Robin. »Und genauso wie es bei dem anderen Buch der Fall war, wirst du diesem hier deine verborgensten und geheimsten Gedanken anvertrauen. Glaub ja nicht, ich wüßte nicht, daß jedes Mädchen solche Gedanken hat. Als ich noch klein war, hatte ich auch ein Tagebuch, aber ich nannte es ein Journal. Und die ganze Schulzeit hindurch war es meine beste Freundin.«

Robin sagte nichts.

Dorothy nahm ihr das Tagebuch aus der Hand und legte es, zusammen mit dem Kugelschreiber und einem winzigen Schlüssel, auf den Nachttisch. Den zweiten Schlüssel ließ sie in ihre Tasche gleiten.

»Ich werde hiersein und warten, wenn du bereit bist, Robin. Und jetzt wünsche ich mir von ganzem Herzen, daß du schon heute mit deiner ersten Eintragung beginnst – ich hoffe, ich werde nicht enttäuscht sein.«

»Was ist mit Mollie?« fragte Robin.

»Was soll mit ihr sein?«

»Kann ich sie anrufen?«

»Selbstverständlich, wenn ich ein Telefon hätte. Aber ich habe keines.«

»Aber Sie sagten doch, wir würden anrufen.«

»O nein, ich hatte hier noch nie ein Telefon, also kann ich so etwas auch nicht gesagt haben. Es wäre doch eine Schande, uns diese himmlische Ruhe und Zurückgezogenheit, die wir hier genießen, durch ein Telefon zu verderben.«

»Aber Sie sagten doch...«

»Nein, da irrst du dich, Schatz. Aber du mußt dir wegen Dr. Striker keine Sorgen machen. Ich bin sicher, daß sie genug Patienten hat, die sie auf Trab halten.«
Dorothy wischte noch kurz über den Boden und staubte die Möbel ab; dann ging sie zur Tür.
»Sobald es dir wieder bessergeht, Robin, werden wir viel Spaß miteinander haben. Du wirst schon sehen. Übrigens, ich möchte, daß auch du deinen Teil zur Hausarbeit beiträgst – Verantwortung zu übernehmen, das ist ein wichtiger Schritt zum Erwachsenwerden. Aber eine Arbeit macht einem nur dann keinen Spaß, wenn man sie nicht mag, wir müssen also dafür sorgen, daß du lernst, Freude aus deinen Pflichten zu ziehen. Und, o ja, bevor ich es noch vergesse...« Sie drehte sich um und schaute Robin ins Gesicht, die Hand gegen den Türrahmen gepreßt. »Amelia hat immer Mama zu mir gesagt. Ich möchte, daß du dasselbe tust.«
Dann ging sie zu ihr, küßte Robin auf die Stirn und verließ das Zimmer.

Sie hat es gesagt!
Sie hat es nicht gesagt!
Du hast doch gehört, wie sie es gesagt hat.
Das war doch nicht sie, Dummerchen, das war doch mein Kopf.
Weißt du nicht, daß ich verrückt bin?
Mollie sagt, daß du es nicht bist.
Mollie hat nicht recht.
Ich weiß, wer der Zauberer ist. Du auch?
Nein, und ich will es auch nicht wissen.
Aber ich werde es dir trotzdem sagen.
Nein, wirst du nicht. Wenn es sein muß, dann halte ich mir beide Ohren zu, drücke ganz fest und fang an, so laut zu singen, daß ich dich übertönen werde!

12

Als Marcus am Logan Airport landete, wählte er erst Dorothys Nummer, dann seine eigene und rief anschließend bei Mollie an.

»Ich bin's, Marcus. Ich bin eben gelandet. Haben Sie etwas Neues erfahren?«

»Nichts, und ich war den ganzen Tag zu Hause.«

»Hören Sie, ich fahre jetzt erst mal in meine Wohnung und rufe Sie von dort aus noch mal an.«

»Nein, treffen wir uns lieber gleich bei Ihnen, einverstanden?«

Als Marcus im Taxi vorfuhr, entdeckte er sofort Mollie, die in Jeans und Blazer bereits vor dem Haus auf ihn wartete. Zusammen fuhren sie nach oben, klopften zuerst an die Tür von Dorothys Apartment und fuhren dann in seine Wohnung hinauf. Dort ging er gleich ans Telefon.

»Die Polizei?« fragte sie.

»Eunice«, erwiderte er. »Sie muß irgendwie in die Sache verwickelt sein.«

»Marcus, ich denke nicht...«

»Wer ist am Apparat?« meldete sich die Stimme.

»Eunice, hast du mit Robin gesprochen?«

Eine Pause, dann: »Sicher. Im vergangenen Monat, im vergangenen Jahr, was hattest du dir denn so vorgestellt?«

»Ich meine, heute. Oder meinetwegen auch gestern.«

»Warte mal 'ne Sekunde, Liebling, warum fragst du mich, warum fragst du deine Tochter nicht selbst?«

»Das würde ich ja, wenn ich könnte, aber sie ist nicht hier. Und irgendwie habe ich so ein Gefühl, als wüßtest du, wo sie ist.«

Eunice lachte. »Soso, unser kleines Mädchen ist also weg und seinem lieben alten Bilderbuch-Daddy davongelaufen, stimmt's?«

»Sie ist nicht davongelaufen. Ich bin gestern nach San Francisco geflogen. Ich habe sie über Nacht bei Dorothy gelassen, und...«

»Bei Do-ro-thy?«

»Ich bitte dich, Eunice, sei endlich ernst oder werde nüchtern, damit man vernünftig mir dir reden kann. Wenn du weißt, wo sie ist...«

»Verdammt, warum fragst du dann nicht diese Dorothy?«

»Weil ich gerade eben erst heimgekommen bin und keine von beiden da ist, deshalb.«

»Nun, vielleicht ist sie mit ihr zum Einkaufen gegangen. Oder vielleicht auch in die Kirche, sie sieht ganz danach aus.«

»Eunice, Robins Therapeutin steht hier neben mir. Laut ihrer Aussage sind Dorothy und Robin seit gestern abend nicht mehr zu Hause gewesen. Sie hat die ganze Zeit über versucht, sie zu erreichen.«

Schweigen, dann: »Marc, willst du damit sagen, was ich mir gerade denke... Daß meine Birdie entführt worden ist?«

»Nicht entführt. Sie wird vermißt. Im Augenblick jedenfalls. Ich dachte mir nur, vielleicht hast du...«

Krachend wurde der Hörer aufgelegt.

Er stand einen Moment reglos da und wandte sich dann zur Tür. Mollie folgte ihm wieder hinunter zu Dorothys Wohnung.

Er holte eine Kreditkarte aus seiner Brieftasche, kniete sich auf den Teppichboden im Korridor und steckte die Karte zwischen Tür und Türstock. Nach ein paar Versuchen gab das Schloß nach, und sie betraten die Wohnung.

Er sah sich um: Die unzähligen Nippesfiguren, die kitschigen Zinnteller, die Rahmen und Bilder und bestickten Kissen, die Kuckucksuhr, selbst die kleinen Spitzendeckchen auf Sofa und Sesseln... alles war verschwunden. Er atmete hörbar ein.

»Was ist, Marcus?«

»Hier sieht es ja aus wie in einem – hier war jede Menge Krimskrams, Antiquitäten, alle möglichen Nippesfiguren.«

»O Gott. Als ich mich gestern abend hier umschaute, da hatte ich so ein Gefühl... Mist, ich hätte etwas sagen sollen.«

Marcus zögerte nicht lange, sondern ging gleich zum Telefon und packte den Hörer. Jetzt rief er wirklich die Polizei an...

Robins Gedanken hatten sich den ganzen Tag im Kreis bewegt. Wie sehr sie sich auch bemühte, an nichts zu denken, es gelang ihr nicht – die eine Seite ihres Kopfes versuchte ständig, die andere zu übertrumpfen und ihr einzureden, daß es schäbig wäre, so neugierig zu sein.

Es ist schäbig, so neugierig zu sein... Wie die Grüß-Gott-Tante, ja genau wie die Grüß-Gott-Tante.

Nenn sie nicht so!

Warum nicht?

Weil ihr Name Mama ist, das hast du doch gehört, oder?

Sicher, natürlich. Was wird sie denn machen, wenn ich sie nicht Mama nenne?

Bete lieber darum, daß du das nie erfährst.

Du bist doch nur eine olle Zimperliese, sonst nichts.

Bin ich nicht!

Bist du doch, bist du doch!

Dorothy kam ins Schlafzimmer, und Robin schlug die Augen auf.

»Müde, mein Schatz?«

Ein Zucken der Schultern.

Dorothy schaute auf das Tagebuch. »Kann ich mal einen Blick hineinwerfen?«

Ein Nicken.

Dorothy öffnete den goldenen Verschluß. »Du mußt darauf achten, daß es immer fest verschlossen ist, Robin. Tagebücher müssen immer abgesperrt sein.« Sie blätterte rasch die Seiten durch, bis sie zum achtundzwanzigsten Oktober kam – die Seite war leer. Sie schaute sich die anderen Seiten an, blätterte auf Seite achtundzwanzig zurück, legte Robin das aufgeschlagene Tagebuch auf den Schoß und drückte ihr einen Kugelschreiber in die Hand.

»Jetzt komm, Robin, tu es für Mama.«

»Ich weiß nicht, was ich schreiben soll.«

»Oh, irgend etwas. Irgendwelche Gefühle, irgendwelche Ideen, die dir einfallen. Du wirst schon sehen, hast du erst einmal angefangen, dann macht es richtig Spaß.«

Robin nahm den Kugelschreiber.

»Nun«, meinte Dorothy lächelnd, »ich weiß, wann es für mich Zeit ist, zu gehen.«

Robin setzte die Spitze des Kugelschreibers auf das Papier.

Tue es nicht! Nein!

Aber ich muß doch.

Du mußt gar nichts machen, was du nicht willst.

Wer sagt das?

Eunice sagt das. Sie hat es dir doch tausendmal gesagt, hast du nicht zugehört? Kein Mensch kann dich dazu zwingen, etwas zu sagen oder zu tun, was du nicht willst. Niemand!

Eunice tauchte eine halbe Stunde, nachdem die Polizei gekommen war, mit verquollenen und geröteten Augen in Dorothys Wohnung auf.

»Du Mistkerl!« schrie sie Marcus an. »Du hast Birdie bei dieser Wahnsinnigen gelassen. Birdie hatte sie genau durchschaut. Wieso warst du nicht so schlau?«

»Hat sie dir das erzählt?«

»Das mußte sie gar nicht. Es hat mir genügt, als ich sah, wie Birdie sie angeschaut hat.«

Marcus saß stumm da und starrte sie an.

»Verdammt, so sag doch etwas!« Sie versetzte ihm einen Stoß und fing dann an, mit den Fäusten auf ihn einzuschlagen. Derry, der stämmige Officer, der neben der Tür stand, kam herbeigeeilt und zerrte Eunice zurück. Als er sie von Marcus weggezogen hatte, ging sie auf ihn los und stieß eine Faust in seinen Magen und die andere in sein Gesicht.

»Autsch, verdammt!«

»Legen Sie sie doch in Handschellen, wenn es sein muß«, meinte Landry, der zweite Polizist, und stellte sich hinter Eunice.

Derry holte seine Handschellen heraus, packte einen von Eunices wild um sich schlagenden Armen und kämpfte um den zweiten, während sie die ganze Zeit über fluchte und schrie.

Mollie lief zu den beiden hin.

»Nicht...lassen Sie das«, sagte sie. »Lassen Sie mich mit ihr reden. Ich bin Ärztin.«

»Schauen Sie sich die doch mal genau an.« Derry verlor die Kontrolle über Eunices rechten Arm und konnte gerade noch die Faust abwehren, die ihn in der Leiste treffen sollte. »Mit so einer redet man doch nicht, so eine sperrt man ein, bis sie gelernt hat, sich zu beherrschen.«

Mollie warf Marcus, der sie ansah, als habe er keine von beiden jemals gesehen, einen hilfesuchenden Blick zu. Dann wandte sie sich wieder an den Officer.

»Wie würde sich denn so etwas in der Zeitung machen?« fragte sie. »Eine Mutter, die außer sich ist, weil ihr Kind vermißt wird, wird in Handschellen abgeführt?«

»Nun, ich...«

Er zog sich aus Eunices Reichweite zurück, während Mollie einen Arm um die Frau legte und sie an sich drückte.

»Gehen wir doch nach oben, Eunice«, flüsterte sie ihr ins Ohr und führte sie zur Tür.

»He, warten Sie«, rief Landry. »Ich müßte sie vielleicht noch sprechen...«
»Oben«, sagte Mollie.

Robin saß da und starrte auf das Tagebuch. Sie mußte schon sehr lange so gesessen haben, denn die Sonne ging bereits unter, und im Zimmer wurde es dunkler. Daddy mußte inzwischen zu Hause sein und wunderte sich bestimmt, wo sie war. Sie wünschte sich, sie könnte ihn anrufen, aber es gab ja kein Telefon. Ging es ihr denn schon wieder besser? Nein, wahrscheinlich nicht...und was wäre, wenn sie nie mehr richtig gesund werden würde, wenn...
Plötzlich war Dorothy neben ihr. Sie nahm das Tagebuch, schaute hinein und legte es auf den Nachttisch.
Sie holte tief Luft und meinte: »Dreh dich um, Robin.«
»Warum?«
»Tu, was ich dir sage.«
Robin rollte sich auf den Bauch. Sie konnte einen kalten Luftzug spüren, als Dorothys Hände vorsichtig ihr Nachthemd über ihre Schultern zogen. Eine von Dorothys Händen entfernte sich von ihrem Rücken, war aber plötzlich wieder da. Robins Körper bäumte sich auf, als etwas Scharfes ihre Haut ritzte. Und ein zweites Mal bäumte er sich auf; sie unterdrückte einen Aufschrei und fing statt dessen an, leise in ihr Kissen zu weinen, als sie hörte, wie Dorothy ruhig zu zählen begann...
Als es vorbei war, setzte Dorothy sie auf und betrachtete ihren blutenden Rücken. Sie nahm ein Taschentuch aus ihrem Kittel und wischte Robin, die die Lippen fest zusammengepreßt hatte, die Tränen von den Wangen.
»Weine nicht, das sind nur kleine Schnitte, du wirst schon sehen, die heilen schnell. Möchtest du, daß ich sie für dich verbinde?«
O Gott.

»Möchtest du das, Robin?«
Sie nickte.
»Würdest du mich dann höflich darum bitten?«
»Verbinden Sie mich, bitte.«
»Und würdest du vielleicht noch meinen Namen benutzen, Robin. Das würde mir große Freude machen.«
Robins Augen bohrten sich in die von Dorothy. Sie zog die Luft ein, und als sie sie wieder ausstieß, fügte sie flüsternd hinzu: »Verbinde mich bitte, Mama.«
Dorothy war bereits wieder mit dem Erste-Hilfe-Kasten zurück, noch ehe Robin begriff, daß sie überhaupt weg gewesen war. Rasch und mit geübter Hand wurden die Schnitte gesäubert, mit einem nichtbrennenden antiseptischen Mittel behandelt und verbunden, und dann sagte Dorothy ihr gute Nacht und küßte sie auf die Wange.
»Wir werden morgen die erste Eintragung in dein Tagebuch machen, was hältst du davon?«
Schweigen.
»Robin?«
Schließlich nickte sie zustimmend. »Kann ich eine von diesen Tabletten bekommen?«
»Du meinst, ein Beruhigungsmittel? Man sollte mit Drogen nicht so leichtfertig umgehen, mein Schatz. Das kann zur Gewohnheit werden, wie du doch sicher weißt.«
»Aber beim letzten Mal, gestern...«
»Manchmal sind Drogen notwendig und manchmal nicht. Und diese Entscheidung kann nur Mama treffen.«
Ich habe dir doch gesagt, was passieren wird, du Großmaul, oder?
Ich hätte nicht gedacht, daß es so schlimm wird.
Was soll das heißen, es würde nicht so schlimm werden? Für Amelia war es noch viel schlimmer, oder?
Da, jetzt hast du es gesagt! Nach all der Zeit habe ich dich endlich dazu gebracht, es zu sagen!

Du bildest dir was ein, ich habe gar nichts gesagt. Außerdem sollte ich mich gar nicht mit dir unterhalten, ich sollte lieber darüber nachdenken, was ich machen kann.
Ich habe bereits darüber nachgedacht.
Und, was ist dir eingefallen?
Ich weiß nicht... Ich versuche mir vorzustellen, was Eunice wohl tun würde.
Nichts – hast du das immer noch nicht kapiert? Eunice hat doch nur eine große Klappe. Wenn ich mich nicht so angestrengt hätte, so wie sie zu sein, dann wäre nichts von allem hier passiert. Auch Amelia wäre nicht gestorben.
Na, immerhin machst du ihr jetzt einen Vorwurf.
Ich mache ihr keinen Vorwurf. Es ist meine Schuld, alles!
Vielleicht ist das der Grund, weshalb du hier bist.
Wenn ich meinen Teil abbekomme, dann wirst du deinen auch noch abbekommen... Okay, Großmaul, fällt dir nichts mehr ein? Hast du jetzt selbst die Hosen voll?
Und wenn es so wäre?
Das Gegenteil wäre mir lieber.
Okay, dann mach dir keine Sorgen, ich habe keine Angst. Und ich werde einen Weg finden, um uns hier rauszuholen, du wirst schon sehen.
Robin schloß die Augen, ihr Rücken tat weh, juckte... Dann, als sei plötzlich in einem dunklen Winkel ihres Kopfes ein helles Licht aufgeflammt, kam ihr die Idee: Wenn sie jetzt ihr Nachthemd auszog, um sich ihren Rücken anzusehen, dann würde endlich etwas zu sehen sein.

Dorothy holte die winzige Nagelschere aus dem Alkoholbad, in das sie sie zum Desinfizieren gelegt hatte, trocknete sie mit einem weichen, sauberen Tuch ab und schob sie wieder in das kompakte Lederetui zurück. Es war dasselbe Werkzeug, das sie auch bei Amelia immer benützt hatte... klein, scharf und jederzeit griffbereit in ihrer Tasche. Das Wichtigste war nur, die Schere immer steril zu halten, um Infektionen zu vermeiden.

Sie hatte versucht, die Bestrafung nüchtern und gelassen durchzuführen, um Robin nicht mehr als nötig aufzuregen, aber die Wahrheit war, daß jedesmal, wenn sie gezwungen war, auf derartige Strafmaßnahmen zurückzugreifen, auch ein kleines bißchen von ihr mit dabei starb. Oft fühlte sie selbst den Schmerz, manchmal noch tagelang, nachdem die eigentliche Wunde längst verheilt war. Aber eine Strafe war eine Strafe – sie mußte sein und entzog sich ihrer Kontrolle.

Sie tat schlicht und einfach das, was sie tun mußte.

Robin war schon fast eingeschlafen, als es wieder anfing.

Willst du jetzt mit mir darüber reden?

Über was?

Über Amelia.

Nein, bin zu müde. Laß mich.

Aber wir müssen.

Ich kann nicht. Ich kann mich nicht erinnern, mir fällt nichts ein...

Was glaubst du wohl, warum ich hier bin – um einen Steptanz an der Zimmerdecke aufzuführen?

Morgen – reden wir morgen darüber, okay?

Jeder Tag zählt, und uns läuft allmählich die Zeit davon. Wie soll ich für uns beide einen Weg aus diesem seltsamen Gefängnis finden, wenn du nicht einmal bereit bist, den Tatsachen ins Auge zu sehen?

Okay, okay... dann los.

Wir haben bereits darüber gesprochen, wie unwahrscheinlich schüchtern Amelia war – daß sie keine Haut zeigte, nicht einmal deinen Bikini tragen wollte. Also, an dem Tag, an dem sie zu ihrem Spind rannte, um sich ihren altmodischen Badeanzug

anzuziehen, da bist du ihr doch mit dem Bikini in der Hand nachgelaufen...
Ich sagte ihr, sie solle aufhören, sich wie eine prüde alte Tante aufzuführen.
Richtig. Und sie erwiderte, das sei nun mal so, sie sei eben so prüde... Und du sagtest ihr, das muß sich ändern – du, die große Robin Garr, würdest ihr zeigen, wie so etwas geht. Und du hast die Tür des Spinds zur Seite geschoben, und...
O Gott!
Fällt es dir wieder ein?
Sag du es!
Sie stand mit dem Rücken zur Tür, aber sie drehte sich blitzschnell um und drückte sich gegen die Wand. Auf der Brust hatte sie ein kleines, erhöhtes Muttermal, dieselbe Art von Muttermal, wie es die Grüß-Gott-Tante auf der Stirn hat. Ihr Gesicht war ganz rot, sie hatte die Arme vor der Brust verkreuzt, und ihre Augen und meine Augen...
Erzähl weiter...
Wir schauten uns einfach an. Dann bat sie mich, es nie jemandem zu sagen, und ich schwor bei Gott, daß ich es nicht tun würde. Amelia machte die Tür zu, und ich stand da und kämpfte gegen den Anblick an, der sich mir bot. Ihr Rücken war übersät mit Hunderten... Hunderten von Brandmalen und kleinen Narben!
Robins Körper wurde von unterdrückten Schluchzern geschüttelt, und sie vergrub ihr Gesicht tief im Kopfkissen. Sie hätte Amelia später danach fragen sollen, hatte es aber nie getan. Sie hätte darüber sprechen sollen, hatte es aber auch nicht getan.
Und... kann ich jetzt schlafen?
Okay, schlaf.

Obwohl die Hysterie sich gelegt hatte, sobald sie Dorothys Wohnung verlassen hatten, weigerte Eunice sich, mit Mollie zu reden, als sie in dem Apartment im Stockwerk darüber waren. Statt dessen ging sie in Robins Schlafzimmer, schloß die Tür hinter sich und setzte sich. Als die Polizeibeamten gegangen waren, kam Marcus nach oben, erledigte einen Anruf und ging dann in Robins Zimmer, um sich mit Eunice zu unterhalten. Aber schon nach ein paar Minuten kam Eunice aus dem Zimmer gerannt und verließ die Wohnung. Marcus ging zum Wohnzimmerfenster und schaute auf die Straße hinaus. Er beobachtete, wie Eunice in ihren Wagen stieg und davonfuhr, und wandte sich dann an Mollie.

»Für die Polizei ist das noch lange keine Entführung«, sagte er.

»Was soll das heißen?«

»Sie sagen, die Umstände würden einen solchen Schluß noch nicht rechtfertigen. Ich habe Robin in Dorothys Obhut gelassen, und ihrer Meinung nach ist Dorothy vielleicht nur übers Wochenende mit ihr weggefahren. In ihrem Schrank, in ihrer Kommode und in den Küchenschränken sind immer noch Kleidungsstücke und Geschirr und Lebensmittel.«

»Und was ist mit den Sachen, die nicht mehr da sind?«

»Das ist noch kein ausreichender Beweis dafür, daß sie tatsächlich ausgezogen ist. Aber auf jeden Fall sind sie bereit, sich näher mit dem Fall zu befassen, falls sie innerhalb von achtundvierzig Stunden immer noch nicht aufgetaucht sein sollte. Dann werden sie wahrscheinlich sogar das FBI einschalten.«

»Und bis dahin?«

»Ich habe eben einen Bekannten im Polizeipräsidium angerufen, Detective Downing. Er tut mir den Gefallen und schaut sich mal im Polizeicomputer um, ob er dort nicht Information über Dorothy finden kann. Sie hat mir erzählt, daß sie als ehrenamtliche Helferin im Beth-Israel-Hospital arbeitet. Downing überprüft auch das.«

»Und was ist mit dem Telefon? Wird es überwacht?«
»Hier geht es nicht um ein Lösegeld, da bin ich sicher. Fast wünschte ich, es wäre so. Aber ich denke, daß Dorothy sich einsam fühlte und unbedingt jemanden wollte, für den sie sorgen kann. Vielleicht hat sie gedacht, wenn sie Robin nimmt...« Er hielt inne und holte tief Luft. »Verdammt, ich weiß kaum etwas über sie!«
Mollie legte ihre Hand auf seinen Arm. »Hören Sie, verschwenden Sie Ihre Energie nicht damit, sich selbst Vorwürfe zu machen. Sie dachten eben, Dorothy hätte einen positiven Einfluß auf Robin.«
»Haben Sie das nicht geglaubt?«
»Nun, manchmal bezweifelte ich das, aber manchmal sah ich in ihr eine Mutterfigur. Mir kam es nur seltsam vor, daß sich ihr Interesse an Robin so schnell entwickelt hat. Aber dann wiederum, schauen Sie nur mich an – ich habe Robin auch erst kurz gekannt, und das, was ich jetzt mache, geht weit über meine Pflicht hinaus.«
»Ich muß unbedingt etwas tun«, sagte er. »Ich kann nicht einfach so bis Montag abend herumsitzen. Vielleicht können die Nachbarn... Dorothy lebte seit ein paar Jahren hier in dem Haus, eigentlich müßten sie etwas wissen, was mich vielleicht auf ihre Spur bringen kann.«
»Gestern abend habe ich mit der Frau gesprochen, die neben Dorothy wohnt. Die ist jetzt seit zwölf Jahren im Haus und kennt sie nicht.«
»Vielleicht sind Sie nur an die falsche Nachbarin geraten. In den letzten Jahren muß sie doch jemanden näher kennengelernt haben.«
Als sie sich anschickten, die Nachbarn zu befragen, meinte Marcus: »Ich muß die ganze Zeit an diese Geschichte mit dem Zauberer denken, von der Sie mir heute morgen erzählt haben, Mollie. Und an die Möglichkeit, daß Robin von einer

Frau verschleppt wurde, vor der sie bereits seit langer Zeit Angst hat. Und dann muß ich mich fragen *warum* – verdammt, warum nur? Hat sie etwas gewußt, was wir nicht wußten?«

Dorothy ließ für Robin ein schwaches Licht auf dem Gang brennen. Ohne die beruhigende Wirkung der Tabletten würden die Alpträume des Kindes wieder zurückkehren, und das wahrscheinlich noch stärker und furchterregender als zuvor. Und Dorothy würde darauf vorbereitet sein müssen, mit ihnen fertig zu werden.

Sie fühlte sich wunderbar, so lebendig wie schon lange nicht mehr, seit Amelia in das Sommercamp abgefahren war. Dorothy hatte von Anfang an so etwas wie Vorahnungen wegen des Camps gehabt. Doch Amelia hatte sie angefleht, ihr geschmeichelt, ihr die schönsten Dinge versprochen und dann diesen Brief an Howard geschrieben, in dem sie um Erlaubnis gebeten hatte, in das Lager fahren zu dürfen. Und Howard, der so sehr Marcus Garr glich, war ja schon immer unfähig gewesen, sich durchzusetzen, wenn es um sein kleines Mädchen ging.

Aber es war dennoch Dorothys Entscheidung gewesen, wie immer, wenn es um Amelia ging. Aus irgendeinem Grund – in einem jener Augenblicke der Schwäche, die so selten waren – hatte Dorothy gegen jedes bessere Wissen gehandelt und nachgegeben. Zwei ganze Monate in Camp Raintree. Man muß sich das nur mal vorstellen: Ein Moment der Schwäche, ein dummer Fehler, und plötzlich ist wieder ein Kind tot. Das war eine Art der Schwäche, die sie, so hatte sie Gott geschworen, nie mehr zulassen würde.

Selbstverständlich war Robin ein ganz anderes Kind. Amelia war bereits von Geburt an bei Dorothy gewesen, unverdorben und wunderschön. Robin kam zu ihr mit einer Unmenge an Ballast, der von ihr genommen werden mußte. Zum Glück war Dorothy die geborene Mutter, die Art von Mutter, die Wunder an einem Kind bewirken konnte. Sie hatte ihre Fähigkeit, ein Kind aufzuziehen, doch bereits an ihrer Tochter unter Beweis gestellt, nicht wahr? Nun, jeder Erwachsene, mit dem Amelia in Kontakt gekommen war, hatte Dorothy gesagt, daß er niemals ein netteres, gehorsameres und besser erzogenes Kind gesehen habe.

Dieses Mal würde die Sache schwieriger werden, eher so, wie es mit ihrer Schwester gewesen war. Sie würde etwas mehr Geduld erfordern, etwas mehr Arbeit, etwas mehr Liebe. Und sosehr sie es auch haßte, darüber nachzudenken, auch eine Menge mehr an Disziplin. Robin hatte nicht einfach nur einen lebhaften, einfallsreichen, nur schwer zu bändigenden Charakter, sondern war überdies ein Kind, an dessen Händen Blut klebte.

Robin hörte die Schreie in ihrem Kopf, spürte Dorothy neben sich, die sie zwang, sich aufzusetzen, und dann einen brennenden Schlag im Gesicht. Ihre Hand griff nach ihrer Wange, sie riß die Augen auf – die Schreie hatten aufgehört.

»Es ist alles in Ordnung, Robin, ich bin's, Mama.«

Schweigen.

»Hast du schlecht geträumt?«

Immer noch Schweigen.

»Gib mir eine Antwort.«

»Ich weiß nicht.«

Dorothy seufzte. »Begreifst du nicht, mein Schatz? Das ist dein schlechtes Gewissen, das dir keine Ruhe läßt. Du hast Amelia umgebracht, und der einzige Weg, wie dir verziehen werden kann, ist durch Strafe. Du mußt immer und immer wieder bestraft werden, bis du deinen Frieden finden kannst.«

Robin schluckte schwer.

»Robin, Schatz, du begreifst doch, daß ich diejenige sein

muß, die dich bestrafen wird? Es ist nicht unbedingt etwas, was ich machen will oder auch noch gern tue, aber in dem Fall bleibt mir keine andere Wahl – ich tue einfach, was getan werden muß.«

Robin fühlte, wie der Kloß in ihrem Hals immer höher stieg und dabei groß und größer wurde...

Plötzlich umarmte Dorothy Robin und drückte sie fest an sich.

»Also, und jetzt will ich, daß du Mamas tapferes kleines Mädchen bist.« Sie hob Robin aus dem Bett, stellte sie auf den Fußboden und führte sie ins Badezimmer. Dort zog sie dem Kind mit einer Hand das Nachthemd aus und drehte mit der anderen Hand den Kaltwasserhahn der Dusche voll auf. Sie öffnete den durchsichtigen Plastikvorhang und schob Robin in die Duschkabine, unter das eiskalte Wasser, wobei sie sie mit einer Hand unter der Dusche festhielt, damit Robin nicht an den Wasserhähnen drehen konnte.

Dorothy blieb vor der Dusche stehen und biß sich heftig auf die Lippen. Robins Schreie hörten nach ein, zwei Minuten auf, und sie kauerte sich auf dem Fliesenboden zusammen, die Knie an die Brust gepreßt. Schließlich drehte Dorothy den Wasserhahn wieder ab, schlang ein Handtuch um Robin und hob sie heraus.

»Komm, Schatz, ich trockne dich ab, bevor du dir noch eine Erkältung holst. Schau dich doch nur an, du zitterst ja.«

Robin sagte kein Wort, als Dorothy sie trockenrieb, ihre Schnitte neu verband, ihr das Nachthemd über den Kopf zog, ihr Haar bürstete und sie anschließend wieder ins Bett zurückbrachte. Schließlich stopfte Dorothy die Decke um sie herum fest, küßte sie auf die Stirn und sagte: »Gute Nacht.«

Gerade als Robin am Einschlafen war, hörte sie, wie ihre Schlafzimmertür wieder aufging; einen Moment später wurde sie wieder geschlossen. Und dann, als sie die Melodie der

Spieldose hörte, formte sich in ihrem Kopf der dazugehörige Text...

Schaukle, mein Kindchen, oben im Baum, bläst der Wind kaum, schaukelt im Baume die Wiege. Doch bricht der Ast unter der Last, fällt runter Kindchen und Wiege –

He, Robin...

Schweigen.

Jetzt komm, sag was, willst du gar nichts sagen?

Immer noch Schweigen.

Jetzt komm schon, sag etwas, irgend etwas Dummes, was dir einfällt.

Ondi, Kondi, isch Kiddi rums, bums. Hallo Timmy, holla Timmy, hilli Timmy, Zack Bumm. Polly witschi Kameo.

Na, wenigstens hast du nicht alles vergessen. Das ist doch eine von diesen schrägen Geschichten, die Eunice sich ausgedacht hatte. Mir ist aber viel zu kalt, um darüber zu lachen.

Mir auch.

Schweigen.

Pst, he, Robin.

Sei still, ich will schlafen...

Nur eine Frage, ich verspreche, nur eine... Wenn ich sie dir nicht stelle, dann kann ich niemals mehr schlafen.

Okay, was?

Ist es so, wenn man wirklich verrückt ist?

13

Marcus versuchte es zuerst in der Wohnung des Hausverwalters, und als er dort niemanden antraf, machte er die Runde bei den Nachbarn. Als er seine fünfte Befragung auf den ersten beiden Stockwerken hinter sich gebracht hatte – nur einer der Nachbarn wußte überhaupt, wer Dorothy war –, fiel ihm Robins Freund, Calvin, ein.

Er ging nach draußen; um elf Uhr an einem Samstag abend dürften doch wohl ein paar Jugendliche unterwegs sein. Er entdeckte zwei Teenager in der kleinen Gasse hinter dem Wohnblock, die an einer Mülltonne lehnten und Bier tranken.

»Kennt einer von euch beiden einen Jungen, der hier in der Nähe wohnt und Calvin heißt? Er dürfte so zwölf oder dreizehn sein, geht in die achte Klasse?«

»Wer will das denn wissen?« fragte der eine von den beiden, der eine Brille trug.

Marcus holte eine Zwanzigdollarnote aus der Tasche und hielt sie ihm unter die Nase. »Ich. Hört mal, ich will euch keinen Ärger machen, ich muß ihm nur ein paar Fragen stellen.«

Die beiden Jungen tauschten einen Blick aus, und dann deutete einer auf den Block neben Marcus.

»Wenn ich den richtigen meine, dann wohnt er dort drüben. Sein Alter sitzt.«

Marcus nickte. »Sonst noch was – Familienname, Apartmentnummer?«

Der Junge zuckte die Schultern. »Die Nummer weiß ich nicht, aber er heißt Sheperd mit Nachnamen.«

Marcus gab ihm die zwanzig Dollar und ging zu Calvins Haus. Als er den Namen Sheperd im dritten Stock entdeckte, läutete er dort. Eine Frauenstimme meldete sich über die Sprechanlage.

»Ich bin Marcus Garr, ein Nachbar«, sagte er. »Ich würde gern mit Calvin Sheperd sprechen.«

»Was wollen Sie von ihm?«

»Ich muß ihm nur ein paar Fragen stellen. Er ist mit meiner Tochter Robin befreundet. Es ist sehr wichtig, sie wird vermißt.«

Es folgte eine lange Pause, dann surrte der Türöffner und Marcus ging ins Haus. Er nahm den Lift bis zum dritten Stock, und als er ausstieg, sah er sich einer hageren Frau mit blasser Haut gegenüber, die ihn von der Wohnungstür aus mißtrauisch musterte.

»Ich bin Calvins Mutter«, sagte sie. »und er ist den ganzen Abend über hiergewesen. Wenn Sie also vorhaben...«

»Halt, langsam. Ich werfe ihm ja gar nichts vor. Ich muß nur mit ihm sprechen.«

Sie nickte und führte ihn in die Küche, wo Calvin bereits wartete.

»Calvin, ich bin Robins Vater. Sie wird vermißt – könntest du mir ein paar Fragen beantworten?«

»Klar.«

»Wann hast du sie das letzte Mal gesehen?«

»Sie meinen, mit ihr gesprochen?«

»Das ist mir ganz egal.«

»Nun, ich war am Donnerstag gleich nach der Schule bei Ihnen in der Wohnung. Seit dem Tag habe ich sie nicht mehr gesehen. Ich habe gestern nachmittag mal an der Tür geläutet, weil ich wissen wollte, ob sie runterkommt, aber es hat sich niemand gemeldet.«

»Kennst du Dorothy Cotton?«

»Die? Na, und ob ich die kenne.«

»Du sagst das so, als würdest du sie nicht gerade mögen.«

»Nun, ich mag einfach nicht, wie sie dauernd um Robin herumscharwenzelt.«
»Was meinst du mit ›herumscharwenzelt‹?«
»Daß sie eben dauern in ihrer Nähe ist. Sie wartet nach der Schule sogar vor der Tür auf sie, damit Robin auch sofort nach Hause geht.«
»Sagt Dorothy zu Robin, daß sie ins Haus gehen soll?«
»Nicht direkt, das muß sie ihr gar nicht extra sagen. Es reicht schon, wenn sie einfach da ist und sie anschaut.«
»Vielleicht geht Robin ja nach Hause, weil sie es so will.«
»Vielleicht. Aber das sieht mir gar nicht danach aus.«
Einen Augenblick herrschte Schweigen, dann: »Was weißt du denn sonst noch über Dorothy?«
Calvin zuckte mit den Achseln. »Nicht viel, so lange wohnt sie ja auch noch nicht hier.«
»Sie wohnt doch schon seit zwei oder drei Jahren in dem Haus.«
»Nein, niemals. Das ist noch gar nicht so lange her, daß ich gesehen habe, wie sie eingezogen ist.«
Marcus starrte Calvin an. »Wie lange?«
»Sie ist kurz vor Ihnen eingezogen.«
»Wie kurz vorher?«
»Eine Woche, vielleicht etwas länger.«
»Bist du dir da ganz sicher?«
»Klar. Ich habe doch gesehen, wie die Männer ihre Sachen hineingetragen haben.«
»Hast du auch den Möbelwagen gesehen?«
»Auch.«
»Stand da irgendein Name drauf?«
»Wenn, dann habe ich ihn von meinem Fenster aus nicht erkennen können. Der Lastwagen war mehr an der Ecke geparkt.«
»Kannst du den Lastwagen beschreiben?«

»Da ist nicht viel zu beschreiben. Er sah eben aus wie ein ganz normaler Möbelwagen. Er war blau.«

»Denk mal nach. Waren da irgendwelche Buchstaben, Zeichen oder Markierungen? Irgend etwas?«

Calvin überlegte eine Minute, schüttelte dann aber den Kopf. »Tut mir leid.«

»Welche Farbe hatten die Nummernschilder? Das vordere und das hintere, beide?«

Wieder schüttelte er den Kopf.

»Okay, okay. Hast du Dorothy vielleicht mal irgendwo anders als hier in der Gegend gesehen? Ich meine, in einem Lebensmittelgeschäft, in einer Arztpraxis, einer Kirche, einer Bibliothek, in der Wohnung eines Nachbarn, irgendwo?«

»Sie ist immer nur hier in der Nähe herumgelaufen, das war alles. Wenn ich sie sah, dann war sie meistens hinter Robin her.«

»Hast du mal gesehen, wie sie mit jemandem, einem Nachbarn vielleicht, gesprochen hat?«

»Nie. Oh, doch, einmal, da hat sie zu einem kleinen Kind gesagt, es soll von der Straße runtergehen.«

»Wann hast du Dorothy denn zum letzten Mal gesehen?«

»Gestern nachmittag. Sie war draußen im Hof und hat ihren Wagen bepackt.«

»Was für einen...«

»Einen Chevrolet Kombi, dunkelblau. Ich weiß das genaue Modell nicht, aber ich würde sagen, es ist Baujahr 86 oder 87.«

»Was ist mit dem Nummernschild?«

»Tut mir leid, darauf habe ich nicht geachtet.«

»Versuch dich zu erinnern, vielleicht fällt dir ja die Farbe ein. War es ein Nummernschild aus Massachusetts?«

»Ich weiß nicht, aber...«

»Aber was, Calvin?«

»Mir fällt die Farbe nicht ein – ich würde es Ihnen ja sagen. Aber gestern war der Wagen so geparkt, daß ich ihn direkt von vorn gesehen habe. Und ich hätte schwören können, daß er das Nummernschild vorn hatte, daß er also nicht aus Massachusetts war.«
»Gut. Was ist mit irgendwelchen Aufklebern? Aufschriften?«
Er schüttelte den Kopf.
Marcus holte tief Luft. »Du sagtest, du hast gesehen, daß Dorothy am Einpacken war. Was genau meinst du damit?«
»Na ja, packen eben. Sie hat Schachteln hinten in den Kombi hineingestellt.«
»Hast du sie aus dem Hof wegfahren sehen?«
»Nein. Ich habe so gegen halb sechs, sechs Uhr aufgehört, aus dem Fenster zu schauen. Seitdem habe ich nicht mehr hinübergeschaut... Mr. Garr, hat Dorothy Robin entführt?«
Marcus schluckte schwer. »Es sieht fast so aus.«
»Himmel, Scheiße, ich wußte doch, daß bei der Dame eine Schraube locker ist.«
»Tatsächlich?«
»Klar, das hat doch jeder gesehen. So wie die sich ständig an Robin gehängt hat. Und dabei kannte sie sie doch kaum.«
Klar, jeder... jeder außer ihm. Er holte tief Luft und fuhr dann fort: »Sag mal, Calvin, du scheinst mir ein recht aufgeweckter Junge zu sein...«
»Was soll das heißen?«
»Es bedeutet, daß dir bestimmte Dinge bei Menschen auffallen. Würdest du sagen, daß Robin vor Dorothy Angst hatte?«
»Sie hat zwar gesagt, daß sie keine hat, aber ich habe ihr das nicht geglaubt.«
»Wie bist du auf diese Idee gekommen?«
»Ich weiß nicht, vielleicht weil ich eben so bin, wie Sie gesagt haben... Aber immer, wenn Dorothy in der Nähe war, dann war Robin total nervös. Und die meiste Zeit war sie ganz brav

und unterwürfig. Das wäre mir wahrscheinlich gar nicht aufgefallen, wenn es sich nicht um Robin gehandelt hätte.«

»Wieso?«

»Weil Robin Mut hatte, sie ist nicht wie die meisten Mädchen. Ich muß es ja wissen, sie hat mich schließlich verprügelt. Aber wenn sie mit Dorothy zusammen war, dann war sie ganz anders. Obwohl sie die letzte Runde gegen diese Dame gewonnen hat.«

»Welche letzte Runde?«

»Na, Robin wußte eben, daß Dorothy total sauer war, wenn sie mit mir zusammen war oder mich mit in die Wohnung nahm, aber sie hat es trotzdem getan.«

»Hat Dorothy irgend etwas gesagt, um Robin davon abzuhalten, dich mit nach Hause zu nehmen?«

»Sie haben es immer noch nicht ganz begriffen, Mr. Garr. Dorothy mußte gar nichts sagen, sie brauchte Robin nur anzuschauen. Ich konnte sehen, daß es Robin viel Mut kostete, ihr zu widersprechen.«

Nachdem Marcus sich bei Calvin bedankt hatte, begleitete ihn Mrs. Sheperd, die die ganze Zeit über nichts gesagt hatte, noch bis zur Tür.

»Hören Sie, ich habe mich vorher nicht eingemischt«, sagte sie, »aber alles, was mein Junge über diese Dame gesagt hat, stimmt.«

»Warum? Kennen Sie sie?«

»Ich habe sie einmal getroffen. Sie ist zu mir gekommen, um mit mir über Ihre Tochter zu sprechen.«

»Ich verstehe nicht ganz.«

»Ich habe Calvin nie etwas davon erzählt, aber vor ein paar Wochen ist sie bei mir aufgetaucht und besaß die Frechheit, mir zu sagen, daß ich meinen Jungen von Robin fernhalten soll. Ich habe sie gefragt, warum – ich dachte mir, vielleicht macht er irgendwelchen Ärger. Aber nein, das war es nicht. Sie sagte, und ich zitiere sie wörtlich: ›Ich werde es nicht zulassen, daß sich meine Robin mit einem solchen Nichtsnutz, wie Ihr Sohn einer ist, abgibt.‹ Ist das zu fassen? Die Kleine ist nicht einmal ihr eigenes Kind, und sie versucht anderen zu sagen, was sie tun sollen.«

Als Marcus wieder in seiner Wohnung war, rief er Downing an.

»Bis jetzt hat unser Computer noch nichts über die Dame ausgespuckt, nicht einmal eine Fahrerlaubnis.«

»Und was ist mit ihrer ehrenamtlichen Arbeit im Beth-Israel-Hospital?«

»Ihr Name steht nicht auf der Liste, aber man sagte mir, ich solle es morgen noch mal versuchen, wenn der Personalchef wieder da ist.«

»Ich habe mich inzwischen mal bei den Nachbarn umgehört. Es sieht so aus, als hätte Dorothy Cottons Wagen zwei Nummernschilder.«

»Das hilft uns nicht viel weiter. Gut, der Wagen ist vielleicht nicht in Massachusetts registriert. Aber es ist auch fast der einzige Staat, der noch übrig ist, der nur ein Nummernschild ausgibt. Solange Sie mir keine Autonummer sagen können oder wenigstens einen Teil davon...«

Mollie kam, als Marcus eben wieder aufgelegt hatte, nachdem er vergeblich versucht hatte, Eunice anzurufen.

»Ich habe mit zwei Nachbarn gesprochen, die sich daran erinnern, sie im Aufzug gesehen zu haben, Marcus. Aber das ist schon alles. Es ergibt einfach keinen Sinn...«

»Doch, das tut es schon. Calvin, dieser Freund von Robin, hat mir erzählt, daß Dorothy erst vor sieben Wochen, nicht lange vor uns, hier eingezogen ist.«

Mollie hielt überrascht die Luft an. Marcus ging zum Garderobenschrank, öffnete ihn und suchte so lange, bis er eine mit

Flanell gefütterte Jeansjacke fand, die er vom Kleiderbügel nahm. »Das ist Robins Jacke«, sagte er und betrachtete sie.
»Aber sie hat doch noch andere, oder?«
»Sicher. Aber die hier hat sie eigentlich immer an.«

Eunice wurde zweimal wegen Geschwindigkeitsüberschreitung aufgeschrieben, bevor sie an einer schäbigen Bar anhielt, wo sie sich zwei doppelte Scotch bestellte. Sie hatte ganz fürchterlich versagt und nichts getan, um auf ihre Birdie aufzupassen, aber Marc war auch nicht viel besser gewesen. Und alles hatte mit diesem zweifelhaften Sommercamp angefangen...
Jetzt, da sie genügend Alkohol, der die Panik aus ihrem Kopf fernhielt, in ihren Adern zirkulieren hatte, konnte sie sich mit ihrem ersten größeren Fehler auseinandersetzen – daß sie nämlich zugelassen hatte, daß Marc Birdie ein weiteres Mal für einen Sommer voller Spiele und Spaß in dieses Camp schickte. Aber wenn Birdie wirklich nicht hatte fahren wollen, warum hatte sie dann nicht das ganze verdammte Haus zusammengeschrien? Hatte Eunice nicht ständig versucht, ihr beizubringen, sich durchzusetzen und ihre eigenen Entscheidungen zu treffen?
Das kannst du dir sparen, Eunice, die Diskussion ist hinfällig: Jetzt trifft ohnehin irgend so eine altjüngferliche Irre, als hilfsbereite Nachbarin verkleidet, die Entscheidungen für sie. Sie hat sich einfach an Birdie herangemacht, sie eingepackt und mitgenommen. Aber für wie lange – ein Wochenende, eine Woche, einen Monat, ein Jahr? Vielleicht für immer.
Als Eunice ihren vierten Whisky trank, setzte sich ein dunkelhaariger Mann mit Schnurrbart neben sie. Er deutete auf das fast leere Glas.
»Soll ich Ihnen noch einen kaufen, schöne Frau?«
Schweigen.

»Was trinken Sie, Scotch?« Er winkte dem Barmann, bestellte zwei Scotch und schob ein Glas vor sie hin. »Jetzt kommen Sie, seien Sie nicht so unfreundlich. Ich heiße Carlo, und Sie?«

»Verpiß dich.«

Er lachte. »Na gut, Sie scheinen ja Humor zu haben – das gefällt mir an einer Frau. Wie kommt es eigentlich, daß ich Sie hier noch nie gesehen habe? Sind Sie neu in dem Viertel?«

»Verpiß dich«, wiederholte sie.

Wieder lachte er. »Na, wie wär's mit 'ner kleinen Nummer, das wär doch was, hmmm?« Er wartete, aber als sie nichts erwiderte, meinte er: »Wir können zu mir. Ich wohne hier ganz in der Nähe.«

Sie schaute zu ihm auf. »Und?«

Er lächelte, holte seine Brieftasche heraus und warf ein paar Scheine auf die Theke. Als er die Brieftasche wieder zurücksteckte, hob Eunice ihr Glas und goß den Whisky über seinen Schoß.

Er sprang auf die Beine und packte eine Serviette. »Du miese Schlampe, du!« schrie er, aber Eunice war bereits zur Tür hinaus.

Sie stolperte bis zur Mitte des Parkplatzes, warf ihre Tasche zu Boden, hielt beide Hände wie einen Trichter vor den Mund und fing zu schreien an: »Komm raus, komm raus, wo immer du auch steckst! Hörst du mich, Birdie? Ich bin's, Eunice, und jetzt Schluß mit dem Unsinn, ich will, daß du auf der Stelle heimkommst!«

Die letzte Dreiviertelstunde hatte Dorothy in dem hochlehnigen Stuhl neben Robins Bett verbracht und sie dabei beobachtet, wie sie sich im Schlaf hin- und hergeworfen hatte. Die Alpträume waren schlimm, aber noch nicht schlimm genug, um sie aufzuwecken. Es würde noch dauern, bis die Alpträume wieder vergehen würden, aber sie hatte eine Engelsgeduld.

Und obwohl Robin noch nicht viel über Geduld wußte, Dorothy würde es ihr schon beibringen.
Sie streckte die Hand aus und strich über Robins Haar. Sie hatte es immer gemocht, wenn kleine Mädchen ihr Haar kurz und sauber geschnitten trugen, aber die meisten jungen Mädchen trugen ihr Haar lieber lang oder nachlässig hochgesteckt, um den Jungen zu gefallen. Aufgrund von Amelias Briefen und ihrem sonstigen Wissen über sie hatte sie sich Robin auch so vorgestellt. Daß sie das Haar kurz trug, war eine echte Überraschung für sie gewesen.
Auch die Tatsache, daß Robin jetzt bei ihr war, erschien ihr immer noch wie ein Wunder. Obwohl Dorothy sich auf diesen Augenblick vorbereitet hatte, hatte sie doch nicht angenommen, daß er so bald kommen würde. Wo sie zusammen leben würden, hatte für sie nie in Frage gestanden – was gab es denn für einen besseren Ort als den, an dem Amelia und Robin das letzte Mal miteinander gespielt hatten? Aber zuerst mußte sie noch an ihrer emotionalen Verbindung zu Robin arbeiten – mit einem zwölfjährigen Mädchen war das nicht immer leicht. Doch in dem Augenblick, in dem Dorothy sie zum ersten Mal getroffen hatte, hatte sie ein verzweifeltes Bedürfnis in dem Kind erahnt; und obwohl es nicht Robin gewesen war, die die Hand nach ihr ausgestreckt hatte, so hatte sie sie doch bereitwillig und wie eine Ertrinkende ergriffen, als Dorothy die ihre nach ihr ausstreckte.
Und am Ertrinken war sie auch gewesen. Wenn Dorothy Robins häusliche Situation durch die Ereignisse im Sommerlager nicht bereits gekannt hätte, so hätte sie sie spätestens in dem Moment begriffen, als sie Eunice kennenlernte. Marcus tat ja sein Bestes, aber schließlich war er nur ein Mann, und das Beste eines Mannes war hier nicht gut genug – so daß nur noch sie, Dorothy, übrigblieb.
Dorothy beugte sich über Robin, zog sanft den Rückenaus-

schnitt des Nachthemdes über die Schultern und hob den Verband an. Die Verletzungen heilten schon recht schön ab. Als sie den Verband wieder befestigte, fing Robin an, mit den Armen zu rudern. Dorothy packte sie, hielt sie seitlich an den Körper des Kindes gepreßt und wartete, bis es sich wieder beruhigte.

Robin mußte natürlich nicht extra gesagt werden, daß Mama da war und auf sie aufpaßte, während sie schlief. Kinder hatten ein ganz besonderes Gespür für solche Dinge.

Marcus saß gedankenverloren vor einer Tasse mit lauwarmem Tee. Das Telefon hatte nicht geläutet, aber das hatte er auch nicht erwartet. Er hatte sich in vielen Punkten in Dorothy getäuscht, aber trotzdem war er davon überzeugt, daß sie nicht an Geld interessiert war. Was sie interessierte, das war Robin. Er hatte es von vornherein gewußt, hatte auch noch dabei zugesehen – aber warum war ihm nie der Gedanke gekommen, ihr Interesse an dem Kind könne nicht ganz normal sein?

Doch die Frage, die ihn wirklich am vordringlichsten beschäftigte, war die, warum sie ihn über die Dauer ihres Mietverhältnisses in dem Haus angelogen hatte. Was hatte sie denn schon von dieser Lüge, außer daß er nicht wußte, wann sie eingezogen war? Hunderte Male hatte er sich diese Frage durch den Kopf gehen lassen, und ihm war nur eine einzige Antwort darauf eingefallen: Ihr Einzug in das Haus war geplant gewesen, um in Robins Nähe zu sein.

Aber wenn Dorothy Robin bereits vor ihrem Einzug gekannt hatte, dann hätte Robin sie doch sicher auch wiedererkannt. Und außerdem – falls seine Überlegungen stimmten –, woher hatte diese Fremde wissen können, daß er und Robin von Andover nach Boston umziehen würden?

Er schaute zu Mollie hinüber, die ihm gegenüber saß und in ihre eigenen Gedanken vertieft war.

»Wissen Sie, was mich am meisten verwundert?« fragte er.

»Wahrscheinlich das, was auch mir am meisten zu schaffen macht. War es ein Zufall, daß Dorothy Cotton nur ein paar Tage vor Ihnen hier eingezogen ist? Und wenn, warum hat sie Sie dann angelogen?«

Er nickte. »Also sind meine Gedankengänge doch nicht so abwegig.«

»Wenn es die Ihren sind, dann sind es die meinen auch. Könnte der Umzug mit voller Absicht durchgeführt worden sein, Marcus?«

»Das muß so sein. Aber warum? Wie?« Er streckte den Arm aus, holte das Telefon von der Küchentheke und stellte es auf den Tisch.

»Ist Ihnen etwas eingefallen, Marcus?«

Er fing an zu wählen. »Ich weiß nicht, warum, aber zu dem ›Wie‹ ist mir eine Idee gekommen.«

»Wen rufen Sie an?«

»Meine Sek – Shari, hier ist Marcus.«

»Marcus, wissen Sie, wie spät es ist?«

»Ich muß Ihnen dringend ein paar Fragen stellen.«

»Konnten die nicht bis Montag warten?«

»Das ist ein Ernstfall, Shari. Robin wird vermißt.«

»O mein Gott, was ist passiert?«

»Das weiß ich nicht genau, aber Sie können mir vielleicht helfen, das herauszufinden. Bevor wir hier einzogen, hat sich da irgend jemand nach meiner neuen Adresse erkundigt?«

Eine lange Pause. »Nein, niemand. Selbst wenn, dann hätte ich die Adresse nicht ohne Ihr Okay weitergegeben.«

Marcus seufzte. »Trotzdem vielen Dank, Shari. Ich schätze, ich...«

»Warten Sie, Marcus.«

»Was?«

»Da war ein Anruf – der war etwas merkwürdig. Eine Frau sagte, sie sei Anwältin und habe gerüchteweise gehört, daß Sie eben eine schöne Wohnung gemietet hätten. Dann hat sie mir erzählt, wie schwer es sei, in Boston eine passende Wohnung zu finden und fragte mich schließlich nach dem Namen des Maklers, der Ihnen das Apartment vermittelt hat. Ich habe ihn ihr gegeben.«

»Ist das alles?«

»Das ist alles. Hätte ich lieber meinen Mund halten sollen?«

»Wahrscheinlich. Aber das haben Sie ja nicht wissen können. Trotzdem, nochmals vielen Dank.«

Marcus legte auf und erzählte Mollie, was Shari gesagt hatte. »So ist Dorothy also an die Adresse gekommen«, beendete er seinen Bericht. »Aber das erklärt immer noch nicht, woher sie wußte, daß ich überhaupt nach Boston ziehen würde.«

»Eunice wußte, daß Sie umziehen würden«, sagte Mollie. »Robin wußte es, und Sie wußten es. Sie haben es bestimmt Freunden, Geschäftspartnern gegenüber erwähnt. Die Frage ist nur, wer von all den Leuten, die Sie kennen, es Dorothy erzählt haben kann.«

»Und da wären wir wieder bei der Frage Nummer eins: Warum? Sie hat einmal erwähnt, daß Robin sie an ihre kleine Schwester erinnert. Aber diese Schwester ist vor Jahren gestorben, als Dorothy noch ein Kind war.«

Plötzlich stand Marcus auf und rannte ins Badezimmer. Er schob die Vorhänge zur Seite, öffnete das Fenster und holte ein paarmal tief Luft. Er schaute auf die Straße hinunter – ein paar Jungen standen zusammen, einer versetzte einer Bierdose einen Tritt, die ein fahrendes Auto traf. Der Wagen fuhr schneller, die Reifen quietschten, als er davonbrauste, die Jungen grölten.

Ein Samstag abend in Boston...

14

Robin war bereits wach, noch ehe die Sonne aufging. Sie saß auf dem Bett, und ihre Augen wanderten von dem neuen roten Tagebuch, das neben ihr lag, zu dem alten Tagebuch auf der Kommode.

Nur zu, schau's dir an.

Nein, ich will nicht.

Warum nicht?

Man schnüffelt nun mal nicht in den Tagebüchern anderer Leute herum, deshalb. Das ist unzivilisiert.

Etwas, was du natürlich nie machen würdest, oder...?

Was soll das denn heißen?

Willst du es wirklich wissen?

Am liebsten würde ich jetzt im Frühzug nach Boston sitzen, aber da das nicht möglich ist, kann ich mir ebensogut anhören, was du zu sagen hast. Also, fang an.

Weißt du noch, wie Amelia jeden Abend im Camp etwas in ihr Tagebuch schrieb, genauso, wie sie jeden Abend vor dem Schlafengehen einen Brief nach Hause schickte?

Sicher. Ich sagte noch, sie müsse ja eine sehr enge Bindung zu ihrer Mutter haben. Und sie erwiderte darauf, daß sie großen Ärger bekäme, wenn sie nicht schriebe.

Ihre olle Mama wollte alles haargenau wissen, jede Kleinigkeit, die sie unternahm. Und wenn Mama den Verdacht gehabt hätte, daß sie ihr nicht alles schrieb, dann wäre sie postwendend aus dem Camp geholt worden. Oder es wäre vielleicht noch Schlimmeres passiert. Also, kannst du dich noch an die Nacht erinnern, in der Amelia so laut mit den Zähnen knirschte, daß du nicht schlafen konntest? Du hast zu ihr hinübergegriffen, um sie wachzurütteln, hast aber statt dessen das Tagebuch aus seinem Versteck unter ihrem Kopfkissen geworfen. Du hast dich von deiner Pritsche auf den Boden rollen lassen, um das Tagebuch aufzuheben. Kommt dir das irgendwie bekannt vor?

Doch. Da waren lose Seiten, und ich wunderte mich noch, wie sie hatten herausfallen können… Hatte sie sie absichtlich herausgerissen? Ich überprüfte das Datum, das in der oberen Ecke auf dem ersten Blatt stand, und schlug das Tagebuch auf, um sie wieder zurückzulegen. Aber unter demselben Datum stand bereits eine Eintragung…

Und so hast du die lose Seite gelesen, die sich auf den zweiten Juli, euren ersten Tag im Camp, bezog.

Das waren die eigentlichen Aufzeichnungen. Die Seiten im Tagebuch waren von A bis Z für Amelias Mutter erfunden.

Richtig. Nur für Mama. Aber dann…

»Die Sonne scheint! Raus mit dir!«

Robin schreckte hoch und sah, daß Dorothy ein komplettes Frühstückstablett, auf dem in einer weißen Vase zum Schmuck eine gelbe Rose stand, hereintrug.

»Ich hoffe, du hast Hunger, Schatz.« Sie stellte das Tablett Robin auf den Schoß. »Ich habe dir Blaubeerpfannkuchen gemacht.«

Robin haßte Blaubeeren, nickte aber.

»Ich werde jetzt langsam bis drei zählen… Und bis dahin hoffe ich, einen hübschen Gutenmorgengruß zu hören.«

Tu es nicht…

Halt den Mund! Bist du nicht ganz dicht? Siehst du denn nicht, daß ich muß?

Robin holte tief und heftig Luft, und noch ehe Dorothy bei drei angelangt war, sagte sie: »Guten Morgen, Mama.« Und als sie ihre Vitamine zusammen mit dem Orangensaft hinunterschluckte, versuchte sie bereits, sich etwas Akzeptables für ihr Tagebuch einfallen zu lassen.

Marcus, der im Wohnzimmersessel eingeschlafen war, schreckte gegen sechs Uhr morgens hoch. Er sah zu Mollie hinüber, die unter der Decke, mit der er sie zugedeckt hatte, noch auf dem Sofa zusammengerollt schlief; leise verließ er die Wohnung und ging nach unten.

Er hämmerte bereits mehrere Minuten an die Tür, ehe der Hausverwalter ihm endlich öffnete. Der große Mann kratzte sich am Hinterkopf und sagte dann: »Apartment zweiundzwanzig, Garr. Richtig?«

»Richtig. Hören Sie, ich brauche eine Auskunft über eine Mieterin dieses Hauses. Dorothy Cotton.«

Er schaute auf seine Uhr. »Aber Mr. Garr, es is ja noch fast dunkel. Hat das nicht noch Zeit?«

»Sie steht unter dem Verdacht, ein Verbrechen begangen zu haben.«

Ein Seufzer, dann: »Okay, was wollen Sie denn wissen?«

»Als ersten Punkt, wann ist sie hier eingezogen?«

»Ich kann mich an das Datum nicht mehr erinnern, aber so ungefähr 'ne Woche vor Ihnen.«

»Sie hatte sich aber bereits vorher angemeldet?«

»Klar, so sind doch die Bestimmungen. Das macht doch jeder.«

»Gut. Ich würde gern die Unterlagen darüber sehen.«

»He, die kann ich Ihnen nicht zeigen. Das Zeug ist doch persönlich.«

»Freitag abend ist meine Tochter verschwunden. Ich habe guten Grund zu der Annahme, daß sie bei Mrs. Cotton ist.«

»Himmel. Wann haben Sie das denn rausgekriegt?«

»Gestern abend. Da habe ich schon versucht, Sie zu erreichen.«

»Ich war nicht da. He, hat das irgendwas mit der Frau Doktor zu tun, die sich vorgestern von mir Mrs. Cottons Wohnung hat aufsperren lassen?«

»So ist es. Zeigen Sie mir jetzt die Anmeldung?«
»Mist, ich hoffe, ich handle mir damit keinen Ärger ein.« Der Mann führte ihn in einen schmalen Raum neben dem Wohnzimmer, zog eine Schublade heraus und suchte die Unterlagen durch, bis er zu der mit dem Namen Cotton kam.
Marcus schlug die Akte auf. Die Adresse auf der Anmeldung lautete: Palm Terrace 17, Orlando, Florida. Drei Bewohner anderer Bundesstaaten waren als Referenz angegeben. Die Kopie eines ähnlichen Formulars von Hook-Immobilien, von demselben Makler, den auch Marcus bemüht hatte, war beigelegt.
»Können Sie mir sonst noch etwas über sie sagen?«
»Ich kümm're mich nur um meine Angelegenheiten. Ich hab ihr zwei-, dreimal auf dem Gang zugenickt, das war's. Oh, einmal hat sie hier angerufen, ich glaub aus Ihrer Wohnung. Sie wollte, daß die Putzleute raufkommen und eine Schlange abholen.«
»Das weiß ich.«
»Seltsam, aber das ganze Zeug – Schlange, Schachtel und alles – ist hinterher spurlos verschwunden. Mein Wartungsmann hat alles in den Keller gestellt und wollte es wegwerfen, wenn er die Zeit dafür haben würde. Wahrscheinlich hat es irgendein Kind mitgenommen, aber...«
»Hören Sie, können wir vielleicht trotzdem wieder auf Mrs. Cotton zurückkommen?«
Der Mann zuckte die Achseln. »Klar doch.«
»Und als sie eingezogen ist, hat sie da irgend etwas über ihre Vergangenheit erzählt? Warum sie hierhergezogen ist, was sie mochte, nicht mochte? Irgend etwas.«
»Mal sehen... Ich weiß noch, sie hat gesagt, daß ihr Mann gestorben ist, aber das war alles. Aber sie wußte ganz genau, welches Apartment sie haben wollte. Zu der Zeit waren zwei frei – eines im ersten Stock und dann noch eines ganz oben.«

»Hat sie erwähnt, ob sie sonst noch jemanden im Haus kennt? Oder vielleicht im Viertel?«

Er schüttelte den Kopf.

»Was ist mit ihrer früheren Adresse und den angegebenen Referenzen, sind die überprüft worden?«

»Selbstverständlich hab ich das gemacht. Wollen Sie mir unterstellen, daß ich meine Arbeit nicht richtig mache?«

Um drei Uhr nachmittags, als Marcus sein letztes Telefonat erledigt hatte, wußte er, daß der Hausverwalter seine Arbeit nicht getan hatte. Die frühere Adresse und ebenso die drei Namen, die als Referenzen auf dem Formular angegeben waren, existierten überhaupt nicht. Was ihn nicht sehr überraschte. Und der Personalchef im Beth-Israel-Krankenhaus hatte auch noch nie von einer Dorothy Cotton gehört. Marcus' zuständiger Makler bei der Hook-Immobilienagentur sagte ihm, daß Dorothy bei der Kontaktaufnahme angegeben hatte, Marcus habe ihr die Agentur empfohlen und daß sie eine Wohnung im selben Haus wie Marcus wollte. Oder wenigstens eine, die im selben Viertel lag.

Eunice hatte ihren Rausch erst am nächsten Nachmittag ausgeschlafen, und der erste Gedanke, der ihr durch den Kopf schoß, galt ihrer Birdie. Sie schlug die Augen auf. Sie hatte einen trockenen Mund, ihr war schlecht, und ihr Kopf fühlte sich schwer und voll an, als habe man ihr eine Ladung Sand hineingekippt. Gott, ergab das irgendeinen Sinn? Nein, nichts, nichts ergab mehr einen Sinn seit dem Sommercamp, dem Unfall und Birdies Rückzug ins Niemandsland der Psychosen. Was war das – eine Horrorgeschichte, die damit enden würde, daß man Birdie in einen von diesen häßlichen schwarzen Plastiksäcken steckte?

Traten Katastrophen eigentlich immer zu dritt, zu sechst oder in noch höherer Anzahl auf, die ihr erst noch bevorstand, oder hing dieser ganze Alptraum vielleicht doch irgendwie zusammen? Sie stand auf, ging in Birdies Zimmer, spazierte dort herum und schaute sich die Sachen an, die sie zurückgelassen hatte.

Auf einem Regal in dem großen begehbaren Schrank lag ihr Seesack. Eunice holte ihn herunter, setzte sich auf den Teppich und leerte seinen Inhalt aus: Ein Buch mit Anweisungen über das Leben in Camp Raintree, auf dessen Rückseite eine Karte eingezeichnet war, eine Bleistiftzeichnung von einem Mädchen, das winzige, senkrechte Linien auf dem Rücken hatte, ein Blatt Papier, das aussah wie ein Briefanfang, wobei die Anrede und die Adresse durchgestrichen waren, und eine halbe Flasche Wodka. Sie öffnete die Flasche und trank ein paar Schlucke, um den Sand aus ihrem Gehirn zu spülen.

Sie nahm die Zeichnung von dem Mädchen zur Hand und betrachtete sie. *Wer bist du? Bist du das Mädchen, das die Haut meiner Birdie so jucken läßt, daß sie sich am liebsten häuten würde?* Sie zerrte Birdies Kiste aus dem Schrank heraus und hob den Deckel an. Drinnen lagen immer noch unaufgeräumt alle möglichen Sommersachen; sie nahm alles heraus, Stück für Stück. Aber das, was sie suchte, war nicht dabei – wo waren die Mitbringsel, die Andenken? Eine Sekunde! Die konnten nur in dieser Schachtel sein.

Der Campdirektor hatte bereits vor Monaten geschrieben und sie in dem Brief gebeten, sich entweder persönlich die große Schachtel mit Birdies Sachen abzuholen oder sie sich schicken zu lassen. Eunice hatte natürlich dafür keine Zeit gehabt. Und außerdem, wenn Birdie die Schachtel schon zurückgelassen hatte, dann hatte sie sich wahrscheinlich nicht mit diesen Erinnerungen auseinandersetzen wollen, oder?

Also hatte Birdie die Entscheidung bereits getroffen – und hatte sie normalerweise mit ihren Entscheidungen nicht immer richtig gelegen? Doch vielleicht war diese hier die falsche gewesen, getroffen von einem verängstigten, trauernden Kind, das um Hilfe rief? Hilfe? Führung? Nicht gerade Eigenschaften, derer Eunice sich rühmen konnte.

Zum Teufel mit dir, du alte Schlampe! Schau dir doch mal an, welchen Rückhalt du Birdie mit deiner superliberalen Erziehung all die Jahre über geboten hast! Und was ist dabei herausgekommen? Bloß eine weitere Ausrede, damit du dich weiterhin nur um deinen eigenen Kram kümmern mußt.

Eunice kauerte sich auf dem Teppich zusammen, umschlang beide Knie mit den Armen, schloß die Augen und schaukelte hin und her. *Wenn du da bist, Birdie, dann sag etwas, denn ich bin da, und ich höre dir ganz konzentriert zu…*

Später an diesem Nachmittag preßte Dorothy ihre Lippen auf Robins Stirn, stand auf und lächelte. Dann ging sie zu dem Schrank, öffnete die Schiebetüren und deutete mit einer weit ausholenden Bewegung des Armes auf die vielen Mädchensachen, die dort hingen.

»Komm her und such dir etwas aus«, sagte sie. »Ich denke, es ist Zeit, daß du dich anziehst.«

Robin ging zu dem Schrank, wobei sie es vermied, die Kiste auf dem Boden des Schrankes anzusehen.

»Sind da gar keine Jeans dabei?«

»Ich fürchte, nein. Aber da ist eine vollständige Garderobe. Du findest sicher etwas, was dir gefällt.«

»Warum ist alles rosa?«

»Nicht *alles*, Robin. Und außerdem, was ist mit Rosa nicht in Ordnung?«

»Ich mag es nicht.«

»Such dir trotzdem etwas aus. Du mußt wissen, daß ich dich nur ungern bestrafen würde, mein Schatz.«

Robin griff in den Schrank und holte ein Paar Baumwollhosen in Rosa und eine weiße Bluse heraus.

»Eine sehr hübsche Wahl. Und, warum ziehst du dich nicht an?« Sie ging zur Kommode, holte Unterwäsche und Socken heraus, legte sie auf einen Stuhl und ging zur Tür.
»Jetzt ist es drei Uhr, du hast fünf Minuten, um dich anzuziehen, dein Bett zu machen und in die Küche zu kommen. Und wenn du so schnell wie der Wind bist, dann habe ich vielleicht eine Überraschung für dich, junge Dame.«
Plötzlich wurde es Robin bewußt, daß sie wieder gesund sein mußte – warum sollte man ihr sonst wohl erlauben, sich anzuziehen? Und die Überraschung – das konnte doch wohl nur heißen, daß sie wieder nach Hause gehen durfte, oder? Sie sprang in ihre Kleider, machte in Windeseile ihr Bett und rannte in die Küche, wobei sie beinahe mit Dorothy zusammengeprallt wäre.
»Was...«
»Oh, tut mir leid, ich wollte nicht... Können wir jetzt fahren?«
»Wovon sprichst du überhaupt?«
»Sie – du sagtest doch, du hättest eine Überraschung.«
»Die habe ich auch.« Dorothy deutete auf die Küchentheke, wo mehrere Backzutaten in perfekter Symmetrie aufgereiht dastanden. »Robin, du wirst heute deine ersten Kekse backen. Kannst du dich noch an meinen netten kleinen Backkalender erinnern? Nun, am Sonntag sind die Kekse dran.«
»Nein!« rief Robin. »Ich will nicht backen, ich will heimfahren! Du sagtest, ich dürfte, sobald es mir bessergeht... Und jetzt geht es mir besser!«
»Erhebe deine Stimme nicht gegen mich, Robin.«
»Aber du hast es versprochen! Du...«
»Robin.«
»Ich will nach Hause! Sofort!«
Dorothy holte aus, aber Robin stürzte zur Vordertür hinaus. Sie kam nur bis zu der Eiche, die vor dem Haus stand,

bevor sie spürte, wie sich von hinten kraftvoll ein Arm um ihren Hals legte und sie zu Boden zog. Sie kämpfte, trat um sich und schrie, aber das half alles nichts. Dorothy rollte Robin auf den Bauch, stemmte ihr ein Knie in den Rücken, drehte ihr die Arme nach hinten und zerrte sie ins Haus zurück.

Marcus schaute sich mit Mollie zusammen die Verbrecherkartei der Bostoner Polizei an. Er bezweifelte, daß Dorothy Cotton ein Vorstrafenregister hatte, aber er durfte diese Möglichkeit nicht außer acht lassen. Außerdem, was konnte er sonst schon tun? Er hatte nur eine Sache herausgefunden, die sicher war: Sein Zusammentreffen mit Dorothy Cotton war alles andere als zufällig gewesen. Er und Robin waren von ihr mit Absicht ausgewählt worden, und die Art, wie sie sich das Vertrauen und die Sympathie der Familie erschlichen hatte, war lange vorher geplant gewesen.

Um sechs Uhr kamen er und Mollie in die Wohnung zurück, nachdem es Marcus nicht gelungen war, Dorothy unter den vielen tausend Karteifotos, die er sich in den vergangenen Stunden angesehen hatte, herauszufinden. Obwohl sie eigentlich wenigstens einmal am Tag etwas essen mußten, lagen die Hamburger, die sie sich geholt hatten, unberührt da. Marcus versuchte nun schon zum fünften Mal, bei Eunice anzurufen, aber es meldete sich immer noch niemand. Wo, zum Teufel, konnte sie nur stecken?

Mollie schaute auf die Uhr. »Marcus, ich habe einen Termin mit den Eltern eines Patienten, ich muß also gleich wieder weg. Sprechen wir alles noch einmal durch. Vielleicht stoßen wir ja auf etwas.«

»Ich weiß nicht, wo ich anfangen soll. Downing findet im Computer keine Spur. Es ist so, als hätte Dorothy Cotton nie existiert.«

»Okay, dann fangen wir damit an. Wie kann es so etwas geben?«

»Ein falscher Name«, sagte Marcus.

»Dann denken Sie, daß sie vielleicht ein Profi ist?«

»Profis sind immer vorbestraft. Und selbst wenn, warum gerade ich? Warum hat sie sich diese ganzen Winkelzüge einfallen lassen, um mich zu treffen?«

»Waren Sie schon mal als Anklagevertreter tätig, Marcus?«

»Früher mal. Damals habe ich gelernt, wie man Schlösser knackt.«

»Könnte sie eventuell einen Groll gegen Sie hegen, weil Sie...«

»Unmöglich. Ich war seit Jahren nicht mehr auf dem Gebiet tätig, und das bißchen Strafrecht, das ich mache, ist kaum der Rede wert. Und obwohl ich in meiner Zivilpraxis sicher mehr als ein paar Prozeßparteien gegen mich aufgebracht habe, so war doch kein solches Kaliber darunter, um so eine Sache durchzuziehen.«

Da läutete das Telefon; Marcus packte den Hörer.

»Hier spricht Shari. Gibt es was Neues?«

»Nein.«

Ein Seufzer. »Nun gut, hören Sie, ich will Sie ja nicht stören, ich hätte es Ihnen schon gestern abend gesagt, als Sie anriefen, aber ich hatte schon halb geschlafen, und da konfrontieren Sie mich mit diesen Neuigkeiten über Robin. Ich wollte Sie ja zurückrufen, aber...«

»Shari, was ist denn passiert?«

»Als Sie mich aus San Francisco anriefen, da baten Sie mich doch um eine Adresse und Telefonnummer von einer Dorie Lucas in Fairfield, Connecticut. Ich habe das inzwischen erledigt und herausgefunden, daß es diese Nummer nicht mehr gibt. Dann habe ich versucht, über die Telefongesellschaft herauszufinden, ob es einen neuen Eintrag gäbe, aber ich konnte nichts erfahren. Wollen Sie, daß ich am Montag damit weitermache?«

Marcus seufzte. »Vergessen Sie's, Shari. Das ist jetzt nicht mehr wichtig.«

Er legte den Hörer auf und schaute Mollie an.

»Ich habe ganz vergessen, Ihnen zu erzählen, daß Howard Lucas sich weigert, mit Robin zu reden. Seine Frau ist – wie sich herausstellte – nur die Stiefmutter des Mädchens. Aber er hat mir eine Adresse in Connecticut gegeben...« Marcus lief jetzt im Zimmer auf und ab, die Hände in die Taschen gesteckt, wo er mit den Münzen klimperte, die Augen auf den Boden gerichtet. »Damit ich seine Ex-Frau, Amelias Mutter, erreichen kann...« fuhr er fort, als würde er zu sich selbst sprechen. »Es hat sich herausgestellt, daß sie dort nicht mehr wohnt. Sie ist umgezogen, wahrscheinlich ist sie umgezogen...«

»Was ist, Marcus?«

Er blieb wie angewurzelt stehen.

»Dorie Lucas, Mollie. Der Name von Amelias Mutter ist Dorie.«

Du Dummerchen, du.

Sag so was nicht.

Und ich dachte, dir würde etwas Besseres einfallen. Was hast du denn gedacht – daß sie einfach sagen würde, ›Okay, schnall dich an, wir fahren‹? Was hast du denn erwartet?

Nichts, ich habe genau das erwartet, was ich bekommen habe, nämlich nichts!

Okay, wir sollten deswegen nicht allzu niedergeschlagen sein. Denk daran, inzwischen ist Daddy schon auf der Suche nach dir. Er ist sicher bald bei dir.

Nein, bestimmt nicht.

Warum nicht?

Robin hatte ihre Handflächen fest gegen ihre Schläfen gepreßt. Jede Minute konnte ihr Gehirn explodieren und aus ihrem Kopf herausschießen.
Sie vergrub ihren Kopf unter dem Kissen und versuchte, die Stimme zum Verstummen zu bringen.
Du hättest es Daddy, oder wenigstens Mollie, sagen können. Ich meine, das war doch nicht zu übersehen. (Das Muttermal auf ihrer Stirn, richtig?) Herrgott, bist du denn blöd oder was? Wir müssen uns eben überlegen, wo wir von hier aus hingehen. Jetzt streng mal deinen Grips an – weißt du noch, wie Miss Chansky das immer gesagt hat? Was war sie doch für eine Landplage. Ruh dich jetzt besser aus... besser aus... besser aus...
Drei blinde Mäuse, drei blinde Mäuse, sie rennen so schnell. Sie narren und schrecken des Bauern Weib, die trennt mit dem Messer die Schwänze vom Leib. Sogar die Läuse, sogar die Läuse, springen vom Fell...
Kekse? Warum glaubst du, daß ich Kekse rieche?
Weil es Sonntag ist.
Was wäre wohl, wenn das Haus in diesem Augenblick in die Luft fliegen würde? Glaubst du –
Na klar.

Es war um elf Uhr abends desselben Tages, als Dorothy, nachdem sie die Küche aufgeräumt und die zwei Dutzend Kekse in Tüten verpackt hatte, auf Zehenspitzen zu Robin ins Zimmer schlich, das Tagebuch aufmachte und die erste Eintragung las.
Liebes Tagebuch, heute wollte ich eigentlich nach Hause zurückfahren, aber dann dachte ich mir, vielleicht ist es hier doch nicht so übel. Aber ich wünschte mir, Daddy wäre hier bei uns, es würde ihm bestimmt gefallen.
Nicht unbedingt das, was sie sich erhofft hatte, aber es war immerhin ein erster Schritt. Robin würde sich schließlich

schon noch daran gewöhnen und vielleicht sogar Anregung in Amelias Tagebuch suchen. Aber in der Zwischenzeit durfte das, was heute nachmittag geschehen war, nicht ungesühnt bleiben.
Dorothy wünschte sich, sie könnte den Zwischenfall ungestraft durchgehen lassen, aber sie wußte auch, daß ein solch destruktives Benehmen immer und immer wieder durchbrechen würde, solange es nicht als solches erkannt und unterbunden wurde. Und auf lange Sicht würde Robin immer diejenige sein, die am meisten darunter zu leiden hätte. Genau wie Dorothys kleine Schwester vor so vielen Jahren darunter gelitten hatte.
Dann war da noch die Sache mit der Dankbarkeit. Robin war in jedem Bereich ihres Lebens auf Dorothys Führung und Hilfe angewiesen, und es war wichtig, daß das Kind endlich anfing, so etwas wie Wertschätzung zu zeigen. Nicht alle Mütter waren so selbstlos: Robin wußte das – wie auch Dorothy – aus eigener, bitterer Erfahrung. Bestimmt war es nicht zuviel verlangt, wenn man etwas Anerkennung für seine Arbeit erwartete. Und obwohl Robin bestimmt nicht das einzige Kind war, das jemals versäumt hatte, sich bei seiner liebevollen Mutter zu bedanken, so war Robin doch nicht länger mehr nur irgendein Kind – sie war Dorothys Kind.
Als Dorothy das Tagebuch wieder verschlossen und auf den Nachttisch zurückgelegt hatte, ging sie auf die hintere Veranda hinaus. Sie warf einen Moment einen Blick auf die zugedeckte Schachtel, sog tief die kühle Luft in ihre Lungen, trug dann die Schachtel in Robins Zimmer und stellte sie mitten auf dem rosa Flickenteppich ab. Sie nahm den Deckel ab, schaltete eine schwache Nachtleuchte ein, ging hinaus und schloß die Tür hinter sich ab. Die Wasserschlange, durch die plötzliche Bewegung mit Sicherheit wach geworden, würde

anfangen, über den Boden der Schachtel zu kriechen: Robins Strafe, die bereits auf sie wartete, wenn sie aus ihren Alpträumen hochschreckte.

Dorothy ging in ihr eigenes Schlafzimmer und spürte bereits, wie sich ihr Magen verkrampfte. Dieses Mal würde Dorothy – trotz ihres Flehens, ihrer Schreie und Rufe – Robins Schmerz nicht lindern können.

15

Mollie ließ Marcus bei seiner Suche nach Robin nur ungern allein, aber sie mußte sich um ihre Patienten kümmern. Marcus hatte ihr jedoch versprochen, sie telefonisch auf dem laufenden zu halten – im Augenblick versuchte er Georgette Lucas zu erreichen, um den Mädchennamen von Dorie Lucas zu erfahren.

Wenn seine Annahme über die Identität von Amelias Mutter richtig war – und in dem Moment, in dem er diese Idee geäußert hatte, war sie ihm und Mollie ausgesprochen logisch erschienen –, dann würde er noch heute abend nach Connecticut fahren. Er hatte sich bereits mit Downing in Verbindung gesetzt und ihn gebeten, für ihn den Kontakt zur Polizei in Fairfield herzustellen.

Als Mollie unter die Dusche trat, traf sie das volle Ausmaß dieser Geschichte mit der Wucht des heißen Wasserstrahls. Robin hatte nicht nur von Anfang an Angst vor Dorothy gehabt – ohne jedoch bewußt zu wissen, daß sie Angst hatte –, sondern darüber hinaus auch noch den Grund für diese Angst erahnt: Amelias Mutter, die gekommen war, um sich in ihrer Person einen Ersatz für ihre tote Tochter zu holen oder sich auf bizarre Art an ihr zu rächen – oder sogar beides. Hatte Robin auch in dem Punkt recht gehabt, was diesen Schwarzen Mann ihrer Freundin betraf? Wenn dies alles so war, dann stand nicht mehr länger in Frage, wer sich hinter dieser Figur verbarg.

Und nun? Hatte die traumatische Erfahrung der Gefangenschaft Robins Unterbewußtsein plötzlich wachgerüttelt und aller seiner dunklen Geheimnisse beraubt – und das in einem Augenblick, in dem das Mädchen allein und verletzlich war?

Was dachte sie, fühlte sie? Robin war eine der mutigsten Zwölfjährigen, die Mollie jemals kennengelernt hatte, aber was sie jetzt durchmachen mußte, genügte, um einen Erwachsenen zu zerbrechen – selbst einen starken Erwachsenen. Selbstverständlich wußte man nie, wozu man überhaupt fähig war, solange man es nicht erlebte...
Nun, du erlebst es jetzt, Robin. Und du verfügst über eine Menge seelischer Munition. O bitte, Liebling, benütze sie auch.

Marcus brauchte mindestens zwei Minuten, nachdem Georgette Lucas den Namen »Dorothy Cotton« ausgesprochen hatte, um sich soweit wieder zu fangen, daß er ihr noch ein paar Fragen stellen konnte – doch keine ihrer Antworten konnten ihm im Augenblick weiterhelfen.
Dann probierte er es wieder einmal bei Eunice. Er ließ es fünfundzwanzigmal klingeln, bevor er wieder auflegte. Vielleicht war sie unter der Belastung zusammengebrochen, und wenn, dann war das vielleicht sogar gut so. Oder zumindest besser, als das durchmachen zu müssen, was er im Moment durchmachte.
Das Schlimmste daran war das Wissen, daß er derjenige gewesen war, der Robin Dorothy sozusagen in die Arme getrieben hatte. Was für eine nette, zuverlässige Frau, die soviel über Kinder zu wissen schien, die immer zur Verfügung stand, immer willens war, zu helfen. Die Therapeutin hatte natürlich geahnt, daß diese nette, zuverlässige Frau weder nett noch zuverlässig war. Na gut, aber die Sinne eines Therapeuten waren ja auch darauf trainiert, die Schwachstellen eines Menschen zu erahnen, aber wie war es zu erklären, daß ein kleiner Haschraucher und eine Säuferin dies ebenfalls gespürt hatten?
Und der Vater? Wo war er gewesen? Anwesend schon, aber eher als tragische Figur, die alles tat, das Kind ruhig zu halten,

aus Angst, seine Tochter könne eventuell noch total ausflippen. Selbst Eunice hatte mehr Vertrauen in Robin gehabt. Er mußte sich damit abfinden, daß er als Vater genau das getan hatte, was er nun mal am besten konnte: Die Spielregeln zu bestimmen und es sich dann in seinem Schiedsrichterstuhl bequem zu machen, um die Treffer und Fehlerpunkte zu zählen. Hatte er das nicht jahrelang auch mit Eunice praktiziert?

Er riß das Steuer herum und schwenkte nach rechts, um einem Waschbären auszuweichen. Der Waschbär rannte unverletzt über die Straße, und Marcus' Gedanken kehrten zu der Unterhaltung zurück, die er mit dem Hausverwalter geführt hatte, besonders zu dem Teil mit der verschwundenen Schlange. Dann noch weiter zurück...

Asche, wie ein Leichentuch...

Eunice hatte stundenlang neben dem Seesack auf dem Fußboden gelegen, wobei sie ohne Unterlaß ihren Oberkörper hin und her geschaukelt und angestrengt nachgedacht hatte. Sie hatte gehört, daß das Telefon endlos geklingelt hatte, hatte sich aber nicht von der Stelle gerührt, hatte nicht gewagt, ihre Konzentration zu unterbrechen. Auf irgendeine Art und Weise hing all das, was sich seit dem letzten Sommer ereignet hatte, zusammen. O Gott, da täuschte sie sich bestimmt nicht, das konnte sie mit jeder Faser ihres Körpers spüren.

Und vielleicht, ja vielleicht, lag der Schlüssel dazu irgendwo in Birdies Schachtel mit ihren persönlichen Sachen – oder vielleicht auch im Camp selbst.

Es war schon fast zwei Uhr nachts, als Robin aus einem Alptraum hochschreckte. Sie richtete sich ruckartig im Bett auf und schlug sich die Hand vor den Mund, um einen Schrei zu ersticken. Dann warf sie einen Blick auf das Tagebuch auf dem Nachttisch, legte den Kopf auf die Knie und holte mehrmals tief Luft.

Zuerst dachte sie, das schwache, rasselnde Geräusch käme von draußen. Doch dann hörte sie es wieder, hob den Kopf – und sah die Schachtel. Langsam setzte sie einen Fuß auf den Boden, ging zu der Schachtel, beugte sich darüber und schaute hinein.

Schreiend rannte sie zur Tür und versuchte den Türknauf zu drehen. Es war abgesperrt! Sie schlug mit den Fäusten dagegen.

»Mach die Tür auf!« schrie sie gellend. »Dorothy! Dorothy, hörst du mich? Wach auf, bitte, wach auf!«

Keine Antwort.

Eine kurze Pause, dann: »Mama, hilf mir! Ich brauche dich! Hilf mir!«

Keine Antwort.

Robin hörte erst mit dem Rufen und Flehen auf, als sie heiser wurde. Schließlich sank sie zitternd und schweißüberströmt zu Boden, die Augen starr auf die Schachtel gerichtet.

Die hat wahrscheinlich vor dir mehr Angst als du vor ihr.

Wollen wir wetten?

Nun, sie wird schon nicht gleich aus der Schachtel kriechen.

So, ja? Weißt du noch, wie Eunice mal eine Natter hinter dem Haus gefunden und anschließend in ein großes Aquarium in der Küche gesteckt hat? Nun, die ist wieder herausgekrochen.

Ja, ich kann mich erinnern. Ich möchte wetten, Eunice hätte auch vor dieser Schlange keine Angst.

Eunice ist eben so, ich aber nicht. Außerdem will ich nichts von ihr hören.

Warum nicht?

Einfach so.

Ich wette, ich weiß warum.

Robin wandte die Augen nicht von der Schachtel ab.

Soll ich es dir sagen?
Ich schätze, daß du nicht eher den Mund halten wirst, bis du es losgeworden bist. Also los, bring es hinter dich.
Nun, wenn du über Eunice reden würdest, dann müßtest du dich daran erinnern, daß du sie verdächtigt hast, dir die Schlange geschickt zu haben. Wenn du jetzt hingehst und sie dir genau anschaust, dann wirst du feststellen, daß es genau dieselbe Schlange ist...
Ich werde mich doch nicht Auge in Auge vor eine Schlange stellen. Und außerdem kann ich selber sehen, daß es dieselbe Schachtel ist.
Ist dir dann auch klar, wer hinter den vielen Telefonanrufen steckt?
Vielleicht. Aber warum sollte sie das tun?
Um dir Angst einzujagen.
Woher sollte sie denn wissen, daß ich solche Angst vor Schlangen habe?
Aus Amelias Tagebuch, woher sonst? Sie hat darin über den Tag berichtet, als du fast verrückt gespielt hast wegen einer Schlange, die noch ganze fünfzehn Meter entfernt war.
Wieso war ich mir dann so sicher, daß Eunice dahintersteckt?
He, mal langsam, ich bin ja ganz gut, aber ich bin kein Therapeut. Da mußt du schon Mollie fragen.
Und wenn ich Mollie niemals mehr wiedersehe?
Dann wirst du wahrscheinlich selber dahinterkommen müssen.

In dem Augenblick, als Robin den ersten Schrei ausgestoßen hatte, war Dorothy hellwach gewesen und hatte ihr Gesicht noch tiefer in das Kopfkissen gedrückt, um ihre eigenen Tränen vergießen und ihr eigenes unterdrücktes Schluchzen dämpfen zu können. Jetzt hatten die Schreie aufgehört, und wenn Dorothy ihre Kinder tatsächlich so gut kannte, wie sie annahm, dann saß Robin jetzt zusammengekauert in einer Ecke und hatte die Augen starr auf die Schachtel gerichtet.

Und während sie die gefürchtete Schlange bewachte, lernte sie eine zwar harte, aber auch sehr wichtige Lektion...

Oh, wenn sie doch nur zu Robin hinüberlaufen und sie aus der Gefahr, oder zumindest aus der eingebildeten Gefahr, befreien könnte – sie würde Robin doch nie einen wirklichen Schaden zufügen. Aber sie konnte natürlich nicht zu Robin gehen. Trotz der Schmerzen, die ihr Robins Bestrafung bereitete, durfte sie nicht nachgeben. Eine gute Mutter mußte ihrem Kind all die guten Qualitäten weitergeben, über die sie selbst verfügte. Und erst wenn das Kind perfekt war, durfte sie es wagen, sich auszuruhen.

Morgen früh würde Robin der wachsenden Kraft ihrer Bindung eine noch größere Wertschätzung entgegenbringen. Dorothy holte sich ein weiteres Papiertaschentuch, um ihre Tränen zu trocknen.

Mollies Telefon läutete, und sie meldete sich.

»Würde sie ihr weh tun, Mollie?«

»Würde wer – oh... Würde Dorothy Robin weh tun.« Sie seufzte. »Wie soll ich diese Frage beantworten, Marcus? Mit Ausnahme von ein paar flüchtigen Gesprächen kenne ich die Dame doch gar nicht.«

»Ja, aber Sie wissen einiges über sie. Sie sind Psychologin, Sie haben so etwas doch studiert.«

»Nun...« Sollte sie Marcus erzählen, was Robin ihr über Amelias Angst gesagt hatte? Besser nicht. »Dorothy scheint mir besessen, zwanghaft zu sein«, sagte sie schließlich. »Und sie ist narzißtisch.«

»In sich selbst verliebt? So habe ich sie nie gesehen.«

»Nicht in sich selbst verliebt, das kann man so nicht sagen. Ein narzißtischer Mensch sucht eher nach der Selbstbestätigung, die ihm ein Leben lang verwehrt geblieben ist. Im Grunde haben diese Menschen nämlich sehr wenig Selbstwertgefühl.«

»Okay. Aber damit beantworten Sie mir immer noch nicht meine eigentliche Frage.«

»Das kann ich nicht, Marcus.«

»Es ist nicht Eunice gewesen, die Robin die Schlange geschickt hat.«

»Ich weiß. Das habe ich mir zumindest gedacht.«

»Also würde ein Mensch, der einem Kind eine Schlange schickt, in der...«

»Hören Sie auf. Ich glaube, daß die Schlange in erster Linie die Funktion hatte, ihr Angst einzujagen. Das hat Robin nicht nur um ein gutes Stück weiter von Eunice weggebracht, sondern sie auch gleichzeitig näher zu Dorothy hingetrieben, der einzigen Person, auf die sie sich verlassen konnte. Ich denke, daß Dorothy Robin eine Mutter sein, ihr aber nicht weh tun will.«

»Aber eine Person, die zu so etwas fähig ist... Kann man sich darauf verlassen, daß sie nicht weiter geht?«

»Marcus, das weiß ich nicht.«

Nachdem Mollie aufgelegt hatte, lehnte sie sich in ihrem Sessel zurück und versuchte, aus den wenigen Hinweisen, die Robin ihr gegeben hatte, einen pathologischen Befund von Dorothy zusammenzustellen. »Sie versucht ständig, aus mir die perfekte kleine Hausfrau zu machen, so wie *sie* eine ist...sie erzählt mir von diesen Kinderliedern, weil sie will, daß ich das mag, was *ihr* gefällt.« Das war eindeutig narzißtisch. Nicht, daß ein solches Verhalten selten wäre – ganz im Gegenteil. Die meisten Mütter benutzen – mal mehr, mal weniger – ihre Kinder, um ihre eigenen unbefriedigten Bedürfnisse zu erfüllen.

Das war schon schlimm genug. Aber was kam dabei heraus, wenn dazu noch das manipulative, zwanghaft-besessene Verhalten einer verzweifelten Frau kam, die vermutlich den größten Teil ihres Selbst zusammen mit Amelia verloren hatte?

Zuerst versuchte Eunice, bei Marcus in seiner Wohnung anzurufen, aber da meldete sich niemand. Dann rannte sie in die Küche, riß die Schublade heraus, in der sich aller mögliche Krimskrams befand, und leerte den Inhalt auf dem Küchentisch aus. Aus dem Haufen wählte sie ein Schweizer Taschenmesser, eine Taschenlampe, Batterien, mehrere Packungen mit Streichhölzern, ein Röhrchen mit Aspirintabletten und eine Handvoll dicker Kerzen. Aus dem Vorratsschrank holte sie noch einige Konservendosen und zwei Flaschen Wein.

Sie starrte auf die Flaschen und überlegte, ob sie nicht einen Schluck Wein trinken sollte, aber als ihr die lange Fahrt einfiel, die vor ihr lag, schob sie die Flaschen ungeöffnet in ihre Leinentasche und schluckte statt dessen ein paar Aspirin. Aus ihrem Schlafzimmer nahm sie zwei schwere Decken mit – obwohl der Herbst in Massachusetts recht mild war, würde es in Maine bestimmt kälter sein.

Sie ging noch einmal in Birdies Zimmer, holte das Buch mit den Regeln für das Campleben, steckte es ebenfalls in ihre Tasche, zog einen Daunenparka über und trug ihre Tasche mit den Vorräten nach draußen. Es war zwei Uhr früh, als sie die Tasche in den Kofferraum ihres Z-28 warf und Richtung Norden losfuhr.

Eunice war nicht ein einziges Mal nach Camp Raintree gefahren. Sie hatte es Marc überlassen, das Ferienlager auszusuchen, die Arrangements zu treffen und Birdie jeden Sommer dort abzuliefern. Nun war es an der Zeit, daß die gute alte Mom sich selbst ein Bild davon verschaffte und sich den Ort ansah, an dem ihr Kind so viele Sommer verbracht hatte. Und außerdem mußte sie sich die Souvenirs anschauen, die Birdie weggepackt hatte, und die Erinnerungen verscheuchen, denen ihre Tochter nicht gewachsen war.

Irgendwie würde sie schon herausfinden, welcher Horror sich

in Birdies Kopf eingenistet hatte. Und sobald sie das wußte, würde sie auch Birdie finden.

Marcus hielt nur einmal kurz zum Tanken an und traf gegen zwei Uhr morgens bei der Polizei in Fairfield ein. Jetzt saß er Detective Curtis gegenüber, einem Mann um die Fünfzig mit einem wettergegerbten Gesicht, der bereits die Computerdateien nach Informationen über Dorothy Cotton überprüft hatte.

Doch nirgends war ein Hinweis darauf zu finden, wo sie hingezogen war, nachdem sie ihr Einfamilienhaus Ende August verkauft hatte. Aber unter ihrem Namen war immer noch ein blauer Chevrolet Impala, Baujahr 1987, mit der Zulassungsnummer WRI-670 registriert. Und obwohl bisher noch keine offizielle Fahndung lief, hatte Curtis es bereits in die Wege geleitet, daß eine detaillierte Beschreibung des Wagens im Umlauf war.

Im Moment schaute sich Curtis einen Auszug aus den Unterlagen des Familiengerichts an.

Diesen Unterlagen zufolge wurde sie vor neun Jahren von Howard Lucas geschieden, und ihr wurde das alleinige Sorgerecht über ihre dreijährige Tochter Amelia zugesprochen.

»Lucas bekam das übliche ›Besuchsrecht‹. Zu der Zeit arbeitete er als Ingenieur bei Pratt & Whitney in Bridgeport, wo er fast sechzigtausend Dollar jährlich verdiente. Er wurde zu einer kombinierten Unterhaltszahlung und Alimenten für Mutter und Kind von fünfundzwanzigtausend Dollar jährlich verdonnert. Ein ganz schöner Brocken von seinem Einkommen, aber ich kann hier weder Klagen noch Zwangsvollstrekkungen entdecken, also muß er bezahlt haben. Er hat ihr auch das Haus überlassen – dessen Hypothek schon fast abgezahlt war –, und ihr als einmalige Abfindung zwanzigtausend Dollar gegeben.«

Marcus nickte. »Wenn sie sparsam gelebt hat, dann hat sie nicht arbeiten müssen.«

»Richtig. Offensichtlich hat sie vor ihrer Eheschließung auch nicht gearbeitet. Was steht denn hier sonst noch Neues? Ach ja, der Richter hat die Schuld dem armen Howard zugeschrieben. Bringt vielleicht etwas, wenn man sich mit ihm in Verbindung setzt und nachfragt, wo er die Schecks mit den Unterhaltszahlungen hinschickt.«

»Als ich Georgette, seine zweite Frau, anrief, um mir Dorothys Mädchennamen bestätigen zu lassen«, sagte Marcus, »da erzählte sie mir, daß Howard seit der Beerdigung nichts mehr von Dorothy gehört hat. Außerdem ist er zur Zeit arbeitslos. Ich habe mich auch nach Dorothys Familie erkundigt, aber Georgette wußte nichts über sie. Sie meinte noch, sie würde morgen früh einen Anruf von Howard erwarten und ihn bei der Gelegenheit fragen. Wir verblieben so, daß ich sie wieder anrufen würde.«

Marcus machte eine längere Pause und versuchte, seine Gedanken zu ordnen. »Downing muß für uns in Boston herausfinden, wo Dorothy ihr Geld liegen hat«, sagte er schließlich. »Bei den Ersparnissen und dem Geld von dem Hausverkauf muß sie eine ganze Menge davon haben. Vielleicht hat sie es auf eine andere Bank überwiesen, bevor sie Boston verließ.«

Curtis machte sich eine Notiz auf seinem Block. »Ich werde das überprüfen.«

»Und was machen wir jetzt?«

»Nun, wir werden versuchen, herauszufinden, wo ihre Familie ist. Bei Ihren Quellen in Boston und unseren Möglichkeiten hier haben wir ja vielleicht morgen bereits ein handfestes Ergebnis vorzuweisen. Und darüber hinaus bleibt uns nichts anderes übrig, als uns auf ganz altmodische Weise die Sohlen abzulaufen, würde ich sagen. Die beste Art, wie man etwas über eine Hausfrau in Erfahrung bringt, ist die, andere Haus-

frauen auszufragen. Sie wissen schon, frühere Freunde, Nachbarn, die Mütter anderer Kinder...«
»Ich weiß nicht so recht«, meinte Marcus, »Dorothy ist nicht unbedingt das, was man einen offenen Menschen nennen würde.«
»Vertrauen Sie mir, das muß sie gar nicht sein. Die meisten dieser Hausfrauen können Ihnen die Lebensgeschichte jeder anderen Frau in der Nachbarschaft erzählen.«
»Na gut, und was mache ich jetzt?«
Curtis schaute auf seine Uhr. »Es ist schon fast drei. Als ich hörte, daß Sie kommen würden, habe ich Ihnen ein Zimmer im Ramada-Hotel reserviert, das liegt gleich um die Ecke. Morgen abend habe ich wieder Nachtdienst, ich fange um fünf Uhr an. Wie wäre es also, wenn ich Sie morgen früh um neun Uhr abhole, und wir beide laufen uns anschließend in der ehemaligen Wohngegend dieser Dame die Absätze schief.«
»Hören Sie, ich weiß es wirklich zu schätzen...«
»Vergessen Sie's, ich stehe Ihnen zur Verfügung. Ich kenne zwar Downing nicht persönlich, aber er kennt einen Kumpel von mir in der Truppe von New Haven.«
Als Marcus im Zimmer seines Hotels war, versuchte er erneut, Eunice zu erreichen. Nachdem er es ein Dutzend Mal hatte klingeln lassen, legte er auf. Wo, zum Teufel, steckte sie nur?

Robin nickte ein und schreckte wieder hoch, immer noch mit dem Rücken an die Tür gelehnt. Von Zeit zu Zeit erwachte sie ruckartig, und ihre Augen wanderten sofort zu der Schachtel. Jetzt, da es langsam dämmerte, wurde sie ganz wach. Sie fuhr sich mit der Zunge über die Lippen, strich sich durch ihr feuchtes Haar und schob es aus dem Gesicht.
Nur zu, schau sie dir an.
Nein, das kann ich nicht.
Doch, das kannst du. Schau wenigstens nach, ob sie noch da ist.

O Gott, glaubst du, daß sie draußen ist?
Das habe ich nicht gesagt, aber es kann ja nicht schaden, sich zu vergewissern.
Wenn ich mir dieses häßliche Ding noch einmal anschauen muß, sterbe ich.
Wahrscheinlich hält sie dich für genauso häßlich.
Der Satz stammt von Eunice.
Und, sie hat doch recht, oder? Wer kann schon sagen, ob die Schlange wirklich der Meinung ist, daß nur du allein umwerfend aussiehst?
Also, ich zwinge sie ja auch nicht, mir ins Gesicht zu sehen, oder?
Was willst du dann tun, den Rest deines Lebens hier an der Tür sitzen?
Ich kann ja hier auf Dorothy warten...
Du meinst, auf Mama? Willst du sie gewinnen und sie wissen lassen, daß du ihre Hilfe benötigst, um dich von diesem Fleck hier loszueisen? Vielleicht brauchst du sie auch, um zum Pinkeln zu gehen?
Halt den Mund, hörst du?
He, da kommt mir eine Idee.
Ich sagte –
Nein, im Ernst, ich habe wirklich eine Idee. Hör mir zu.
Habe ich denn überhaupt eine andere Wahl? Okay, nur zu, setz deinen Mund in Betrieb.
Nimm mal an, ich bin Eunice.
Na, das bist du nicht. Das war's dann wohl.
Jetzt komm, nimm es doch nur mal an. Du bist jetzt Eunice, und du gehst zu der Schlange und schaust ihr in ihr kümmerliches, häßliches Gesicht. Du weißt, sie hätte keine Angst, sie würde sie wahrscheinlich herausholen und ihr den Hinterkopf tätscheln –
Auf keinen Fall!
Das sage ich doch gar nicht, ich sage doch nur, geh hinüber und schau nach.

Es dauerte ganze drei Minuten, bis Robin endlich aufstand. Sie machte kleine Schritte, aber jeder Schritt brachte sie unweigerlich näher an die Schachtel heran. Als sie schließlich nahe genug dran war und die Schlange sehen konnte, fuhr sie zurück. Dann aber: »He, du Süße, mach die Augen auf und sag mir guten Tag.«

Wunderbar! Du klangst sogar –

Halt den Mund!

Robin blinzelte nervös, und ihre Gesichtsmuskeln waren in ständiger Bewegung, als sie die Schlange betrachtete. Allmählich entspannten sich ihre Muskeln, aber sie fuhr trotzdem fort, die Schlange zu beobachten, wie sie auf dem Boden der kleinen Schachtel hin und her kroch und sich ab und zu zusammenrollte. Erst als sie das Geräusch aus dem anderen Zimmer – Dorothys Zimmer – hörte, schaute sie weg.

Geh schnell zurück!

Warum?

Ich habe jetzt keine Zeit für Erklärungen, tu es einfach.

Robin schlich sich auf Zehenspitzen zurück, ließ sich auf den Boden sinken, den Rücken gegen die Tür gepreßt, und lauschte auf Dorothys Schritte. Okay, sie hatte die Schlange also ganze fünf Minuten angeschaut – und das, ohne dabei durchzudrehen. Sie fühlte sich deshalb fast richtig gut. Aber es kam *überhaupt* nicht in Frage, daß sie dieses häßliche Ding auch noch anfassen würde.

16

Da sie fast die gesamte Strecke mit siebzig Meilen die Stunde dahingerast war, erreichte Eunice bereits gegen sechs Uhr morgens das verlassene Areal des Sommercamps in den Hügeln von Bangor, Maine. Als sie aus dem Wagen stieg, fühlte sie, wie ihre Sinne schärfer auf ihre Umwelt reagierten: Auf das getrocknete Herbstlaub in bunten Farben, das zwischen den Hütten lag, und auf die tiefe Stille, die nur von dem schwachen Rauschen der im Wind wirbelnden Blätter, dem Knacken im Unterholz und den Geräuschen von Tieren unterbrochen wurde.

Sie hängte sich ihre Leinentasche über die Schulter und ging zum Speisesaal, vorbei an zwei nackten Fahnenmasten und einem Baseball-Feld, das von grünen Tribünenbänken, von denen bereits die Farbe abblätterte, gesäumt war. Durch die Fenster spähte sie in die hohe, hölzerne Halle, in der Dutzende langer, roter Holztische und Bänke standen, an die sich ein großer Küchentrakt anschloß.

Daneben befand sich ein noch größerer Bau, fast eine Art Auditorium. Als sie sich ihren Weg um diesen Bau herum gesucht hatte, entdeckte sie eine Krankenstation, einen Werkraum, eine Kantine mit Musikbox, vier Ping-Pong-Tischen und ein paar Videospielen, an die ein weiterer Raum, wahrscheinlich ein Lager, grenzte.

Um das wackelige Schloß an der Tür aufzubekommen, benützte sie einen großen Stein und durchwühlte dann auf der Suche nach Birdies Karton zwei Dutzend oder mehr Schachteln mit Sportausrüstung. Doch der Karton war nicht darunter. Eunice ging wieder nach draußen und schaute sich suchend um. Dabei fiel ihr die große Mülltonne auf.

Nachdem sie ein paarmal vergebens versucht hatte, sie von der Seite her zu besteigen, ging sie ans Seeufer und holte sich von dort einen der Holzstühle, auf denen normalerweise die Rettungsschwimmer saßen. Sie zog den Stuhl neben die Mülltonne, stellte sich darauf und kletterte auf den Rand der Mülltonne – von dort oben ließ sie sich dann auf die Plastiktüten und Schachteln fallen. In der Tonne stellte sie sich hin, verlor dabei aber das Gleichgewicht und fiel nach hinten; doch sie rappelte sich wieder auf und fing an, im Abfall herumzusuchen. Sie hatte schon fast die Hälfte durchgesucht, als sie auf die durchweichte, aber noch verschlossene Schachtel mit dem Namen *Robin Garr* stieß.

Sie warf die Schachtel über den Rand und stapelte einen Pappkarton nach dem anderen so an der Seitenwand der Mülltonne auf, daß sie hinaufklettern und mit den Händen den Rand erreichen konnte. Sie zog sich hoch, schwang ein Bein über den Rand und zog das zweite nach.

Als sie mit Birdies Schachtel in Händen wieder auf dem Boden stand, riß sie sie einfach auf und kippte den Inhalt auf die Erde. Ein paar seltsam geformte Steine, eine Fahne von Camp Raintree, ein Schnappschuß von Birdie und Amelia, wie sie am Wasserrand standen, die Arme umeinander geschlungen, zwei Kiefernzapfen, ein Stück Rinde von einem Baum, ein blaues Camp-T-Shirt, ein Vogelnest und ein Pappendeckelschild mit der Aufschrift »Zelten verboten«. Dazu ein dünnes Buch mit Kinderliedern im weißen Ledereinband, auf dessen Innenseite geschrieben stand: »Meiner allerbesten Freundin auf der ganzen Welt«. Und eine weitere Zeichnung von einem Mädchen mit Strichen auf dem Rücken. Dann noch ein schwarzer, verschlossener Umschlag...

Eunice riß ihn auf und zog das Blatt Papier heraus, das sich darin befand.

Liebe Eunice, *ich habe etwas so Abscheuliches getan, daß vielleicht sogar Du schockiert bist, wenn Du es erfährst. Und jetzt werde ich für meine Neugierde bestraft. Ich habe ein Geheimnis erfahren, das viel zu schrecklich ist, als daß man darüber reden könnte. Aber jetzt, wo ich es weiß, was soll ich da tun? Etwas sagen und die Dinge dadurch vielleicht noch schlimmer machen, als sie ohnehin schon für sie sind? Das könnte leicht passieren, weißt Du. Oder nichts sagen und mir weiter Sorgen machen...*

Aber sie könnte doch verletzt werden, nicht wahr? Sie könnte vielleicht sogar sterben, und wessen Schuld wäre das dann? Eunice, wenn Du nüchtern bist, dann bringst Du Sachen fertig, die sonst kein Mensch auf der Welt fertigbringt. Weißt Du noch, wie Du diese beiden üblen Burschen, die gerade dabei waren, eine Frau zusammenzuschlagen, in die Flucht getrieben hast? Oder wie Du in das Delphinbecken getaucht bist und das kleine Kind herausgefischt hast?

Was meinst Du, kannst Du sie auch retten? Könntest Du vielleicht...

Hier brach der Brief ab. Eunice wischte sich die Tränen aus den Augen. Wen retten? Damit konnte nur Amelia gemeint sein. Sie nahm Robins Zeichnung in die Hand und betrachtete sie.

Du bist also Amelia, hmm? Was ist denn mit deinem Rücken passiert, Schätzchen, wer hat dir das angetan? Bitte verzeih Robin, daß sie den Brief nicht an mich abgeschickt hat – das hätte sie bestimmt getan, wenn sie nicht der Meinung gewesen wäre, daß ich sicher betrunken bin, wenn ich ihn bekomme. Weißt du, wahrscheinlich hatte sie sogar recht. Und ich schätze, daß sie seitdem fürchterlich sauer auf mich ist.

Also, wie ist es, bekomme ich noch mal eine Chance? Dieses Mal ist es Birdie, die in Schwierigkeiten steckt. Komm schon, Amelia, sag mir, wo sie ist.

Dorothy hatte Probleme, die Schlafzimmertür aufzubekommen, da Robins Körper mit seinem ganzen Gewicht dagegengepreßt war; aber mit etwas sanfter Überredungskunst konnte sie Robin davon überzeugen, doch auf die Seite zu rücken. Endlich konnte sie sich durch den engen Spalt schieben; sie kniete sich auf den Boden und nahm das Kind in die Arme. Sobald sie Robin zurück ins Bett verfrachtet hatte, holte sie die Schachtel mit der Schlange und stellte sie wieder auf die hintere Veranda hinaus. Hoffentlich würde es nicht nötig sein, sie noch einmal einzusetzen. Dann kam sie zurück ins Zimmer, setzte sich zu Robin aufs Bett und zog sie an sich.

»Mit diesem schrecklichen Ding im Zimmer hast du heute nacht bestimmt kein Auge zugetan.«

Robin nickte.

»Ich will ja nur das Beste für dich, mein Schatz. Und ich weiß, daß du das auch irgendwann einmal einsehen wirst. Es ist gar nicht so einfach, ein Kind großzuziehen, zumindest nicht für eine Mutter, die ihre Aufgabe so ernst nimmt wie ich... Jetzt aber Schluß mit diesem Gerede über Schlangen und andere gräßliche Dinge, die angst machen. Sag mir lieber, was du zum Frühstück möchtest.«

Robin zuckte nur die Schultern.

»Nein, nein, ich bestehe darauf. Heute darfst du es dir aussuchen.«

»Dann mag ich Waffeln.«

Dorothy ließ sie allein, um das Frühstück zuzubereiten, und Robin schloß die Augen.

Sag's schon. Sofort.

Was sagen?

Du weißt schon. Warum sie hier ist, und warum du da bist, und...

Das wissen wir doch beide.

Sag es trotzdem.

Und wenn ich es tue, was macht das schon für einen Unterschied?
Ich bin mir nicht sicher, aber ich glaube, das ist dann etwas anderes.
Was treibst du nur dauernd, bleibst du die ganze Nacht wach und denkst dir solche Sachen aus? Vergiß nicht, du bist kein Psychiater und du bist auch nicht mein Boß, du bist nur eine Null, etwas, was ich mir ausgedacht habe, um Gesellschaft zu haben... He, bist du noch da?
Hast du Angst, ich könnte dich allein lassen? Ganz ruhig, ich bin noch da – gleichgültig, was du tust oder nicht tust.
Was soll das, willst du mir ein schlechtes Gewissen machen? Okay, okay, ich werde es sagen. Sie hat mich als Ersatz für Amelia mitgenommen.
Woher hat sie gewußt, wo du zu finden sein würdest?
Ich hatte ihre Adresse von Amelia, und so habe ich ihr einen Brief geschrieben, um ihr zu sagen, wie leid es mir tut.
Und du hast ihr geschrieben, daß ihr umzieht, Daddy und du?
Hmm-hmm.
Warum hast du das getan, obwohl du doch wußtest, wie sie ist? Obwohl du wußtest, was sie Amelia angetan hat?
Aber das wußte ich doch nicht.
Doch, das hast du schon gewußt! Du hast auch –
Plötzlich drehte Robin sich um, vergrub ihr Gesicht im Kissen und schluchzte auf. Selbst als Dorothy das Frühstück auf dem Tablett brachte, schaffte sie es nicht, sie anzusehen oder mit dem Weinen aufzuhören.
Erst als Dorothy sich zurückzog und sie in Ruhe ließ, hörte sie endlich damit auf, wischte sich die Tränen ab, setzte sich auf und spähte zu Amelias Tagebuch auf der Kommode hinüber. Auf Zehenspitzen schlich sie hin, holte das Tagebuch herunter und kehrte damit wieder ins Bett zurück. Ihre Finger glitten automatisch auf Seite fünfzehn, zu der Eintragung vom 15. Januar; ein Zittern durchlief ihren Körper, als sie die

Zeilen sah und ihr wieder einfiel, daß sie sie schon mal gelesen hatte.
Liebes Tagebuch…

Marcus meldete sich bereits früh am Morgen bei Georgette, aber sie hatte bisher noch nichts von Howard gehört. Dann rief er die King-Agentur in Los Angeles an, erklärte, was passiert war und bat darum, Howard mitzuteilen, daß er sich sofort über Detective Curtis von der Polizei in Fairfield mit Marcus in Verbindung setzen solle.
Curtis holte Marcus wie versprochen Punkt neun Uhr ab und berichtete über einige Fortschritte. Dorothy Cotton-Lucas stammte ursprünglich aus New London, einer Stadt am Meer im südöstlichen Connecticut; im Augenblick versuchte man, ihre Eltern und zwei Geschwister ausfindig zu machen. Die Nachforschungen über die Zulassungsnummer des Wagens hatten nichts erbracht.
Was Downing betraf, so hatten seine Überprüfungen bei den Bostoner Banken ergeben, daß Dorothy Lucas am 1. September ein Konto bei der Shawmut-Bank mit einer Einlage von dreitausend Dollar eröffnet hatte. Am 26. Oktober, Donnerstag abend, hatte sie einen Scheck in Höhe von fünfzehnhundert Dollar ausgestellt.
»Das erklärt aber immer noch nicht, wo das Geld aus dem Hausverkauf geblieben ist«, sagte Marcus.
»Nein. Als sie noch hier lebte, hatte sie ihr Konto bei der Sparkasse von Connecticut. Ich habe den Leiter dort bereits verständigt.«
Curtis bog in eine ausgedehnte Wohngegend ein und deutete auf ein gepflegtes Haus, das mit grauen Schindeln bedeckt war und wo Dorothy zusammen mit ihrer Tochter gewohnt hatte. Er hielt am Randstein an und gab Marcus eine Liste mit Hausnummern.

»Sie sind doch Rechtsanwalt, also brauche ich Ihnen nicht lange zu erklären, wie man Leute ausfragt. Na dann, fangen wir an. Was halten Sie davon, wenn wir uns so gegen elf Uhr hier wieder treffen?«

Marcus' erstes Haus war nicht so ordentlich, wie das von Dorothy bestimmt gewesen war; der Rasen und die Sträucher im Garten hatten dringend etwas Pflege nötig, die Fliegengittertür hing lose in den Angeln. Eine Frau mit lockigem roten Haar, ein Kleinkind auf der Hüfte, kam an die Tür. Als Marcus erklärte, wer er war und warum er sich mit ihr unterhalten wollte, stellte sie sich als Greta Brady vor und bat ihn ins Haus.

»Natürlich hat Dorie mir leid getan, als ich das von dem Unfall erfuhr – ich meine, welche Mutter würde nicht so reagieren?« Greta setzte den Säugling in einen Laufstall und huschte dann schnell durch den Raum, um Spielsachen und Papiere vom Teppich aufzuheben und sie in einen Wäschekorb zu werfen. »Aber ich werde Sie nicht anlügen und behaupten, ich hätte diese Frau gemocht.«

»Könnten Sie vielleicht etwas genauer werden?«

»Nun, ich habe noch zwei andere Kinder«, sagte sie, »einen Jungen mit sieben und ein Mädchen, Wendy, die in Amelias Klasse war. Vor ein paar Jahren leitete Dorothy hier im Viertel eine Gruppe von Jungpfadfindern. Wendy wollte auch mitmachen, aber Dorothy hat mich ziemlich unter Druck gesetzt – sie wollte Wendy nicht in ihrer Truppe haben.«

»Warum denn nicht?«

»Na ja, Wendy ist nun mal nicht perfekt – sie mußte ein paarmal nachsitzen, hat schlechte Noten bekommen, solche Dinge eben –, aber sie ist kein schlechtes Mädchen. Ich meine, sie stiehlt weder noch betrügt sie oder prügelt sich. Auf jeden Fall war Wendy in Dorothys Augen nicht gut genug, Mitglied ihrer Truppe zu sein, noch dazu gemeinsam mit ihrer Tochter, und ich – na ja, da habe ich eben meinen Mund aufgerissen. Und habe schließlich dafür gesorgt, daß Wendy in die Pfadfindertruppe kam. Aber Dorie hat sie richtig schikaniert und sie wegen der kleinsten Kleinigkeit bestraft: Wenn sie ihren Hut nicht mit Haarnadeln befestigt hatte, ihren Pfadfindergürtel nicht trug oder Socken in der falschen Farbe anhatte... Schließlich ist Wendy freiwillig wieder ausgeschieden.«

»Ich verstehe. Aber können Sie sich vielleicht vorstellen, wo Dorie hingezogen ist, als sie ihr Haus hier verkaufte?«

»Das letzte, was ich hörte, war, daß sie nach Boston wollte, aber da kann ich mich auch irren.«

»Nein, da irren Sie sich nicht. Ich dachte mir nur, daß sie vielleicht nach Connecticut zurückgekehrt ist, als sie mit meiner Tochter wegfuhr.«

»Das weiß ich nicht. Aber wenn, dann nicht aus dem Grund, weil sie hier Freunde hat. Um die Wahrheit zu sagen, keiner der Nachbarn mochte sie besonders gern. Sie war sehr merkwürdig, sammelte seltsame Dinge – Antiquitäten, Spieldosen... Nicht, daß das etwas Besonderes wäre, manche Leute tun das, aber bei ihr war das etwas anderes. Und obwohl Amelia ein nettes, guterzogenes Kind war, war sie bei den anderen Kindern nicht sehr beliebt. Aber ich glaube, das war in erster Linie Dories Schuld. Sie mochte es gar nicht, wenn Amelia mit anderen Kindern zusammen war, es sei denn, sie war dabei und konnte aufpassen. Und Sie kennen Kinder doch – über ein bestimmtes Alter hinaus ist die liebe Mommy der letzte Mensch, den sie bei sich haben wollen.«

»Hat sie Amelia mißhandelt?«

»Seltsam, daß Sie ausgerechnet mich das fragen. Von allen Nachbarn bin ich offensichtlich die einzige gewesen, die dieser Meinung war. Ich meine, das Mädchen hatte keine blauen Flecken, Verletzungen oder sonst etwas, was aufgefallen wäre, und nach außen hin war für jeden immer nur Dories beherrschtes Auftreten und ihre liebevolle Fürsorge zu erkennen. Aber Amelia hatte Angst vor ihr. Wann immer sie eine Gelegenheit sah, mit einem anderen Kind allein zu sein, hat sie alles dafür getan; aber in dem Moment, in dem Dorothy in Hörweite kam, verwandelte sie sich wieder in eine völlig andere Person – sie benahm sich steif, gekünstelt, nervös, pingelig.«

Fast so wie Dorothy selbst.

Liebes Tagebuch, *ich weiß, daß Mama das alles nur tut, um mich besser zu machen, und deswegen bin ich auch gar nicht wütend auf sie. Ich bin nur wütend auf mich, weil ich so schlecht bin und sie zwinge, diese schrecklichen Qualen zu erleiden, wenn sie mich bestrafen muß. Es tut mir leid, daß ich zu spät aus der Schule nach Hause gekommen bin. Ich wollte nicht, daß sie sich Sorgen macht und sich aufregt. Aber ich schwöre bei Gott, daß es nie mehr passieren wird... nie mehr.*

Jedesmal, wenn ich an den heutigen Tag denke – und ich werde mich zwingen, so oft wie möglich daran zu denken, damit ich diese Lektion nicht vergesse –, werde ich wissen, wie sehr Mama mich lieben muß, wenn sie all die schlechten und gedankenlosen Dinge, die ich anstelle, aushält. Ich weiß, wie sehr es ihr weh tut, daß meine Handlungen sie zwingen, mich zu bestrafen. Bitte verzeih mir, Mama... ich liebe dich.

Zur Strafe sechs Stunden an den Heißwasserbereiter im Keller gefesselt gewesen.

Eine Stunde wurde mir wegen guten Benehmens erlassen. (Habe nicht geweint.)

Wieder kullerten Tränen über Robins Wangen, wieder wischte sie sie mit dem Ärmel ihres Nachthemdes ab. Es standen viele Eintragungen wie diese im Tagebuch, nur die Vergehen und die jeweiligen Strafen waren verschieden. Robin wußte das, da sie in der einen Nacht im Camp, als sie zufällig die Eintragung vom 2. Juli gelesen hatte, den Rest der Nacht wachgeblieben war und das ganze Tagebuch durchgelesen hatte.

Die Seiten, auf denen keine Strafaktionen beschrieben waren, waren fast ebenso schmerzlich zu lesen. Immer fingen sie an mit »Liebes Tagebuch«, aber die Worte waren immer nur für Dorothy niedergeschrieben. Und obwohl Robin auch wußte, daß Dorothy sich heimlich in Amelias Zimmer geschlichen hatte, um ihr Tagebuch zu lesen, war ihr klar, daß dies Teil des Spiels war, das sie miteinander spielten. Amelia wußte, daß ihre Mutter es lesen würde, und ihre Mutter wiederum wußte, daß sie es wußte.

O Gott, Amelia. Ich habe wirklich versagt bei dir. Ich habe alles irgendwo ganz hinten in meinen Kopf geschoben und mir dabei nur gewünscht, einfach so wie bisher weitermachen und so tun zu können, als wüßte ich von nichts. Wenn du nicht ertrunken wärst, dann hättest du *dorthin* wieder zurückkehren müssen. Zu ihr... Und an allem wäre ich schuld gewesen.

Okay, es reicht!

Was?

Wir haben jetzt keine Zeit mehr für Tränen und Selbstmitleid... Vielleicht hast du Amelia ja gar nicht retten können. Was soll's, sie ist tot – sie muß nicht mehr gerettet werden, aber du.

Ja... aber wie?

Ist dir immer noch nichts eingefallen?

Du meinst, ich soll davonlaufen? Vergiß es, Schlaumeier, das habe ich doch gestern schon versucht.

Jetzt mal langsam. Das nennst du einen Versuch? Aber ja doch, für ein Kindergartenkind war es das vielleicht.

Robin warf einen Blick auf das Fenster in ihrem Schlafzimmer und schaute dann auf die dichten Wälder dahinter. Sie holte tief Luft...

Heute nacht?

Vielleicht möchtest du ja noch ein paar Tage Urlaub hier machen?

Marcus wurde auf seinem Weg zum vierten Haus von Curtis abgefangen.

»Haben Sie schon irgend etwas?« fragte Curtis.

»Je mehr ich erfahre, desto größere Sorgen mache ich mir. Aber bis jetzt war keiner eine große Hilfe – zumindest konnte mir niemand etwas sagen, das uns weiterbringen würde.«

»Also, der Computer hat eben aufgrund eines ärztlichen Formulars, das Amelia in der Schule einmal ausgefüllt hat, einige Information über ihre Familie ausgespuckt. Offensichtlich sind Dorothys Eltern und eine Schwester bereits gestorben, aber es gibt noch einen älteren Bruder, Justin, der mit seiner Frau und zwei halbwüchsigen Kindern in New London lebt. Wir haben seine Adresse und Telefonnummer. Bis jetzt hat sich noch niemand gemeldet, aber wir versuchen es weiter.«

»Wie lange fährt man denn von hier nach New London?« wollte Marcus wissen.

»Wenn der Verkehr nicht allzu dicht ist, dann in knappen eineinhalb Stunden.«

»Geben Sie mir die Adresse. Ich werde mich erst hier noch etwas umhören und heute nachmittag hinfahren – gegen Abend zu ist es wahrscheinlicher, daß dieser Bruder zu Hause anzutreffen ist.«

»In Ordnung. Ich bleibe auch hier, solange ich noch Zeit habe. Wenn ich dann wieder im Revier bin, werde ich gleich einen offiziellen Bericht über die Entführung abgeben.«

Dorothy war überrascht gewesen über das Ausmaß von Robins Reue, als sie mit dem Frühstückstablett ins Zimmer gekommen war. Zuerst hatte sie versucht, das Kind zu beruhigen, aber dann war sie zu dem Schluß gekommen, daß der Heulkrampf ein gesundes Zeichen war – Robin tat das, was sie angestellt hatte, so leid, daß sie diese Lektion niemals mehr vergessen würde. Und so hatte sie Robin ihrer Schmach überlassen; ein ausgelassenes Frühstück konnte mit einem nahrhaften Mittagessen leicht wieder wettgemacht werden.
Falls Robin sich nach dem Essen wieder beruhigt hatte, wollte Dorothy endlich mit ihrem Backkurs anfangen; Montag war Kuchentag. Plötzlich verspürte sie Euphorie – alles entwickelte sich so, wie sie es immer vorausgesehen hatte. Natürlich würde es hin und wieder Rückschläge geben, kleine Ausrutscher, die in jeder Altersstufe vorkommen.
Du meine Güte, selbst Amelia war dagegen nicht gefeit...

Eunice saß am Boden und schaute sich Birdies Schätze immer wieder an, wobei sie jedesmal wieder bei dem Schnappschuß von ihrer Tochter und Amelia landete. Sie wußte genau, daß sie dieses dünne, blasse Mädchen mit den blauen Augen unter schweren Lidern niemals zuvor gesehen oder jemals von Birdie beschrieben bekommen hatte, aber sie kam ihr schrecklich bekannt vor. Vielleicht deswegen, weil Eunice sich Amelia so vorgestellt hatte. Aber auch dieses Buch mit den Kinderliedern machte sie nachdenklich. Hatte Eunice so wenig Kontakt zu Kindern, oder war es tatsächlich ein seltsames Geschenk für ein Mädchen dieses Alters?
Es waren bereits ein paar Stunden vergangen, ehe sie sich entschloß, wieder mit ihrer Suche fortzufahren und sich das restliche Camp anzusehen. Je mehr sie sah, desto mehr würde sie erfahren, und desto größer war die Chance, daß sie eine Verbindung zwischen all dem herstellen könnte. Sie stopfte

Birdies Souvenirs in ihre Leinentasche, holte eine der Weinflaschen heraus, hielt sie ein paar Sekunden in der Hand, steckte sie aber wieder zurück – sie würde noch etwas länger ohne Wein aushalten. Dann stand sie auf, hängte sich die Tasche über die Schulter und ging in Richtung Blockhaus B – das Blockhaus, in dem Birdie im Sommer gewohnt hatte.
Nachdem Eunice abermals einen Stein benutzt hatte, um das Schloß zu knacken, durchsuchte sie die Hütte und schaute sich den Raum mit den Spinden, das Bad und die Schlafräume genauer an, wobei sie nur raten konnte, welches der vierzehn Feldbetten das von Birdie gewesen sein könnte.
Schließlich ging sie wieder nach draußen und stolperte den rutschigen Hang hinunter, der mit Kiefernnadeln bedeckt war und zum Wasser führte. Ihre Hand als Sonnenschutz benutzend, suchte sie aufmerksam das Ufer ab, bis sie die schmale Sandbank am anderen Ufer des Sees entdeckte. Laut Unfallbericht des Campdirektors war das die Stelle, an der Birdie und Amelia beim Schwimmen gewesen waren.

17

Nach mehreren vergeblichen Anläufen fand Eunice endlich einen gewundenen Pfad, der durch den Wald führte und direkt am Ort des Unfalls endete. Sie legte Birdies Erinnerungsstücke auf einen Haufen zusammen, setzte sich, zog ihre Tennisschuhe aus, grub die nackten Füße in den kalten Sand und starrte auf eine Stelle, die ungefähr zwanzig Meter entfernt war und an der ein riesiger Felsbrocken aus dem Wasser ragte. »Also gut, Birdie, jetzt bin ich hier und höre dir zu. Sag doch etwas.«

Sie stand wieder auf, drehte sich um, ging langsam, mit dem Rücken zum Wasser, in Richtung Ufer und betrachtete dabei aufmerksam die Umgebung. Obwohl es bald dunkel sein würde, konnte sie durch die unbelaubten Bäume hindurch hier und da in der Ferne ein Hausdach erkennen.

Plötzlich fröstelte sie. Sie wühlte in ihrer Leinentasche, holte eine der Weinflaschen heraus, entkorkte sie und gönnte sich den ersten Schluck an diesem Tag. Als sie gerade zum zweiten Mal die Flasche ansetzen wollte, hielt sie in der Bewegung inne, ließ die Flasche sinken und schleuderte sie, so weit sie konnte, in den See hinaus. Dann nahm sie die zweite Weinflasche und warf diese im hohen Bogen in den Wald.

Okay, die habe ich dir geopfert – das war es doch, was du wolltest, oder? Ich schwöre bei meinem Leben, Birdie, ich werde so lange keinen Tropfen mehr anrühren, bis ich dich gefunden habe. Aber du mußt mir auch dabei helfen. Du mußt mir erzählen, was sonst noch passiert ist. Alles.

Eunice setzte sich wieder in den Sand und fing noch mal an, Birdies Sachen durchzusehen. Während sie das tat, konnte sie spüren, wie die Nervenenden unter ihrer Haut zu neuem Leben erwachten.

Robin, die eines von Amelias handgenähten Kleidern und eine gestärkte Schürze trug, stand neben Dorothy, die die Zutaten für den montäglichen Kuchen abwog.
»Und vergiß nicht, es zu sieben«, sagte Dorothy. »Wir wollen doch, daß unser Kuchen schön aufgeht und hoch wird.«
Robin kippte den Becher mit Mehl in das Sieb und schüttelte es dann über der Schüssel.
Wo soll ich hinlaufen?
Zu dem nächstbesten Haus, das du findest, dort mußt du hin. Und dieses Mal kannst du es dir nicht leisten, dich dumm anzustellen – es könnte sonst deine letzte Chance gewesen sein.
Ich werde solange warten, bis Dorothy sich in mein Zimmer geschlichen hat, um das Tagebuch zu lesen...
Robin schaute zu Dorothy hoch, die damit beschäftigt war, große Stücke Schokolade im Wasserbad zu schmelzen.
»Ich werde heute abend eine Menge in mein Tagebuch eintragen können«, sagte sie.
Dorothy drehte sich mit einem strahlenden Lächeln zu ihr um. »So?«
»Nun, zum einen habe ich gelernt, wie man einen Kuchen bäckt. Ich habe vorher noch nie etwas gebacken. Und außerdem gibt es noch viele andere Dinge, die ich aufschreiben muß. Du weißt schon, das, was ich in mir fühle.«
Dorothys Grübchen in ihrer Wange vertiefte sich.
»Das freut mich sehr, Robin. Ich würde gern mehr darüber wissen, aber wie ich schon sagte, ich bin mir sehr wohl bewußt, daß es zwischen einem kleinen Mädchen und seinem Tagebuch ganz besondere Geheimnisse gibt.«
Robin nickte. *Backe, backe Kuchen, der Bäcker hat gerufen! Wer will guten Kuchen backen, der muß haben sieben Sachen!*

Bis Marcus zu der Adresse an der Ocean Avenue in New London kam, war es schon fast fünf Uhr. Es war niemand zu niemand Hause. Aber bereits zehn Minuten später bog Grace Cotton, eine kleine, stämmige Frau mit graumeliertem Haar, in die Auffahrt ein. Während sie aus dem Wagen stieg, bepackt mit Lebensmitteltüten, erklärte ihr Marcus, wer er sei und was er wolle.

Sie führte ihn durch die Hintertür in eine Küche und fing an, ihre Lebensmittel auszupacken.

»Justin müßte eigentlich jeden Augenblick heimkommen«, sagte sie. »Bitte setzen Sie sich doch.«

»Vielleicht können Sie mir ja schon etwas sagen über...«

»Mr. Garr, es tut mir leid, wenn ich Sie enttäuschen muß, aber wenn ich die Wahrheit sagen soll, ich kenne Dorie eigentlich kaum.«

»Wann haben Sie sie denn kennengelernt?«

»Nun, ich habe Justin vor achtzehn Jahren geheiratet, aber wenn ich Dorie in diesen ganzen Jahren fünfmal gesehen habe, dann ist das viel. Und Amelia – ihre Seele ruhe in Frieden – habe ich genau zweimal gesehen, bei ihrer Taufe und bei ihrer Beerdigung.«

»Ist es zwischen Dorie und ihrem Bruder irgendwann einmal zu einem Zerwürfnis gekommen?«

»Nein, es ist vielmehr so, daß sich die Mitglieder von Justins Familie noch nie sehr nahe standen. Seine Eltern sind jetzt schon eine ganze Weile tot, aber auch vorher hat es nie so etwas wie ein Familienleben gegeben. Und obwohl Justin nie etwas erzählt hat – er spricht nur äußerst ungern über seine Kindheit –, hatte ich doch immer den Eindruck, daß damals, als seine kleine Schwester starb, nun, daß dies das Ende jeder Nähe gewesen war, die es vielleicht einmal in dieser Familie gegeben hatte.«

»Besteht denn ein großer Altersunterschied zwischen Dorie und Justin?«

»Nur drei Jahre. Justin ist der Älteste, dann kam Dorie, dann

Amelia. Dories Tochter wurde selbstverständlich nach der kleinen, verstorbenen Schwester benannt.«

»Ich glaube, Dorie war damals gerade dreizehn, also muß Justin...«

Die Hintertür ging auf, und ein schlanker Mann mit einem schmalen, eckigen Gesicht kam herein. Grace erklärte Marcus' Anwesenheit und schilderte die Lage, in der er sich befand, und ließ die beiden anschließend allein.

»Meine Schwester ist der letzte Mensch auf Erden, der ein Kind entführen würde. Du meine Güte, sie liebt Kinder, sie war eine wunderbare Mutter. Ihr kleines Mädchen war praktisch ihr ganzer Lebensinhalt.«

»Damit wir uns nicht mißverstehen – ich frage Sie nicht, ob sie meine Tochter vielleicht genommen hat, ich muß Ihnen leider sagen, daß sie es getan hat. Und gerade weil sie nicht in der Lage war, Amelias Tod zu akzeptieren, hat sie es getan. Und nach dem, was mir Ihre Frau erzählt hat, hatten Sie fast keinen Kontakt zu Ihrer Schwester, was macht Sie also so sicher, daß sie eine so gute Mutter war?«

Der Mann setzte sich. »Sie haben recht, wahrscheinlich kann ich das gar nicht wissen. Ich habe es mir immer nur eingebildet.«

»Können Sie mir etwas über ihre Lebensgeschichte erzählen?«

»Da gibt es nicht viel zu erzählen. Sie hat geheiratet, sie hat Amelia bekommen, und kurz danach hat sie sich wieder scheiden lassen. Ich persönlich glaube ja, daß sie Howard Lucas nur geheiratet hat, um ein Kind zu bekommen. Wie ich bereits sagte, sie hat Kinder immer schon sehr geliebt.«

»Ihre Liebe zu Kindern – würden Sie sagen, daß die sich in den Jahren nach dem Tod Ihrer kleinen Schwester eher noch verstärkt hat?«

Er schaute auf. »Woher wissen Sie von ihr?«

»Von Ihrer Frau. Und Dorie hat sie einmal erwähnt.«

Er zuckte die Achseln. »Natürlich hat der Tod von Amelia die Familie schwer getroffen. Und Dorie mehr als jeden anderen.«

»Wieso?«

»Nun, sie stand ihr sehr nahe.«

»Hören Sie, Mr. Cotton, ich bin nicht gekommen, um ein bißchen mit Ihnen zu plaudern. Ich brauche ein paar Antworten, richtige Antworten, die mich begreifen lassen, was in Dories Kopf vor sich geht. Und ich habe auch nicht die Zeit, sie Ihnen langsam und eine nach der anderen aus der Nase zu ziehen.«

Justin starrte Marcus ein paar Sekunden lang an, und plötzlich schien er um Jahre gealtert zu sein.

»Okay, Sie haben recht. Ich habe Dorie mit ihrer eigenen Tochter nicht oft erlebt, aber ich weiß noch genau, wie sie mit unserer Schwester umgegangen ist. Sie war wie eine echte kleine Mutter zu ihr, hat ihr immer etwas beigebracht, mit ihr gespielt und ihr Geschichten und Kinderlieder vorgelesen. Amelia war ein richtiger Wildfang, aber das ließ Dorie völlig kalt. Im Gegenteil, Dorie war die einzige, auf die sie hörte.«

»Was ist Amelia denn zugestoßen?«

Er senkte den Kopf, schloß einen Moment die Augen und blickte dann wieder hoch.

»Sehen Sie, ich erzähle Ihnen jetzt etwas, was ich noch keiner Menschenseele gesagt habe.«

Marcus wartete.

»Meine Eltern waren beide schon um die Vierzig, als das Kind zur Welt kam. Sie war ein wunderschönes kleines Mädchen, mit dunklen Haaren, hellen Augen und sehr lebhaft. In unserer Familie hatte Mom das Sagen – Dad war ein großer, ruhiger Typ, der nur dann böse oder wütend wurde, wenn er nicht bekam, was er wollte. Natürlich gab es nie eine Zeit, zu der Mom nicht irgend etwas von uns wollte. Sie glich einem sanften Schleifer bei der Army, und ihre Kinder betrachtete sie als ihre ureigene Kompanie. Es war nicht ungewöhnlich, daß sie mitten in der Nacht ins Zimmer marschiert kam und es auf den Kopf stellte, nur weil sie ein Hemd oder ein Paar Hosen auf dem Fußboden gefunden hatte.

Entweder richtete man sich nach ihr und tat alles so, wie sie es wollte – oder es passierte etwas. Wenn man sie enttäuschte, dann beschwerte sie sich entweder bei Daddy, von dem man dafür eine Tracht Prügel bezog, oder, was noch schlimmer war, sie strafte einen mit tagelangem Schweigen und ließ einen links liegen. So, als habe man plötzlich zu existieren aufgehört. Das war das Schlimme daran – wir haben uns doch tatsächlich vor den Spiegel gestellt und nachgesehen, ob wir nicht unsichtbar geworden sind. Ich, als Junge, habe mich immer verdrückt und mich so lange wie möglich von zu Hause ferngehalten.«

»Und Dorie?«

»Nun, sie reagierte ganz erstaunlich. Schon recht früh kam sie dahinter, wie sie Mom zufriedenstellen konnte; sie half ihr beim Kochen und hielt ihr Zimmer und den Rest des Hauses in Ordnung. Sie tat, was man ihr sagte, und das immer mit einem Lächeln. Und dann, als das Baby zur Welt kam – Dorie war erst fünf Jahre alt, selbst noch ein kleines Kind –, da bemutterte sie das Neugeborene, als wäre es ihr eigenes. Und wenn man Mom reden hörte, dann hätte man fast glauben können, Dorie sei das Größte auf der Welt.«

»Und?«

»Nun, wie ich schon sagte, Amelia war lebhaft wie der Teufel und mutig für zwei. Aber ihre Verfehlungen konnten noch so belanglos sein – irgendwelche Bagatellen –, schon kam Mom, die mit unfolgsamen Kindern nichts anfangen konnte, angerannt und beklagte sich darüber bei Daddy. Das Seltsame war nur, daß ihr Schweigen bei dem Kind überhaupt nichts ausrichten konnte – Amelia war es völlig egal, ob Mom jemals mit ihr redete, die ganze Mutterliebe, die sie brauchte, holte sie sich von Dorie. Und obwohl sie noch so klein war, hat Dad nie gezögert, sich Amelia ordentlich vorzuknöpfen. Dorie ist dann immer dazwischengegangen und hat versucht, die Prügel selbst einzustecken.

Als Dorie älter wurde, hat sie es selbst übernommen, Amelia zu bestrafen – sie ließ sie vielleicht zehn, fünfzehn Minuten in einer Ecke sitzen, solche Sachen. Sie versuchte, dem Kind beizubringen, was es tun durfte und was es lieber lassen sollte, um nicht jedesmal wieder grün und blau geschlagen zu werden.«

Er seufzte. »Und dann ist es passiert. Wir waren zu einem Picknick in einen Park gefahren, es war ein Sonntag. Ich wäre viel lieber zu einem Baseballspiel gegangen – den ganzen Sonntag mit seiner Familie einen Ausflug zu machen, ist wohl das letzte, was sich ein Junge von sechzehn Jahren wünscht. Aber dieses Mal hatte Mom darauf bestanden, was hieß, daß Dad es so wollte.

Dad hatte den Wagen irgendwo außerhalb im Gras abgestellt – der Parkplatz war besetzt gewesen. Später am Nachmittag hat Dorie Amelia dabei erwischt, wie sie mit einem Filzstift das Rückfenster vollgeschmiert hat. Und so hat sie zu ihr gesagt, sie solle sich in einem Gebüsch neben dem Wagen verstecken und sich nicht von der Stelle rühren. Dann ist Dorie zu dem Ententeich gerannt, um ein Handtuch naß zu machen, damit sie das Fenster säubern konnte, bevor die Eltern die Schmiererei entdeckten.

In der Zwischenzeit hatte Mom einen freien Parkplatz entdeckt. Sie ist in den Wagen gestiegen und zurückgefahren. Sie hat nicht einmal gesehen, daß Amelia dort saß. Muß ich noch mehr sagen?«

»Sie ist überfahren worden?« sagte Marcus fragend.

»Sie lag zwölf Tage im Koma. Nun, Sie sagten, Dorie habe den

Tod ihrer Tochter nicht akzeptieren können, na, da hätten Sie sie mal bei ihrer Schwester erleben sollen. Sie war felsenfest davon überzeugt, Mom hätte Amelia getötet, weil sie das Wagenfenster beschmiert hat. Sie war nicht vom Gegenteil zu überzeugen. Sie ist sogar soweit gegangen, das bei der Polizei auszusagen, aber natürlich hat man ihr nicht geglaubt.«

»Sie hatte also Schuldgefühle?«

»Ich bin kein Psychiater, aber ich glaube schon. Und ihrer Meinung nach hätte ich Mom davon abhalten sollen, Amelia zu überfahren, da ich ja in der Nähe war und sie nicht.« Er zuckte die Achseln. »Natürlich hatte ich mit angehört, wie sie Amelia schimpfte, aber ich hatte doch keine Ahnung, wo sie sie hinschicken würde. Das war ja das Tragische – keiner wußte, daß Amelia da hockte – keiner, außer Dorie.

Nach diesem Ereignis war Dorie wie verwandelt, ich schätze, dabei ist etwas in ihr zersprungen. Noch Jahre danach mußten wir sie immer wieder von diesem Parkplatz wegholen... Dauernd saß sie dort herum und starrte dieses verdammte Gebüsch an, in dem sie Amelia zurückgelassen hatte.«

Marcus stellte noch die anderen Fragen, derentwegen er gekommen war, aber offensichtlich hatte Justin nicht übertrieben, als er meinte, Dorothy habe ihm nie verziehen. Obwohl beide, Justin und seine Frau, zu Amelias Beerdigung gefahren waren, hatte Dorothy mit keinem von beiden auch nur ein Wort gewechselt. Und keiner von beiden hatte auch nur die geringste Ahnung, wo sie jetzt sein könnte.

Marcus fiel wieder ein, wie Dorothy zu ihm gesagt hatte, Robin erinnere sie an ihre kleine Schwester. In welcher Hinsicht? Durch ihr Aussehen, ihren Charakter? Oder vielleicht auf eine Art und Weise, die etwas mit Bestrafung und Tod zu tun hatte?

Es war das letzte Haus in der Reihe, und obwohl Curtis schon versucht war, es auszulassen, beschloß er doch, das zu beenden, was er angefangen hatte. Eine sehr alte, sehr magere Frau ließ sich auf sein Klopfen hin an der Tür blicken. Er begann gerade mit der Erklärung für seinen Besuch, als sie bereits die Fliegengittertür öffnete und ihn ins Haus bat.

»Sie können sich die Vorrede sparen, Officer. Sie können mit einer solchen Geschichte nicht in einem ganzen Viertel hausieren gehen und dabei auch noch glauben, sie würde sich nicht wie ein Lauffeuer herumsprechen.«

»Vielleicht fällt Ihnen etwas ein, was mir weiterhelfen könnte?«

»Nun, ich habe schon den ganzen Tag darüber nachgedacht, aber ich bezweifle wirklich, daß ich Ihnen eine große Hilfe sein kann. Ich unterscheide mich nicht sehr von den jüngeren Frauen in der Nachbarschaft, auch ich kannte Dorie nicht sehr gut. Natürlich war sie immer sehr freundlich, wenn ich ihr auf der Straße begegnet bin. Und ihre Tochter war immer so höflich und zuvorkommend, wie man es sich gar nicht besser wünschen kann.«

»Wann haben Sie sie denn zum letzten Mal gesehen?«

»Warten Sie mal... Das war damals, als sie ihren Wagen packte, um in dieses Camp in Maine zu fahren.«

»Sie meinen, wo das Mädchen ertrunken ist?«

»Das ist richtig.«

»Sie wollte wohl die Leiche holen, oder?«

»Nein, das war schon nach der Beerdigung, ich würde sagen, so im späten August. Sie ist damals zum dritten Mal hingefahren, soweit ich mich erinnere. Sie hat schrecklich gelitten, hat einfach nicht vergessen können. Es ist eine entsetzliche Sache, einen geliebten Menschen zu verlieren, vor allem ein Kind. In meinem Alter habe ich so etwas erlebt, und es ist gleichgültig, wie alt das Kind ist – die Jungen sollten die Alten begraben, nicht umgekehrt.«

»Sie war dreimal dort oben? Sind Sie da sicher?«
»Oh, ziemlich sicher.«
»Waren Sie bei der Trauerfeier?«
»Ja. Egal, was die Nachbarn von Dorie halten mochten, bei der Trauerfeier waren fast alle da. Aus Respekt, wissen Sie.«
»Und wo fand die eigentliche Beerdigung statt?«
»Also, das könnte ich Ihnen nicht sagen. Es gab zuerst eine Totenwache und anschließend einen wunderschönen Gottesdienst mit Trauerrede in der Larchmont Chapel, aber zur eigentlichen Beerdigung war niemand eingeladen.«
»Larchmont Chapel... wo ist das ungefähr?«
»In der nächsten Stadt. In Bridgeport.«
Curtis lief zu seinem Wagen zurück, er war bereits über eine halbe Stunde zu spät für seinen Dienstbeginn dran. Marcus Garr war vielleicht schon auf dem Rückweg. Er würde seinen Bericht abgeben und sich dann mit dieser Larchmont Chapel in Verbindung setzen. Es konnte sicher nichts schaden, wenn man herausfand, wo dieses Kind beerdigt war.

Nach dem Abendessen und dem Dessert, zu dem sie den warmen Schokoladenkuchen aßen, holte Dorothy aus einem länglichen Behälter aus Pappendeckel ein paar lange, weiße Plastikstricknadeln und rosa Wolle hervor und ließ Robin mit der Arbeit an einem Schal für den Winter anfangen. Sie nahm die ersten Maschen auf eine der Nadeln auf und ergriff dann Robins Hände.
»Zuerst hebst du die Masche an und legst den Wollfaden über die untere Nadel. Dann ziehst du mit der Spitze der Nadel den Faden hindurch. Es ist ganz einfach.«
Obwohl sich der Unterricht endlos hinzuziehen schien – Robin ließ ständig Maschen fallen und verwickelte den Faden –, verlor Dorothy nicht ein einziges Mal die Geduld. Schließlich nahm sie das Strickzeug und verstaute es wieder in der Papprolle.

»Nun, ich glaube, das reicht für heute abend. Soll ich dir bei deinem Bad behilflich sein, Robin?«
Robin stand auf. »Das schaffe ich schon allein.«
Dorothy gab ihr zwei saubere Handtücher aus dem Wäscheschrank und legte ihr dann ein frisches Nachthemd, rosafarbene Plüschpantoffeln und einen Morgenmantel zurecht.
»Aber habe keine Hemmungen und ruf mich, wenn du mich brauchst. Und vergiß nicht, dich gut abzuschrubben, denn ich werde dich hinterher genau inspizieren.«
Robin rief sie nicht, aber sobald sie einen Fuß aus der Wanne setzte, stand Dorothy bereits neben ihr. Robin griff nach einem Handtuch und schlang es um sich.
»Laß das Handtuch fallen, Schatz, damit ich dich anschauen kann.«
Robin hielt das Handtuch weiter fest.
»Um Himmels willen, du brauchst dich doch nicht vor mir zu schämen, wir sind doch beide Mädchen. Amelia habe ich immer inspiziert – und sie hat sich nie so angestellt.« Dorothy streckte die Hand aus, um das Handtuch wegzunehmen, aber Robin wich einen Schritt zurück.
»Nein!«
»Oh, Robin, und ich dachte, wir würden uns so gut verstehen, und jetzt das? Du weißt aber, was das zu bedeuten hat, mein Schatz.«
Tu es, tu es, tu es doch!
Ich kann nicht!
Schließ die Augen, laß das Handtuch fallen und zähle bis zwanzig.
Robin schloß die Augen und ließ das Handtuch zu Boden fallen.
»Dreh dich herum, Schatz«, befahl Dorothy. »Langsam, damit ich mir alle Stellen genau anschauen kann.«
Vier, fünf, sechs...

Dorothy trat einen Schritt auf sie zu und berührte sie an den Ellbogen, hinter den Ohren, unter den Armen...
Vierzehn, fünfzehn, sechzehn...
Und dann wickelte Dorothy Robin wieder in das Badetuch ein.
»Siehst du, so schlimm war es doch nicht, oder? Jetzt trockne dich ab und zieh dir dein warmes Nachthemd an.«
Sie ging hinaus und machte die Tür hinter sich zu. Robin verharrte reglos, starrte ihr nach und wünschte sich, sie könnte sich wieder in die Wanne legen und die Erinnerung an Dorothys Finger, die überall ihre Haut berührt hatten, einfach wegwaschen. Statt dessen zog sie das Nachthemd und den Morgenmantel an und ging in ihr Zimmer, wo Dorothy bereits auf sie wartete.
»Ich überlegte mir gerade, daß wir morgen vielleicht ein bißchen an die frische Luft gehen und zusammen einen schönen langen Spaziergang machen könnten. Da gibt es etwas ganz Besonderes, das ich dir gern zeigen würde.«
Schweigen.
»Das heißt, vorausgesetzt, ich bekomme etwas Begeisterung über diesen kleinen Ausflug zu hören«, fügte Dorothy hinzu.
Robin schaute sie an, holte tief Luft und legte ihre Arme um Dorothy.
»Das würde mir großen Spaß machen, Mama«, sagte sie mit einer Kleinmädchenstimme.
Dorothy erwiderte die Umarmung und drückte Robin dabei so fest an sich, daß sie sich nicht mehr befreien konnte. Als Dorothy sie schließlich doch wieder losließ, sah Robin, daß sie feuchte Augen hatte.

Eunice saß im Sand, die Decken über den Kopf gezogen und um ihren Körper gewickelt.
Warum sollte Dorothy Birdie wohl entführen? Sie war eine

kranke, einsame Frau, na und – die Straßen waren voller einsamer, kranker Leute, die nicht einfach hergingen und sich zwölfjährige Kinder schnappten. Und warum ausgerechnet Birdie?

Okay – schön, Eunice. Warum *nicht* Birdie?

Von dem Augenblick an, als diese Verrückte mit dem nichtssagenden Gesicht ins Spiel gekommen war, hatte sie die ganze Situation an sich gerissen und Marcus so lange etwas vorgemacht, bis dieser tatsächlich geglaubt hatte, daß sie genau das sei, was Birdie brauchte. Hatte Dorothy das von vornherein so geplant? Eine gottverdammte Intrige, geplant und ausgeführt von jemandem, der so moralisch war wie Dorothy Cotton?

Vergiß es, Eunice.

Sie holte zwei Kerzen aus der Leinentasche, zündete sie an und steckte sie in den Sand. Dann nahm sie erneut den Schnappschuß zur Hand und starrte auf Amelias Foto. Zum Teufel, sie erinnert mich an jemanden, ich habe sie schon irgendwo gesehen.

Wer ist sie, Birdie, wer, zum Teufel, ist sie?

Robin überlegte sich die Worte sehr sorgfältig, bevor sie sie in ihr Tagebuch schrieb:

> Liebes Tagebuch, *mein Ausbruch gestern und all die anderen schlimmen Dinge, die ich anstelle, tun mir sehr leid. Ich versuche wirklich, mich zu bessern, ehrlich. Als ich ganz allein und voller Angst mit der Schlange in meinem Zimmer saß, hatte ich genug Zeit, über Mama nachzudenken. Und da ist mir klargeworden, daß sie mich ja nur zu meinem Besten bestraft. So wie ich es jetzt sehe, hatte sie gar keine andere Wahl.*
>
> *Sie weiß bestimmt immer ganz genau, was richtig ist, und ich nicht. Aber ich hoffe, sie wird bei mir nicht aufgeben,*

weil ich ohne sie ein ziemlich trauriger Fall wäre. Aber als ich heute meinen ersten Kuchen gebacken habe, o ja, das hat Spaß gemacht. Und auch das Stricken. Vielleicht kann ich Mama überraschen und den Schal, wenn er fertig ist, in Geschenkpapier packen, ein Band darum wickeln und ihn ihr als Geschenk überreichen.

Robin lag zusammengerollt unter der Decke, als Dorothy hereinschlich, das Tagebuch aufschloß und im Schein der Nachtleuchte die erste Eintragung las. Robin hatte einen erstaunlichen Fortschritt gemacht – sie hatte ganz bestimmt heimlich in Amelias Tagebuch nachgeschaut.
Aber das waren immer noch Robins eigene Worte, und auch wenn sie sie jetzt selbst noch nicht ganz glaubte, so würde sie irgendwann einmal, nach vielem Nachdenken und Niederschreiben, doch noch daran glauben. Ständige Wiederholung war Teil des Lernprozesses.
Sie verschloß das Tagebuch wieder, legte es auf den Nachttisch zurück und ging in ihr Schlafzimmer. Vielleicht würde auch Robin eines Tages anfangen, wie Amelia, das Tagebuch vor ihr zu verstecken – und Dorothy würde jede Nacht das Zimmer auf den Kopf stellen müssen, um es zu finden.
Sie und Amelia hatten immer ihre geheimen Spielchen miteinander gespielt, und das Beste daran war gewesen, daß keine von beiden jemals der anderen die Spielregeln hatte erklären müssen – sie hatten sie instinktiv gewußt. So eng war Amelia mit Dorothy verbunden gewesen.
Und eines Tages würde das auch Robin sein.

Robin hatte einen rosa-weiß gemusterten Trainingsanzug und eine rosa Baumwolljacke aus dem Schrank genommen und sich rasch angezogen. Jetzt schaute sie sich zum ersten Mal Amelias Feldkiste an. Sie bückte sich, öffnete sie und holte die

Taschenlampe aus Camp Raintree heraus, von der sie wußte, daß sie noch darin liegen mußte; ganz vorsichtig schob sie erst das Fenster, dann das Fliegengitter in die Höhe, kletterte auf das Fensterbrett und ließ sich auf den Boden fallen.

Sie schaute sich in ihrer näheren Umgebung um und versuchte, ihre Augen an die Dunkelheit zu gewöhnen. Sicher, sie konnte um das Haus herumgehen und die verlassene asphaltierte Straße entlanglaufen, die sie gestern gesehen hatte, aber wenn Dorothy entdeckte, daß sie weg war, würde sie ihr mit dem Wagen nachfahren. Es war also besser, durch den Wald zu laufen. Wenn sie weit genug lief, mußte sie doch irgendwo herauskommen.

Leise schlich sie durch den Garten hinter dem Haus und in den Wald hinein, knipste die Taschenlampe an und rannte los.

18

Es war bereits nach acht Uhr, als Curtis endlich den Vorsteher der Larchmont Chapel erreichte, der offensichtlich als einziger berechtigt war, die Akten zu öffnen. Von den Papieren aufblickend sagte er: »Wissen Sie, das ist bereits die zweite Anfrage wegen dieses Kindes – jemand aus Boston hatte sich auch schon erkundigt. Mir fällt der Name nicht mehr ein, aber...«

»Marcus Garr?«

»Ja, das ist er.«

»Gut, lesen Sie mir einfach vor, was da steht.«

»Schauen wir doch mal... Da steht eine Adresse in Los Angeles, Remington Road 2694 – das sind die Eltern. Dann noch der Name Raintree, das ist bei Bangor, Maine. Dieser Garr hat mich seinerzeit erst wieder daran erinnert, daß dort, in Bangor, das Mädchen ertrunken ist und daß wir es dort auch abgeholt haben.«

»Wo ist das Mädchen begraben worden?«

»Das weiß ich nicht.«

»Ja, steht das denn nicht in Ihren Unterlagen?«

»Das würde es schon, wenn wir die Beerdigung übernommen hätten. Aber da es nicht hier steht, muß sich die Familie selbst darum gekümmert haben. Manchmal wollen die Leute die Beerdigung in einem anderen Staat durchführen oder ähnliches.«

»Wem wurde der Körper denn übergeben?«

»Tut mir leid, steht nicht hier, und das sollte es aber, muß ich Ihnen gestehen. Aber ich möchte wetten, daß es der Vormund der Verstorbenen war. Wir geben einen Toten doch nicht irgend jemandem heraus – wir sind jetzt seit fünfzig Jahren in diesem Geschäft, und wir haben immer korrekt gearbeitet.«

Curtis legte auf und fragte sich, ob er jetzt wohl gleich bei der Polizei in Bangor anrufen sollte.

Marcus versuchte es wieder einmal, bei Eunice anzurufen, als er zum Tanken anhielt. Es meldete sich immer noch keiner. Dann rief er bei Mollie an und informierte sie über das Gespräch mit Dorothys Bruder.

»Was mir dabei aufgefallen ist, war die Tatsache, daß Dorothy immer wieder an die Stelle zurückgekehrt ist, an der ihre Schwester getötet wurde. Ich habe die Worte ihres Bruders noch im Ohr. Hören Sie, Mollie, meinen Sie nicht auch...«

»Ich weiß schon, was Sie mich fragen wollen, und ja, es ist möglich. Menschen kehren oft an den Ort des Todes zurück, wenn sie nicht vergessen können.«

»Noch eine Sache, Mollie. Wenn es so ist, wie man sagt, daß nämlich eine Disposition zu Kindesmißhandlung – wenn sie bereits einmal in einer Familie vorgekommen ist – an die nächste Generation weitergegeben wird, dann ist es doch sehr wahrscheinlich, daß Dorothy zu einem solchen Verhalten neigt, habe ich recht?«

Eine Pause, dann: »Nun, ich habe ständig an Robins zwanghafte Fixierung auf ihren Rücken und auch daran denken müssen, daß ich immer gesagt habe, mir würde da noch ein Stück Information fehlen. Und schließlich begriff ich, daß Robins Gefühl wahrscheinlich von etwas ausgelöst worden war, was sie tatsächlich gesehen hat, etwas, was zu schmerzhaft war, um sich daran zu erinnern. Und um Ihre Frage zu beantworten, ja – und ich möchte wetten, daß Amelia Spuren offensichtlicher Mißhandlung gehabt hatte, die von Robin entdeckt wurden.«

Nachdem Marcus das Gespräch mit Mollie beendet hatte, rief er Curtis an und erzählte ihm von seinem Besuch bei Justin Cotton.

»Himmel, das paßt«, sagte Curtis. »Ich habe eben herausgefunden, daß der Körper von Amelia Cotton nicht von dem Institut beerdigt wurde, das die Trauerfeier abgehalten hatte. Der Körper wurde abgeholt – wahrscheinlich vom gesetzlichen Vormund, der, wie ich annehme, ihre Mutter sein dürfte – und dann woanders beerdigt.«

»Glauben Sie, vielleicht irgendwo in der Nähe des Camps?«

»Ich weiß nicht, ich war gerade dabei – bleiben Sie dran, ich habe einen Anruf auf der anderen Leitung.« Als Curtis wieder an den Apparat kam, sagte er: »Das war die Sparkasse von Connecticut. Sieht so aus, als habe Dorie Lucas am zwanzigsten August dreißigtausend Dollar von ihrem Guthaben abgehoben. Und am selben Tag hat sie Wertpapiere verkauft und dabei hundertfünfzigtausend Dollar kassiert. Die schlechte Nachricht ist, daß sie drei Tage vorher darum gebeten hat, in bar ausbezahlt zu werden, so daß es keine Schecks gibt, die man zurückverfolgen könnte.«

»Mist.«

»Wie weit sind Sie denn von hier weg, Marcus?«

»Vorher war der Verkehr ziemlich schlimm, aber jetzt würde ich sagen, daß ich es in maximal zehn Minuten schaffen müßte.«

»Okay, warten Sie, es ist jetzt fast neun Uhr. Ich rufe gleich mal bei der Polizei in Bangor an und erkundige mich, was man mir dort über ein Bankkonto, den Kauf einer Immobilie oder etwaige Friedhöfe erzählen kann. Übrigens, inzwischen ist auch das FBI eingeschaltet worden. Sie werden wahrscheinlich schon heute abend etwas von ihnen hören, spätestens morgen früh.«

Dorothys Gedanken wanderten immer und immer wieder zu den herzergreifenden Zeilen in Robins Tagebuch zurück. Es war nicht nur die Tatsache, daß sie ihre Reue so angemessen ausgedrückt hatte, sondern vor allem der Plan, den gestrickten Schal ihrer Mama zum Geschenk zu machen. So etwas hätte sie von Robin nicht erwartet, nicht nach all den Jahren, in denen man ihr die Unsensibilität und Selbstsucht ungestraft hatte durchgehen lassen. Und obwohl Dorothy selbstverständlich davon ausging, daß ihre Arbeit an Robin schließlich Früchte tragen würde, so hatte sie doch keinen so raschen Fortschritt erwartet.

Obwohl sie erst vor weniger als einer Stunde in Robins Schlafzimmer gewesen war, verspürte Dorothy einen dieser plötzlichen Impulse, die keine Mutter so einfach ignorieren kann – sie mußte einfach hinübergehen und einen letzten Blick auf Robin werfen, bevor sie einschlafen konnte.

Dorothy stand auf und rang heftig nach Atem, als eine Hitzewelle ihren Körper durchzog – kein Mann auf der Welt konnte ein solches Gefühl in ihr wecken. Gab es irgend etwas, irgend etwas, was so wertvoll, rein und unschuldig war wie ein schlafendes kleines Mädchen?

Robin hatte bereits einen, wie ihr schien, endlos langen Weg im Laufschritt zurückgelegt, ehe sie zum ersten Mal stehenblieb, um sich auszuruhen. Zuerst dachte sie, sie sei vielleicht schon am Waldrand angekommen, als sie die Lichtung sah, aber dann bemerkte sie die weißen, schimmernden Steine, und ihr wurde klar, daß es sich um einen Friedhof handelte. Sie wich erschrocken einen Schritt zurück.

Jetzt komm aber, was soll das. Seit wann hast du denn Angst vor Friedhöfen?

Ich bin vorher noch nie allein und mitten in der Nacht auf einem gewesen.

Papperlapap. Was soll denn nachts schon passieren, was nicht auch tagsüber geschehen kann? Das sind doch alles nur Leichen, oder?

Ja, sicher.
Also, was meinst du wohl, was sich hier abspielen wird, die Nacht der lebenden Toten vielleicht? Ruh dich hier ruhig eine Weile aus, dieser Ort ist so gut wie jeder andere.
Und dann?
Dann mußt du versuchen, eine Straße zu finden. Wo es einen Friedhof gibt, da muß es auch eine Straße geben, auf der die Leute hinfahren können.
He, gute Idee. Weißt du, vielleicht stellst du dich doch nicht so dumm an.
Robin saß auf der kühlen Steinplatte, die eines der Gräber bedeckte, und hatte den Kopf an den hohen weißen Stein gelehnt. Sie ließ den Strahl der Taschenlampe umherwandern – es war nur ein kleiner Friedhof, insgesamt vielleicht hundert Gräber. Aber was ihr auffiel, das war ein leuchtender rosa Kreis, der sich ein paar Gräber weiter weg zu ihrer Rechten befand. Konnte das eine Art Zaun sein?
Ein rosafarbener Zaun?

Curtis hatte eben den Hörer aufgelegt, als Marcus in sein Büro stürmte.
»Und?« meinte Marcus fragend.
»Sie kümmern sich sofort um die Angelegenheit, aber machen Sie sich keine falschen Hoffnungen. Es könnte durchaus ein paar Stunden dauern, bis sie die richtige Bank finden – angenommen, die Dame hat dort überhaupt ein Konto –, dann jemanden auftreiben, der ihnen die Grundbuchauszüge zeigt, immer vorausgesetzt, sie hat überhaupt eine Immobilie in der Gegend dort erworben. Sie werden außerdem auch alle Friedhöfe in der Nähe überprüfen.«
»Wie weit ist es von hier bis zum Flughafen?«
»Eine Stunde. Jetzt hören Sie doch, das sind doch alles nur Spekulationen, Marcus. Ich weiß nicht, ob Sie tatsächlich

sofort dort hinfliegen müssen. Und dann ist da auch noch das FBI zu berücksichtigen.«
»Was ist mit den Flughäfen, die hier in der Nähe sind, kann ich dort ein Flugzeug chartern?«
Curtis seufzte und reichte ihm die Gelben Seiten.

Robin hatte sich das noch nicht sehr lange angesehen, als sie schließlich doch aufstand und zu der kleinen Gruppe von Grabsteinen ging. Ein Familiengrab? In der Mitte stand ein größerer Grabstein, der von drei kleineren umgeben war. Aber das eigentlich Merkwürdige daran waren die hohen, schimmernd rosa gestrichenen Steinbrocken, die das Areal umgaben und wie eine Barrikade abschirmten.
Sie schluckte schwer, als sie sich auf einen der fast einen halben Meter hohen Natursteine stellte und in den Kreis der Gräber hinunterstieg. Dort ließ sie den Lichtstrahl der Taschenlampe über eine der Inschriften wandern:

1964–1972
Hier ruht meine geliebte erste Tochter
Amelia Cotton

Cotton, konnte das –? Nein, ihr Name lautete in Wirklichkeit gar nicht Cotton, er war Lucas.
Robin leuchtete auf den nächsten kleinen Grabstein:

1978–1990
Hier ruht meine geliebte zweite Tochter
Amelia Lucas

Ach du meine Güte! Amelia lag *hier*?
Sie holte dreimal tief Luft und trat dann mit wild klopfendem Herzen vor den letzten der kleinen Grabsteine. Nervös biß sie

sich auf die Unterlippe und richtete den Strahl der Taschenlampe auf die Inschrift:

1978–
Hier ruht meine geliebte dritte Tochter
Amelia Garr

Der Schrei hatte sich bereits ihrer Kehle entrungen, noch ehe sie es verhindern konnte. Sie hatte die Taschenlampe fallen lassen und bückte sich, um sie wieder aufzuheben – und stieß direkt gegen den großen Grabstein in der Mitte. Die Augen nur wenige Zentimeter von der Inschrift entfernt, las sie:

1959–
Hier ruht Mama
Dorothy Cotton-Lucas

Robin ließ die Taschenlampe liegen, rappelte sich hoch, stolperte, als sie über die Steinbegrenzung stieg, stand wieder auf und rannte so schnell davon, daß sie gar nicht mehr spürte, wie ihre Füße den Boden berührten.

Als sie die Schreie hörte, war Eunice eben die Verbindung eingefallen – Amelias blasses, leicht verhärmtes, aber hübsches Gesicht auf dem Foto erinnerte sie an *Do-ro-thy*!
Und sie konnte schwören, daß sie eben etwas gehört hatte, da war sie ganz sicher. Sie legte die Hände wie einen Trichter vor den Mund und schrie zurück: »BIRDIE! ICH BIN ES, EUNICE. ANTWORTE MIR, VERDAMMT NOCH MAL!«
Sie ließ sich auf die Erde sinken, wühlte in ihrer Leinentasche und stopfte alles, Taschenmesser, Zündhölzer und ein paar Kerzen, in ihre Manteltasche.
Dann zog sie ihre Tennisschuhe wieder an, hob die Taschen-

lampe auf und ging in die Richtung, aus der der Schrei gekommen war.

Obwohl die Polizei in Bangor noch nichts von sich hatte hören lassen, hatten Curtis und Marcus inzwischen mit drei privaten Fluggesellschaften telefoniert und versucht, noch in dieser Nacht einen Flug nach Bangor zu bekommen.

Curtis schaute auf. »Marcus, ich habe hier jemanden, der Sie bis nach Vermont mitnehmen und dort bei einem kleinen Flughafen in Burlington absetzen kann. Mehr kann er nicht für Sie tun.«

»Wie lange fährt man zu dem Flughafen?«

»Zehn Minuten, und die Maschine startet, sobald Sie dort sind. Der Flug dauert ungefähr vierzig Minuten.«

»Sagen Sie ihm, daß ich den Flug nehme.«

»Was ist mit...«

Marcus ging an einen anderen Apparat und rief Shari in Boston an. Er mußte es sechsmal läuten lassen, bevor sie sich meldete.

»Hier ist Marcus. Sagen Sie nichts, hören Sie mir nur zu.« Er schaute auf seine Uhr. »Ich bin jetzt in Connecticut, und ich werde gegen halb elf Uhr am Flughafen in Burlington ankommen. Ich brauche von dort aus ein Flugzeug, das mich anschließend sofort nach Bangor in Maine bringt. Rufen Sie die Leute an, die wir bisher immer beauftragt haben. Falls Sie sie nicht erreichen, dann rufen Sie Richter Weitzman an und sagen ihm, daß er seine Beziehungen spielen lassen soll, falls es sein muß, aber es ist auf jeden Fall dringend. Irgendwelche Fragen?«

»Alles verstanden, Marcus.«

Dorothy war bereits eine Viertelstunde langsam die kurvige, steile Straße entlanggefahren, als sie schließlich doch an den

Straßenrand fuhr und anhielt. Robin konnte in so kurzer Zeit unmöglich eine solche Strecke zurückgelegt haben.
Sie wendete und fuhr den Berg wieder hinauf, bis sie zu der Straße kam, die zu dem Friedhof führte. Sie bog ab und fuhr schneller, trotz des holprigen Kieselbelags unter den Autoreifen. Wenn Robin nicht auf dem Friedhof war, dann konnte sie immer noch zu der Straße hinunterfahren, die zu Camp Raintree führte, und dort auf sie warten...

Lauf, Robin, lauf.
Mein Grab.
Schneller, lauf schneller.
Mein Grab.
Bleib nicht stehen, bleib...
Was?
Ein Motor, da ist etwas...
Du bildest dir schon irgendwelche Geräusche ein.
Tu ich nicht – schau.
Scheinwerfer – ein Auto!
Warte, vielleicht...
Das darf ich nicht vorbeilassen.
Aber...
Sie hob beide Arme hoch über den Kopf und rannte in die Mitte der Straße.

19

Marcus, der jetzt im Flugzeug saß und allein mit seinen Gedanken war, ging Mollies jüngste Theorie immer und immer wieder durch: Daß es nämlich Amelias Mißhandlung war, die Robin bereits vor längerer Zeit aus ihrem Bewußtsein verdrängt hatte. Blaue Flecken, Brandwunden, Schnitte – warum war so etwas nur keinem Menschen aufgefallen, und warum hatte keiner etwas gesagt? Und was war jetzt, würde Dorothy auch Robin weh tun? Nein, mit Absicht nicht, aber im Namen der Disziplin? Oder um Robin vor sich selbst zu schützen? Hatte sie nicht genau das getan, als sie ihre kleine Schwester bestrafte?

Obsessionen, Zwänge – den meisten Leuten gelang es doch, diese Triebe zu bändigen und sich nicht von ihnen beherrschen zu lassen, oder? Und eine schwierige Beziehung zur Mutter – aus der mußte sich doch jedes Kind befreien, nicht wahr? Wie stark waren Dorothys Zwänge, wie weit würden sie sie treiben?

Plötzlich fiel ihm etwas ein. Es war etwas so Unwichtiges, daß er eigentlich darüber hätte lachen sollen, doch statt dessen überlief ihn ein kalter Schauer. Hatte Dorothy seine Küchenschränke deswegen neu eingeräumt, weil sie gar nicht anders gekonnt hatte?

Das Entsetzen und der Schock darüber, Dorothy direkt in die Arme gelaufen zu sein, hatte Robin so erschüttert, daß sie nicht einmal schreien konnte. Im Geiste zählte sie mit, wie oft Dorothy ihr mit der Hand ins Gesicht schlug. Zwölfmal insgesamt, und nicht einen Schlag davon hatte sie gespürt.

Dorothy holte ein Stück Wäscheleine aus ihrer Tasche und

fesselte zuerst ihre Handgelenke, dann ihre Knöchel. Dann wurde Robin von ihren starken Armen auf die Rückbank des Kombis gehoben.

Schon kurz danach spürte Robin, wie diese starken Arme sie erneut hochhoben und zurück in ihr rosa-weißes Schlafzimmer trugen. Dorothy legte sie auf das Bett, befreite ihre Handgelenke und zog sie bis auf die Unterwäsche aus. Plötzlich aber riß sie ihr beide Arme mit den losen Enden der Wäscheleine, die immer noch an ihren Handgelenken befestigt waren, nach hinten, zog die Schnur ganz straff und fesselte zuerst Robins Arme und dann ihre Beine an die vier weißen Bettpfosten. Robin fing zu weinen an.

»Die Konsequenzen hättest du dir früher überlegen sollen, würde ich meinen«, sagte Dorothy. »Das ist eben dein größter Fehler, Robin, du denkst die Dinge nicht zu Ende, du rennst einfach drauflos. Genau wie meine erste kleine Amelia. Und dank deines destruktiven Einflusses ist auch meine zweite Amelia in diese Gewohnheit verfallen. Und beide sind aus diesem Grunde tot. Läßt dich das nicht innehalten und über deine Taten nachdenken?«

»Es tut mir leid«, flüsterte Robin.

»Worte sind ohne Bedeutung, Robin. Du mußt den Kummer am eigenen Leib *spüren*, um zu wissen, was das wirklich heißt. Es ist wie eine tiefe, blutende und pulsierende Wunde, die dich in deinem Innersten erzittern und erbeben läßt. Aber bevor ich mit dir fertig bin, wirst du das Gefühl sehr gut kennen.«

»Wie lange...« Robin deutete mit dem Kopf auf die Stricke, aber Dorothy verließ das Zimmer, ohne sie zuzudecken. Robin fröstelte, kalt war ihr, und ihre Arm- und Beinmuskeln schmerzten bereits, so fest zerrten die Stricke an ihren Gliedern.

Die Schlafzimmertür ging auf. Kam Dorothy zurück, um ihr etwas zu essen zu bringen, eine Decke vielleicht? Ober um ihr eine Strafpredigt zu halten, eine Kugel...

Doch das Etwas, das am Ende eines dicken Stockes, den Dorothy in der Hand trug, hing, war die Schlange! Dorothy ging damit zum Bett und hielt den Stock über Robins Körper.

»Nein!« schrie Robin. »Bitte nicht – oh, bitte nicht!«

»Sei still, Robin. Ich will, daß du mir jetzt ganz genau zuhörst, denn ich werde es nur einmal sagen.«

Robin hielt die Luft an, und ihr Blick wanderte zwischen Dorothy und der Schlange hin und her...

»Wenn diese Schlange auch nicht giftig ist, so ist sie doch durchaus in der Lage, dich zu beißen. Und sie wird ganz bestimmt zubeißen, wenn eine Person sich bewegt oder laute Geräusche macht, um sie zu vertreiben.

Wenn du also ruhig liegen bleibst und die Strafe wie ein braves Mädchen auf dich nimmst, dann wirst du es wahrscheinlich schaffen, sie ohne Spuren an deinem Körper zu überstehen. Andererseits aber, wenn du schreist oder heulst oder um dich schlägst, wird diese Strafe um so härter für dich ausfallen. In dem Fall wird Mama morgen früh sehr viel Erste Hilfe leisten müssen. Du siehst also, es liegt nur an dir. Vielleicht hilft es dir, wenn du daran denkst, daß auch Schlangen Geschöpfe Gottes sind. So wie du und ich, Robin.«

Jeder Muskel an Robins Körper versteifte sich, als Dorothy die Schlange auf ihren Bauch legte. Sie konnte spüren, wie sich deren dicke, lederartige Haut langsam über ihre eigene Haut schob. Sie sah, wie Dorothy ein paar Stühle an das Bett rückte und so mit den Lehnen eine Art Barrikade baute.

Als sie aus dem Zimmer ging, ließ Dorothy die Nachtleuchte brennen.

»Gute Nacht, mein Schatz.«

Eunice hatte das Gefühl, bereits stundenlang gelaufen zu sein, aber es hatte nur fünfzig Minuten gedauert, bis sie zu dem hohen Maschengitterzaun kam. Sie steckte die Lampe in ihre Tasche und umklammerte die oberste Strebe mit beiden Händen. Dann stellte sie die Spitze ihres Tennisschuhs in eine der Maschen und zog sich mit den Armen nach oben; aber ihr Fuß rutschte wieder heraus, und sie landete mit beiden Beinen auf der Erde. Sie versuchte es noch einmal, aber dieses Mal zog sie ihren ganzen Körper über den Zaun und ließ sich auf der anderen Seite in einen Haufen trockener Blätter fallen.

Sie stand auf, holte ihre Taschenlampe heraus und ließ den Lichtkegel in alle Richtungen wandern: Wälder, Wälder, nichts als Wälder. Aber der Schrei war aus der Richtung gekommen, da war sie sicher. Und hatte sie nicht auch ein Hausdach gesehen, als sie sich am Nachmittag hier umgeschaut hatte? Sie nahm ihre Suche wieder auf, und ihre Schritte wurden immer schneller...

Ich komme, Birdie. Halte durch, ich komme!

Als er auf seinem Flug kurz in Burlington, Vermont, zwischenlandete, rief Marcus Curtis an.

»Hat die Polizei in Bangor...«

»Bis jetzt noch nicht. Hat Ihr Anschluß geklappt?«

»Wir tanken gerade auf.«

»Okay. Die Polizei in Bangor wird auf Sie warten, offensichtlich ist das Rollfeld, auf dem Sie landen werden, ungefähr fünfzehn Meilen außerhalb der Stadt. Was glauben Sie, wie lange brauchen Sie bis dorthin?«

»Der Pilot meint, eine Stunde.«

»Das werde ich sofort durchgeben. Bis Sie ankommen, hat man vielleicht schon konkrete Informationen für Sie.«

»Dann glauben Sie also nicht, daß ich hinter einem Trugbild herjage?«

»Ich meine, Sie müssen Ihrem Instinkt folgen. Wenn es mein Kind wäre, dann würde ich dasselbe tun wie Sie.«

Eunice ... Eunice, wo bist du?
Ich bin hier bei dir.
Ich will nicht dich, ich will Eunice.
Oh, vielen Dank. Was ist an mir so falsch?
Kannst du nicht diese Schlange von mir runternehmen?
Nein, aber –
Aber nichts. Eunice kann es. Sie ist die einzige, die das kann. Selbst Daddy würde einen Stock dazu nehmen müssen.
Nun, wer weiß, vielleicht kommt sie ja noch.
Aber ja doch, sicher. Sie wird kommen, der Weihnachtsmann, der Osterhase, die Zauberfee und Sting, und alle im selben Schlitten.
Vergiß nicht, was Eunice will, das bekommt sie auch.
Ja, ich weiß. Wieso denken wir das eigentlich immer von ihr?
Weil sie dauernd zu Hause herumlief und uns damit so lange auf die Nerven ging, bis wir es schließlich glaubten.
Das ist ja lustig.
Warum lachst du dann nicht?
Aus demselben Grund, warum ich nicht weine. Ich weiß wirklich nicht, wie lange ich hier noch liegen kann, ohne zu schreien. Ich kann spüren ...
Denk nicht daran, rede nicht darüber. Laß einfach die Augen zu und denk dir ein Lied aus, damit es in deinem Kopf ganz laut ist. Komm schon, ich werde auch mit dir singen.
Ich habe aber eine ganz scheußliche Stimme.
Glaubst du vielleicht, meine ist besser?
Nein, nicht ... Okay, was singen wir?
Was immer Eunice will, das bekommt sie auch ...

Eunice legte bis zum Friedhof keine Pause mehr ein. Und sie wäre auch dort nicht stehengeblieben, hätte sie nicht, als sie die Taschenlampe über den Friedhof wandern ließ, den rosafarbenen Schimmer entdeckt...

Sie ging darauf zu und blieb stehen, als sie an die Barrikade aus Felsbrocken kam. *Was ist das denn, so eine Art Club?* Sie beugte sich vor, richtete den Lichtstrahl auf den Stein und las die Inschrift auf dem mittleren Grabstein: *Dorothy Cotton-Lucas.* Sie stieg über den Zaun, bückte sich und fand eine Taschenlampe am Boden: Sie war blau und silber und trug das Zeichen von Camp Raintree. Aha! Sie steckte sie ein, drehte sich um und entzifferte die Inschriften auf den Grabsteinen, die um den größeren herum standen.

Als sie zu dem für Amelia Garr kam, erstarrte sie...

Das war jetzt das neunte Mal, seit sie Robin mit der Schlange allein gelassen hatte, daß Dorothy die silberne Spieldose aus dem sechzehnten Jahrhundert aufgezogen hatte; aber nichts hatte bisher geholfen, den Schmerz zu lindern, der in ihrem Innern wühlte. Nun, dann würde sie die Melodie eben immer wieder spielen – zwölfmal, vierundzwanzigmal, achtundvierzigmal, die ganz Nacht hindurch, wenn es sein mußte, um Robins entsetzliche Strafe selbst überstehen zu können.

War die heutige Nacht ein Omen? War es ein Omen, daß Robin den Weg zum Friedhof und nicht den zur Straße eingeschlagen hatte, was logischer gewesen wäre? Hatte Robin Amelias Gegenwart geahnt, hatte es sie zu ihr hingezogen? Und wenn, hatte das zu bedeuten, daß Robin jetzt über das Familiengrab Bescheid wußte? Und wenn das so war, dann wußte sie auch, daß Dorothy die Absicht hatte, sie auf den Namen Amelia umzutaufen. Sie hatte noch etwas länger damit warten, noch etwas länger mit ihr darüber reden wollen, damit das Kind sich langsam an diesen Gedanken hätte gewöhnen können. Eigentlich hatte sie vorgehabt, Robin bei ihrem für morgen geplanten Ausflug die Grabsteine der Familie zu zeigen.

Doch gleichgültig, was Robin im Moment auch erleiden oder welche Wut sie gegen Dorothy auch verspüren mochte, tief in ihrem Innern – was allein zählte – wußte sie, daß ihre Mama sie liebte und nichts anderes im Sinn hatte, als sie zu umsorgen. Nicht nur in dieser Welt, sondern auch in der nächsten.
Du siehst also, Robin, es gibt nichts, was du tun könntest – absolut nichts, und sei es auch noch so sündig oder selbstsüchtig –, was deine Mama dazu überreden könnte, dich den anderen zu überlassen, die dir nur weh tun würden.
Ja, mein Schatz, Mütter sind nun mal so.

Nachdem sie den Friedhof hinter sich hatte, beschleunigte Eunice ihre Schritte, aber es dauerte noch fast vierzig Minuten, ehe sie den Lichtschimmer sah, der durch die Bäume fiel. Als sie näher kam, sah sie, daß das Licht von einem Haus kam – da war eines der Hausdächer, die sie heute bereits entdeckt hatte. Sie blieb so lange am Waldrand stehen, bis sich ihr fliegender Atem wieder beruhigt hatte, betrat dann leise den Garten und schlich hinter das Haus.
Sie spähte in das erste Fenster... die Küche. Über dem Herd brannte ein schwaches Licht. Hinter dem nächsten Fenster lag das Badezimmer, und hinter dem, das sich daran anschloß, brannte eine Nachtleuchte. Sie stellte sich auf die Zehenspitzen, drückte die Nase gegen die Scheibe und schaute hinein, aber bei dem schwachen Licht konnte sie nichts richtig erkennen. Schließlich nahm sie ihre Taschenlampe und leuchtete damit hinein...
Das durfte doch wohl nicht wahr sein, war das eine Schlange ... eine Schlange, die da auf einem Menschen herumkroch?

Ein Polizeibeamter in Uniform, der sich als Officer Phillips vorstellte, holte Marcus am Rollfeld ab und wartete dann noch so lange, bis dieser es sich im Fond des Streifenwagens bequem gemacht hatte, ehe er vorlas, was er sich auf einem Blatt Papier notiert hatte.

»Laut Grundbuchauszug hat eine Dorothy Lucas am dreizehnten August dieses Jahres an der Kreuzung der Bundesstraßen Fünfhundertelf und Zweiundneunzig Haus und Grundstück erworben. Was sollen wir jetzt tun?«

»Hinfahren«, sagte Marcus. »Und zwar schnell.«

Phillips bog in die Straße ein und trat das Gaspedal bis zum Anschlag durch.

»Handelt es sich um eine Entführung?« fragte er.

»Ja. Um meine Tochter.«

»Tatsächlich? Ich habe noch nie an einem solchen Fall gearbeitet.«

»Vielleicht sollten Sie sich über Funk mit etwas Hintergrundinformation versorgen lassen.«

»Das würde ich ja gern, aber mein Funkgerät ist kaputt. Ich mußte vorhin schon von einer öffentlichen Telefonzelle aus anrufen, um den Grundbuchauszug zu bekommen. Wir können ja zuerst am Revier halten, wenn Sie wollen, das sind nur drei Meilen Umweg.«

»Sie sind doch bewaffnet, oder?« fragte Marcus.

»Aber natürlich.« Phillips klopfte mit der Hand auf seine Hüfte.

»Dann vergessen Sie es«, meinte Marcus. »Wir halten nirgends an. Wir fahren direkt zu dieser Adresse.«

Als Robin den Lichtstrahl erst über die Wand und dann über das Bett gleiten sah, wußte sie, daß jemand vor dem Fenster stand und hereinschaute... Ihr erster Impuls war, laut loszuschreien, aber sie unterdrückte den Schrei und wartete ab.

Und schon eine Minute später, nachdem der Lichtschein auf ihrem Gesicht hängengeblieben war, hörte sie, wie das Fliegengitter und anschließend das Fenster hochgeschoben wurde.

Robin bemühte sich, jede hastige Bewegung zu vermeiden, und drehte nur langsam den Kopf – aber da sah sie Eunices Gesicht, Eunices Schultern, Eunices Bein, ihr zweites Bein, und plötzlich stand die ganze Eunice im Zimmer!
Sie rannte zum Bett, ergriff die Schlange mit beiden Händen und schleuderte sie durch das offene Fenster hinaus. Dann holte sie ihr Schweizer Messer aus der Tasche, schnitt die Wäscheschnur durch und befreite Robins Hände und Füße. Robin warf sich in ihre Arme, und Eunice bedeckte sie mit Küssen, und ihrer beider Tränen vermischten sich.
»Wo kommt die Melodie ›Tanze um den Rosenbusch‹ her?« flüsterte ihr Eunice schließlich fragend ins Ohr.
»Das ist ihre Spieldose, sie spielt sie schon die ganze Zeit.«
»Nun, das ist ja schön und gut, aber ich würde sagen, wir gehen jetzt besser und verzichten darauf, ihr unsere Aufwartung zu machen.«
Eunice holte eine Jacke aus dem Schrank, dann noch eine Hose, ein Hemd und Tennisschuhe. Damit lief sie zu Robin zurück.
»Da wird man ja ganz blind vor lauter rosa Klamotten.« Sie half Robin schnell in die Kleider, und beide drehten sich zum Fenster um.
»Dürfte ich vielleicht erfahren, was Sie hier machen?« fragte Dorothy, als sie die Deckenlampe anschaltete. Das Fleischermesser aus glänzendem Stahl, das sie in der Faust umklammert hielt, war auf Eunice gerichtet.

Marcus hatte die ganze bisherige Fahrt über auf seiner Unterlippe herumgebissen und mit der geballten Faust gegen die Lehne des Vordersitzes getrommelt.
»He, beruhigen Sie sich, wir sind ja schon fast da.«
»Wie weit ist es noch?«
»Noch vier, höchstens fünf Meilen.«
»Verdammt, da passiert doch was.«

»Ich sagte doch, es dauert nicht...«
»*Jetzt*, in dieser Sekunde, passiert etwas!«

»Komm zu Mama, Robin«, sagte Dorothy.
Eunice schob Robin mit einer Hand näher an das Fenster und hob mit der anderen drohend einen der Stühle in die Höhe.
»Birdie, jetzt steig endlich durch dieses gottverdammte Fenster. Und lauf, als ob der Teufel hinter dir her wäre!«
»Nein«, rief Robin. »Ich warte auf dich!«
Dorothy machte einen Schritt auf Eunice zu. Und dann noch einen. Eunice holte mit dem Stuhl aus und warf ihn nach der Frau; Dorothy wankte, fiel taumelnd gegen die Wand und gewann gerade wieder ihr Gleichgewicht zurück, als Eunice einen zweiten Stuhl nach ihr warf.
Dorothy ging in die Knie und schnappte keuchend nach Luft.
»Das Fenster, Birdie – jetzt komm!« Eunice hob sie auf das Fensterbrett.
»Paß auf, Eunice!«
Eunice wandte sich gerade noch rechtzeitig um und sah, wie Dorothy mit dem Messer auf sie zukam. Sie warf sich zur Seite, aber das Messer streifte sie an der Schulter. Doch da holte Eunice aus, schlug Dorothy ins Gesicht und versuchte, das Messer zu fassen zu bekommen.
Die beiden Frauen kämpften so lange engumschlungen um das Messer, bis Eunice über einen Stuhl stolperte und zu Boden stürzte, Dorothy auf dem Rücken, die das Messer immer noch in der Hand hielt.
Robin, die inzwischen wieder vom Fensterbrett heruntergeklettert war, ergriff einen der Stühle und ließ ihn auf Dorothys Kopf heruntersausen, aber da hatte sich das Messer bereits in Eunices Bein gebohrt.
Beide, Eunice und Dorothy, saßen jetzt auf dem Boden. Robin rannte ins Badezimmer, um dort etwas zum Verbinden für

Eunices Bein zu suchen. Gerade als sie sich vom Wäscheschrank wegdrehen wollte, schlang sich Dorothys Arm von hinten um sie. In der Hand hielt sie das Messer. Mit der freien Hand griff sie in das Medizinschränkchen, holte die Flasche mit dem Beruhigungsmittel heraus und ließ sie in ihre Tasche gleiten.
»Komm mit mir, Schatz. Es ist an der Zeit.«

Als der Streifenwagen vor dem Haus vorfuhr, stand der Kombi in der Auffahrt. Phillips lief hinten um das Haus herum, und Marcus übernahm die Vordertür. Er probierte den Türknauf aus – er war verriegelt – und fing dann an, gegen die Tür zu hämmern.
Schließlich ging er zu dem großen Wohnzimmerfenster an der Vorderseite, warf einen Stein ins Fenster, räumte die störenden Glasscherben aus dem Weg und kletterte hinein.
»Ist da jemand?« rief er.
Nichts.
Er rannte durch das Wohnzimmer den Gang hinunter und kam schließlich in ein Schlafzimmer. Dort war es, wo er die Blutspur entdeckte.

Sie marschierten in schnellem Tempo durch den Wald. Im Gleichschritt, Dorothy an Robins Seite.
»Oh, Schatz, es ist schon richtig frisch. Amelia, schau dich doch nur an, du hättest etwas Wärmeres anziehen sollen. Was habe ich mir nur dabei gedacht, als ich nicht darauf achtete, was du dir anziehst? Ihr kleinen Mädchen seid doch alle gleich. Wenn Mama nicht auf euch aufpaßt, dann würdet ihr sogar im Winter noch in kurzen Hosen herumlaufen. Und hinterher muß Mama dann alle ihre kleinen Mädchen wieder gesund pflegen.«
Robin wußte nicht, was sie mehr haßte, das Gefühl der Klinge

an ihrem Hals oder den Druck von Dorothys Arm um ihre Schulter.

»Aber der Besuch zu dieser späten Stunde ist sehr wichtig, mein Schatz. Manchmal muß man eben ein Risiko eingehen, das man sich sonst nicht leisten würde. Es ist fast so wie mit den Beruhigungsmitteln, Amelia. Drogen sind riskant – sogar gefährlich –, und doch ist es manchmal gerechtfertigt, sie zu gebrauchen. Und auch ein Besuch auf dem Friedhof in einer solch frischen Nacht ist riskant, aber so wirst du wenigstens mit deinen Schwestern zusammensein können.«

In ihrer freien Hand trug Dorothy eine Taschenlampe. Sie richtete den Strahl immer geradeaus auf der Suche nach dem rosa Ring...

Tanze um den Rosenbusch, die Taschen voller Blumen...

Marcus folgte den Blutspuren den Gang entlang, die Küche hindurch und hinaus auf die hintere Veranda.

Aus dem Garten hinter dem Haus rief Phillips bereits nach ihm.

»Ich habe hier eine Dame aufgespürt, die versucht hat, sich in den Wald zu verdrücken. Ist das diejenige, die Sie suchen?«

»Nehmen Sie Ihre dreckigen Pfoten von mir, Sie nichtsnutziger Hurensohn!«

»Eunice!«

Er fand sie am Boden kniend vor, darum kämpfend, sich aus Phillips' Griff zu befreien.

»Lassen Sie sie los!« rief Marcus laut.

Dann kniete er sich neben sie, zog seinen Mantel aus, riß ein Stück von dem Futterstoff heraus und band ihr Bein ab.

»Himmel, Eunice, was ist passiert?«

»Sie hat Birdie, Marc.«

»Ich weiß. Wo sind sie?«

Eunice deutete in Richtung Wald. »Ungefähr eine Meile weiter unten ist ein Friedhof. Sie hat ein Messer.«

Marcus schaute Phillips fragend an. »Gibt es einen schnelleren Weg dorthin, vielleicht eine Landstraße?«
Er zuckte die Schultern. »He, so lange wohne ich auch noch nicht hier. Aber wir können ja in den Wagen steigen und ein paar Straßen ausprobieren.«
»Nein, wir bleiben lieber auf dem Weg, den wir kennen. Bringen Sie sie ins Haus zurück, und ich werde gleich loslaufen und...«
»Kommt nicht in Frage.« Eunice packte den Ast eines Baumes und zog sich daran hoch. »Ich komme mit.«
»Du kannst doch gar nicht laufen...«
»Dann mußt du mir eben helfen. Jetzt komm schon.«
Marcus packte sie an einem Arm, Phillips am anderen. Zusammen marschierten sie Richtung Wald.

Dorothy hatte Robin über die Begrenzungssteine gehoben. Jetzt saßen sie zusammen auf der Erde, das Gesicht den Grabsteinen zugewandt; Dorothy hatte Robin auf dem Schoß und drückte ihr die Klinge des Messers an den Hals.
»Ich weiß, daß das etwas überraschend für dich kommt, Amelia, aber es bestand keine Notwendigkeit, dir schon vorher angst zu machen. Und wenn ich dir es jetzt sage, dann will ich, daß du keine Angst dabei hast – Mama wird die ganze Zeit über bei dir sein. Du glaubst doch wohl nicht, daß ich dich eine so lange Reise allein machen lasse, oder?«
Mit den Fingern einer Hand strich sie Robin das Haar aus dem Gesicht.
»Nein, natürlich würde ich so etwas nicht tun – sobald du bei den Mädchen angekommen bist, mußt du ihnen sagen, daß ich unterwegs bin. Und es wird auch nicht weh tun, überhaupt nicht. Du darfst mich nicht falsch verstehen, Amelia, das ist keine Strafe. Und wenn wir das hinter uns gebracht haben, dann wird es auch in Zukunft keine Strafen mehr geben.

Mama wird auf dich und deine Schwestern aufpassen, und keiner wird euch jemals mehr wieder weh tun können.«
Asche, wie ein Leichentuch.
»Das Problem, mein Schatz, ist nur, daß es immer schwieriger wird, auf euch Mädchen aufzupassen, wenn man dabei dauernd hin und her laufen muß. Und dann gibt es noch böse Menschen, die unsere kleine Familie am liebsten auseinanderreißen würden. Aber die können deiner Mama nicht dazwischenfunken. Aber das weißt du doch, Schatz, nicht wahr? Du hast doch von Anfang an begriffen, daß ich der einzige Mensch bin, der stark genug ist, dich zu beschützen.«

Trotz des verletzten Beines von Eunice kamen sie gut voran. Marcus war es schließlich, der Dorothy und Robin in dem rosa Kreis, ungefähr zwanzig Meter vor ihnen, als erster entdeckte. Er drückte Phillips' Taschenlampe nach unten, damit der Lichtstrahl auf den Boden fiel.
»Hören Sie«, sagte Phillips, »mir gefällt die Sache gar nicht, ich bin der Meinung, wir sollten Verstärkung holen.«
»Unsinn, dafür haben wir keine Zeit.« Marcus deutete auf seine Waffe. »Außerdem, was soll das. Sie wissen doch, wie man damit umgeht, oder?«
Phillips holte die Waffe heraus. »He, natürlich, aber ich bin kein Scharfschütze. Es ist stockdunkel hier. Außerdem kann ich keinen guten Schuß abfeuern, solange das Kind bei ihr ist.«
»Ich habe eine Idee«, verkündete Eunice.

Dorothy, zufrieden, daß Amelia verstand, was sie vorhatte, schob sie von ihrem Schoß herunter und stellte sich neben sie. »Und nun, Amelia, möchte ich, daß du deine Jacke und dein Hemd ausziehst und dich auf deinen glatten, hübschen weißen Grabstein legst. Es wird wie ein langer Schlaf werden. Du wirst keine Alpträume und keine Angst mehr haben, und niemand

wird dir Kummer oder Schmerzen bereiten. Nur noch wir vier werden zusammensein, eine glückliche Familie.«
Robin stand mit hängenden Armen reglos da. Dorothy schüttelte den Kopf und half ihr dann aus der Jacke.
»Warum zitterst du denn, mein Schatz? Hat Mama dir nicht gesagt, daß du keine Angst zu haben brauchst?«
Plötzlich war eine Stimme – die zarte, helle Stimme eines kleinen Mädchens – aus dem Wald zu hören.
Mama! Hilf mir, ich habe mich verlaufen!
Dorothy riß den Kopf hoch.
Ich bin es, Mama, Amelia.
Dorothy schaute das Kind an, das vor ihr stand.
»Amelia? Welche Amelia?«
Was glaubst du denn, wer ich bin?
»Wo bist du, Schatz?«
Ich sage es dir, wenn du mir versprichst, daß du nicht wütend wirst.
»Aaah. Jetzt weiß ich es, du bist mein kleines Teufelchen, mein kleiner Kobold. Jetzt sag mir aber sofort, wo du bist!«
Ich weiß, daß ich das nicht hätte machen dürfen, aber ich habe deinen Kreis verlassen, Mama. Ich bin in den Wald gegangen und habe mich verlaufen. Und jetzt kann ich den Weg zurück nicht mehr finden.
Dorothy trat mit einem weiten Schritt über die großen Randsteine.
»Oh, Schätzchen, du warst ja immer schon mein kleiner Unruhestifter. Was soll Mama denn jetzt mit ihrer Amelia machen?« Sie ging einen Schritt in Richtung Buschwerk, dann noch einen. »Habe ich dir nicht gesagt...«
Da wurde sie hart am Kopf getroffen.

Marcus hatte sich zwischen zwei Bäumen zusammengekauert, gute sieben Meter von Eunice entfernt. Jetzt stürzte er sich auf Dorothy und riß sie zu Boden. Er packte ihre Hand und drückte den Arm so lange nach hinten, bis sie das Messer fallen ließ. Dann nahm er es und schleuderte es ins Gebüsch. Phillips kam angerannt, übernahm Dorothy, und Marcus stand auf.

Jetzt erst schaute er zu Robin hinüber, die immer noch reglos in dem Kreis stand, und die Tränen liefen ihm über das Gesicht. *Gott, gütiger Gott.* Er rannte zu seiner Tochter und riß sie in seine Arme. Fest klammerte sie sich an ihn.

»Daddy? Eunice?«

Er drehte sie so, daß sie sehen konnte, wie Eunice auf sie zugehumpelt kam. Eunice, die, gleichzeitig lachend und weinend, aus vollem Hals ein jubilierendes »Birdie!« ausstieß.

Die drei waren bereits wieder auf dem Rückweg, als es Phillips endlich gelang, Dorothy in dem rosa Kreis gefangenzunehmen... Er mußte ihre Hände erst gewaltsam von den Grabsteinen lösen, damit er die Handschellen um ihre Handgelenke zuschnappen lassen konnte.

Epilog

Es war der zweiundzwanzigste Dezember ... in den Straßen von Boston herrschte ein leichtes Schneetreiben. Robin, die zehn Minuten zu spät zu ihrer Sitzung bei Mollie eingetroffen war, schälte sich aus ihrer purpurroten Skijacke, legte Strickmütze und Handschuhe ab und machte es sich in dem Sessel gegenüber von Mollie bequem. Mollie streckte ihr einen Teller mit Weihnachtsplätzchen entgegen.

»Sind die selbst gebacken?« fragte Robin.

»Nein, aber selbst gekauft.«

»Wollen Sie hören, was eine Dorothy Cotton dazu sagen würde?«

»Okay, ich bin bereit ... gib's mir.«

Doch zuerst stand Robin auf und nahm eine steife Dorothy-Pose ein: »Mein Schatz, abgepackte Nahrungsmittel sind nur was für unfähige und faule Menschen ... für alle Nichtsnutze und Strolche dieser Welt.«

Lachend beugte sich Mollie vor: »Aber nein, hat sie das wirklich gesagt?«

»Nur den ersten Teil. Der zweite ist ein original Robin-Garr-Zitat.«

Zwanzig Minuten nach Beginn der Sitzung stellte Robin die Frage: »Wenn diese ganzen entsetzlichen Dinge auch Dorothy angetan worden sind, warum wollte sie sie dann Amelia antun? Und dann auch mir?«

»Wegen ihrer kranken Art zu denken, sie wollte dich auf diese Art und Weise beschützen. Denn falls es ihr gelänge, einen perfekten Menschen aus dir zu machen – zumindest so perfekt, wie sie es sich vorstellte –, dann würde keiner es wagen, dir zu schaden.«

»Aber *sie* hat mir geschadet. Sie muß doch gewußt haben, daß ich gelitten habe; sie muß doch selbst gelitten haben unter dem, was man ihr angetan hat.«

»Genau das ist der springende Punkt, Robin – ein anderes Verhalten hat sie ja nie kennengelernt. Viele mißhandelte Kinder wachsen heran und mißhandeln dann wiederum ihre eigenen Kinder, weil sie nichts anderes kennen. Und das von den Menschen, die sie am meisten liebten und denen sie am meisten vertrauten.«

»Ich begreife aber immer noch nicht, warum ich das alles vergessen habe – ich meine, ich kann mich wirklich an nichts mehr erinnern. Weder daran, Amelias Rücken gesehen, noch daran, in ihrem Tagebuch gelesen zu haben, an nichts.«

»Dieses Vergessen ist oft ein Weg, um vor etwas zu fliehen, das zu schmerzhaft wäre, um sich daran zu erinnern. Ich würde sagen, daß dieser Mechanismus des Verdrängens wahrscheinlich in der Nacht, in der Amelia ertrank, bei dir eingesetzt hat.«

»Warum ausgerechnet da?«

»Ich denke, ich weiß es, aber ich hätte es lieber, wenn du es mir sagst.«

Robin überlegte, und plötzlich, als wäre sie endlich auf ein letztes, noch fehlendes Stück Information gestoßen, schaute sie zu Mollie hoch. »Ich begreife das nicht, woher konnten Sie das wissen?«

»Weil so eine Reaktion ganz natürlich ist, Robin. Jetzt geht es nur noch darum, daß du sie dir selbst gegenüber akzeptierst.«

Robin biß sich auf die Unterlippe, und ihre Augen wurden feucht.

»Weil ich ganz tief drin in mir dachte, daß Amelia vielleicht besser dran ist, wenn sie tot ist. Aber in dem Augenblick, als ich so etwas Entsetzliches dachte, fühlte ich mich so schuldig, daß ich nur noch sterben wollte.«

Am Ende ihrer Sitzung begleitete Mollie Robin noch zur Tür und sah ihr zu, wie sie sich warm einpackte.
»Alles schon bereit für Weihnachten?«
»Klar. Erst gestern habe ich Ihr Geschenk abgeholt, das mußte ich extra bestellen. Warten Sie nur, bis Sie es sehen, Sie werden platzen.«
Mollie lächelte. »Ich habe gehört, daß Eunice den Weihnachtstag bei dir und deinem Dad verbringen wird.«
Robin grinste. »Wer hat Ihnen das gesagt, Daddy?«
»Nein, es war Eunice. Sie ist nach eurem gemeinsamen Besuch vor kurzem mal bei mir vorbeigekommen.«
»Hat sie Ihnen auch von ihrem Trinken erzählt – oder sollte ich lieber sagen, daß sie nicht mehr trinkt? Bis auf ein Glas Wein am zwölften November hat sie seit dieser Nacht in Maine keinen Tropfen mehr angerührt. Daddy hat sie schon gefragt, ob sie zu den Anonymen Alkoholikern gegangen ist, aber sie gibt bloß zu, daß sie Yoga macht.«
»Sie ist eine außergewöhnliche Frau, deine Mutter. Man sieht sofort, woher du deinen Mut hast.«
»Meinen was?«
»Deinen Mut, deinen unabhängigen Geist, dein Rückgrat, deine Arroganz, deine Kühnheit. Jede Menge toller Eigenschaften.«
»Glauben Sie denn, Daddy wird wieder zu ihr zurückgehen?«
»Schau, ich weiß, daß du dir das wünschst, Robin, und mir würde das auch gefallen. Aber wer weiß, vielleicht sind wir zwei nur hoffnungslose Romantiker. Auf jeden Fall liegt es nicht an uns, sondern an Eunice und deinem Dad – Alkoholiker können oft mit dem Trinken aufhören, aber die meisten von ihnen schaffen es nicht, trocken zu bleiben –, zumindest nicht ohne Hilfe. Und wir wissen nicht, ob Eunice diese Hilfe bekommt.«
»Na ja, Neujahr steht vor der Tür, und es kann ja mal nicht schaden, wenn ich mir das wünsche.«

»Ich glaube, das hast du etwas falsch verstanden – man soll sich für das neue Jahr etwas vornehmen, nicht wünschen.«

»Wer hat sich denn das ausgedacht?«

»Keine bestimmte Person, so will es die Tradition.«

Robin schob ihre Finger in die Handschuhe und nickte dann, als habe sie soeben ein Problem gelöst.

»Dann pfeif ich auf die Tradition, Mollie. Dieses Jahr werde ich dann eben mit einem Wunsch beenden.« Sie schlang ihre Arme um Mollie, drückte sie ganz fest und lief dann mit einem breiten Grinsen auf dem Gesicht nach draußen.